TERZA OPPORTUNITÀ

LA SERIE LUCA MYSTERY

DAN PETROSINI

DAN PETROSINI
MYSTERY & SUSPENSE AUTHOR
www.danpetrosini.com

Disponibile in versione cartacea ed ebook.

ISBN: 978-1-960286-85-7

RINGRAZIAMENTI

Un ringraziamento speciale a Julie, Stephanie e Jennifer per il loro amore e sostegno e grazie al sergente di squadra Craig Perrilli per i suoi consigli sul mondo reale delle forze dell'ordine. Il suo aiuto mi permette di restare aderente alla realtà.

1

_____

ERANO LE 8:07 QUANDO MI FERMAI DAVANTI ALL'APPARTAMENTO di Joey Chapman sulla Goodlette. Una leggera pioggerellina si intensificò mentre Joey trotterellava verso la mia auto. Il tempismo era perfetto. L'app Dark Sky diceva che un forte acquazzone sarebbe arrivato intorno alle 8:22. Dio aveva davvero il controllo.

Joey balzò dentro, scrollandosi la pioggia dai capelli. «Sta per venire giù il finimondo.»

Ripartii. «Con le piogge estive ci si può rimettere l'orologio.»

«Per cosa ti serve una mano?»

«Lo vedrai quando arriviamo.»

«Che c'è? Sei pieno di stronzate misteriose?»

«Un amico della chiesa è messo male. Tutto qui.»

Joey allungò la mano verso la radio. «Che diavolo stai ascoltando? Sembra musica da ascensore del cazzo.»

Passando sotto la 75, diretti a est mentre Chapman cercava una stazione di musica country, continuavo a pensare: chi eliminerà i peccatori malvagi, se non io? Avevano avuto le loro occasioni per redimersi e le avevano sprecate tutte. Erano irredimibili.

Uscii e rientrai su Collier Boulevard, per poi tornare su Golden Gate, scambiando due chiacchiere. Avvicinandomi a Wilson Boulevard, dissi: «Il diavolo si è impossessato di te, Joey.»

«Ma che cazzo stai dicendo?»

«Quando la Comunità dello Spirito ti ha accolto, hai promesso che ti saresti rimesso in riga con Dio. Ma con te è una cosa dopo l'altra.»

«Ehi, sto cercando di cambiare. Non è così facile.»

«Sei un caso disperato, non ti interessa cambiare.»

«Stronzate. Sto facendo progressi.»

I tergicristalli non riuscivano a reggere il volume dell'acqua, così rallentai.

«Abbiamo definizioni diverse di progresso, Joey. Hai rapinato quel minimarket a Bonita e hai mandato quel pover'uomo in coma.»

«Col cazzo. Non c'entro niente con quella storia.»

Scossi la testa. «Mentire non fa che aggravare il tuo peccato, Joseph.»

«Lo giuro su Dio, non sono stato io.»

«Guardati. Adesso nomini il nome di Dio invano.»

«Sto solo dicendo che non sono stato io.»

«Larry mi ha detto che gli avevi chiesto di commettere il crimine con te.»

«È una spia del cazzo.»

Controllai lo specchietto retrovisore – neanche un'auto in vista – e accostai.

«Perché ti fermi qui?»

«Tu scendi.»

«Cosa? Stai scherzando? Con questa pioggia?»

Con la mano tremante, la infilai sotto la coscia. Ignorando il mal di schiena, estrassi una Colt calibro 45 automatica. «Scendi. Adesso!»

«Ma stai scherzando? Ti sono cresciute le palle o cosa?»

«Fuori!»

Mentre Chapman scendeva, disse: «Sei fottutamente pazzo, lo sai?»

Scivolando sul sedile del passeggero, aprii il finestrino. «Allontanati dalla macchina.»

Fece due passi indietro e sparai due proiettili nel petto di quel pagano. Chapman crollò nel canalone, sollevando uno spruzzo d'acqua. Guardai a destra e a sinistra: era morto? Con tutta quella pioggia, era difficile vedere se respirava. Aprii lo sportello, mi aggrappai al volante e mi sporsi. Chapman era a faccia in giù, con l'acqua che gli copriva le orecchie. Non poteva respirare.

Un sorriso mi spuntò sul viso. L'orgoglio mi percorse il corpo. Essere il vendicatore di Dio era una sensazione incredibile, esattamente come diceva Romani 13:4: "Io ero il servitore di Dio, un vendicatore che eseguiva l'ira di Dio sui malfattori".

Eravamo in una battaglia contro il male fino alla fine, e io ero finalmente un guerriero del Signore.

Ero stanco di tutte le chiacchiere, di implorare la gente di cambiare. Era la stessa inutile supplica ripetuta per secoli. La storia dimostrava che le persone non cambiano quando il diavolo si impossessa di loro. Una volta che Satana le corrompe, sono oltre ogni salvezza.

Sapevo che Dio mi avrebbe protetto mentre compivo la sua opera, ma dovevo agire con furbizia per non essere tolto dal campo di battaglia.

2

IL GRIGIORE CONTENDEVA AL SOLE LA SUPREMAZIA, LA MATTINA del venticinque giugno. Erano solo le 8:10. Per le nove il sole avrebbe prevalso, come sempre. Accostai dietro tre auto della polizia con i lampeggianti accesi e mi guardai a lungo intorno. Era il posto più desolato che si potesse trovare a quindici minuti dal Golden Gate. Il tempo era stato un fattore determinante per chiunque avesse commesso quel gesto?

Gli agenti intervenuti avevano limitato il traffico a una sola corsia sul lato opposto della strada rispetto a dove giaceva il corpo. Non era abbastanza. Gridai l'ordine di chiudere completamente la strada. Chissà cosa avremmo trovato passando al setaccio entrambi i lati della carreggiata.

Mentre due auto di pattuglia si posizionavano per bloccare il passaggio, mi avvicinai al corpo. Un uomo caucasico, di corporatura media e con i capelli scuri, giaceva a testa in giù in un fossato di scolo. Una sottile giacca nera era arricciata, rivelando una maglietta bianca e l'accenno di un tatuaggio. Frammenti vegetali e terra erano sparsi sulle sue spalle e tra i capelli: sfortunata prova che l'acqua gli era passata sopra.

Infilandomi guanti e copriscarpe, entrai nel fossato fangoso.

Il volto del cadavere poggiava sulla guancia destra e il suo occhio sinistro appariva velato. Mentre mi chinavo, un brivido mi percorse la schiena quando una formica rossa gli uscì dal naso. Notai una sottile cicatrice sulla sua fronte prima di frugare nelle tasche posteriori dei suoi jeans consunti.

Nella tasca sinistra c'era un portafoglio economico, che imbustai, e un telefono nella destra. Il telefono non si accendeva. Non riuscii a capire se fosse per la batteria scarica o se fosse andato in corto per l'acqua, e lo lasciai cadere in un altro sacchetto. In ogni caso, il laboratorio mi avrebbe fornito i contatti e le informazioni sull'uso.

Ci vollero due persone per girare il corpo. Dimostrava circa trentacinque anni. L'occhio destro della vittima, incrostato di fango, era aperto; senza dubbio, era già morto quando era crollato. La sua maglietta bianca era di un colore bruno-rossastro, che mascherava parzialmente due fori d'entrata, uno nella zona pettorale sinistra e l'altro in pieno centro, sotto la cassa toracica. Volevo controllare le tasche anteriori, ma erano incrostate di terra. Non avrei rischiato di perdere alcuna prova forense. Riportammo il corpo nella sua posizione originale mentre arrivava il furgone della scientifica.

Si avvicinò una coppia di investigatori della scientifica con cui avevo lavorato più volte di quanto volessi ricordare. Spiegai loro come avevo maneggiato il corpo e me ne andai, sperando che mi avrebbero dato qualcosa su cui lavorare. Mentre quattro degli agenti in uniforme iniziavano una perlustrazione sistematica alla ricerca di prove, inclusi i bossoli, tirai fuori il portafoglio.

Secondo la patente di guida, la vittima era Joseph L. Chapman. Residente sulla 104ª Strada, il trentaseienne era alto cinque piedi e otto pollici e pesava centocinquantacinque libbre. Il portafoglio era pieno di banconote da venti dollari e conteneva una carta di debito Visa e due foto impossibili da decifrare. Dopo averlo imbustato, chiamai Vargas, chiedendole di fare delle ricerche su Chapman.

———

Vargas mi rivolse un caldo sorriso quando arrivai in ufficio.

«Sembra che tu abbia bisogno di un caffè, Frank. Te ne prendo una tazza.»

«Non ti preoccupare, me lo prendo da solo. Cos'hai scoperto su Chapman?»

«È meglio che tu ti prenda un caffè. Questo tizio ha una lunga storia e niente di buono.»

Avvicinandomi alla scrivania di Vargas, colsi una zaffata del suo profumo dolciastro. «Sentiamo.»

«Chapman ha passato metà della sua vita dietro le sbarre. Scassi, una manciata di rapine a mano armata e due brutali aggressioni sono i punti salienti. Non è stato fuori a lungo. Chapman è uscito da Immokalee sette mesi fa.»

«Libertà vigilata?»

Vargas annuì. «Shiler era il suo agente di sorveglianza. Era la terza volta che lo aveva in carico.»

Mi lasciai cadere su una sedia. «Dobbiamo perdere tempo a indagare su questa storia? Chiunque l'abbia ucciso ci ha fatto un favore.»

«Davvero?»

«Sto solo dicendo che questo Chapman era un teppista e dobbiamo sprecare risorse per trovare chi, finalmente, l'ha fermato?»

«Quindi, preferiresti non fare nulla e lasciare che un qualche giustiziere amministri la giustizia?»

Aggrottai la fronte. «Speravo che potessimo insabbiare la cosa, in qualche modo. Sai che ho bisogno di prendere un po' di tempo libero per trovare un posto dove vivere.»

«Te l'ho detto, la cabana è tutta tua.»

Era perfetta, ma io e Vargas avevamo appena iniziato a uscire insieme. Eravamo usciti tre volte e le cose stavano andando bene. Anche se la cabana era separata, saremmo stati al corrente dei rispettivi andirivieni, e la cosa non mi sembrava giusta.

«Credimi, renderebbe le cose molto più facili e allenterebbe la pressione, ma non voglio, sai, rovinare tutto tra noi.»

«Andiamo, Frank, siamo adulti.»

Forse uno di noi lo era. Abbassai la voce. «Ma voglio davvero che funzioni tra noi.»

«È dolce, Frank. Capisco. Qualsiasi cosa ti metta a tuo agio, per me va bene.»

3

Dopo aver letto l'oggetto di un'email, dissi: «Ehi, Vargas, è arrivata l'autopsia di Chapman».

«Novità?» Vargas venne dietro la mia scrivania. Il suo profumo al caprifoglio era davvero buono. Era lo stesso che indossava Kayla. Lei sì che era speciale, una persona che pensavo potesse funzionare per me. Mi chiesi se stesse con qualcuno e se dovessi rischiare di chiamarla, quando Vargas disse:

«Pronto? Ci sei, Frank?»

«Sì, sì. I proiettili erano a punta cava. Chiunque sia stato, non voleva correre rischi che Chapman sopravvivesse. Forse c'era qualcosa, un segreto di qualche tipo, che l'assassino voleva morisse con Chapman».

«Non hanno mai trovato bossoli sulla scena, giusto?»

«Niente. L'assassino li ha raccolti».

«Forse, ma stavo pensando, e se gli avesse sparato da un'auto o da un furgone? I bossoli sarebbero potuti finire nel veicolo».

Vargas mi piaceva molto, era una brava detective, ma iniziavo a stancarmi del fatto che se ne uscisse con scenari che un tempo sputavo fuori io. Non era bastato perdere la vescica per il cancro? La chemio doveva portarsi via anche la mia memoria?

«Stavo pensando la stessa cosa. Quando indagheremo su questa pista, dovremo cercare eventuali segni di bruciature che i bossoli potrebbero aver lasciato».

«A parte l'informazione sui proiettili, non c'è nient'altro, se non l'ora del decesso intorno alle nove di sera».

«La scientifica ha scoperto qualcosa?»

«Nada. Hanno detto che la pioggia potrebbe aver lavato via eventuali fibre o capelli», rispose Vargas, aggiungendo: «Cominciamo dalla madre della vittima».

Non avevo alcun interesse a perdere tempo con un teppistello da quattro soldi, ma non avrei detto niente per non essere etichettato come insensibile.

―――――

LA MADRE di Chapman viveva in una serie di condomini in blocchi di cemento gialli vicino a Terry Street, a Bonita. Io e Vargas fummo accolti da musica messicana ad alto volume che fuoriusciva dalle finestre aperte dell'appartamento accanto. Niente aria condizionata? A fine giugno?

Anita Chapman, una donnina esile come un uccellino, ci fece entrare. C'erano un cucinotto e una camera da letto oltre il soggiorno. Era minuscolo ma pulito, e un condizionatore da finestra ronzava. C'era un odore di qualcosa che era stato infornato. Se non altro, forse avremmo rimediato un biscotto dalla visita.

Vargas disse: «Ti porgiamo le nostre condoglianze, signora. Sappiamo quanto debba essere difficile, ma abbiamo bisogno del tuo aiuto e vorremmo farti alcune domande».

«È il peggior incubo di un genitore, vedere il proprio figlio morire prima di te».

Deglutii a fatica, tirando fuori il mio taccuino.

«Ci dispiace», disse Vargas.

«Joseph non era un ragazzo facile, ma posso dirti che questo non lo rende più semplice».

Le tremarono le labbra e Vargas le accarezzò la schiena.

«Perché non ci sediamo?»

Il mio stomaco reagì a un piatto di biscotti sul bancone. Con gli occhi fissi sul piatto, scostai una sedia dal tavolo della cucina e la madre di Chapman si sedette.

Disse Vargas: «Signora Chapman, abbiamo bisogno del tuo aiuto per ricostruire il passato di tuo figlio».

Vargas mi lanciò un'occhiataccia e disse: «Se sei pronta a parlare, posso portarti un bicchiere d'acqua?»

Lei annuì. «Grazie. Sto bene. Cosa vuoi sapere?»

Vargas chiese: «Quando è stata l'ultima volta che hai visto tuo figlio?»

«L'altro ieri. È venuto a trovarmi, ha detto che gli andava bene, mi ha persino restituito dei soldi che gli avevo prestato».

Dissi: «Ti dispiace se ti chiediamo quanto?»

«Cinquecento dollari».

Dissi: «Sono un sacco di soldi. Sai dove li ha presi?»

«Ho smesso di chiederlo molto tempo fa. Senti, mio figlio non era un angelo, ma sembrava che stesse andando bene». La sua voce assunse un tremito. «Ha avuto un'infanzia difficile».

«Era vittima di bullismo?»

Annuì. «Joey era diverso, e tutti sanno che i ragazzi sanno essere crudeli».

Parole sante. Persino questo detective si imbarazza quando ricorda le prese in giro a cui ha preso parte.

Dissi: «E i suoi amici? C'è qualcosa che puoi dirci? C'era qualcuno di nuovo?»

«Era per lo più un solitario. Voglio dire, aveva degli amici e tutto, ma diciamo che passava da un gruppo all'altro».

Dissi: «Joseph ha avuto molti problemi con la legge nel

corso degli anni. La maggior parte delle persone come lui tende a frequentare sempre la stessa gente».

«Non mi sono mai piaciute le persone che frequentava, e gliel'ho detto. Ma parlavo al vento. Non so. Quello di cui aveva davvero bisogno era un padre che lo raddrizzasse».

Vargas allungò una mano sul tavolo e le diede una pacca sulla sua. «Sono sicura che hai fatto del tuo meglio».

«Ma sai, è strano, forse alla fine mi ascoltava, perché l'altro giorno ha detto che stava uscendo per incontrare un amico della chiesa».

Mi dispiaceva per quella donna. Chi poteva dire se fosse stata una buona madre o no? Alla fine della fiera, suo figlio giaceva su un vassoio d'acciaio inossidabile all'obitorio della contea.

Vargas chiese: «C'è qualcuno che ti viene in mente che potrebbe aver fatto una cosa del genere a Joseph?»

Scosse la testa. «No, non riesco a immaginare una cosa simile. Forse dovreste controllare con Paul Lenin. Joseph e lui una volta erano molto legati.»

Facemmo qualche altra domanda, ci congedammo e ci dirigemmo verso l'auto senza un biscotto.

Allontanandomi dal marciapiede, dissi: «È stata una completa perdita di tempo, tempo che non ho.»

«Sappiamo che era pieno di soldi.»

«Se lo chiedi a me, Chapman ha fatto un colpo e chiunque l'abbia fatto con lui l'ha fatto fuori.»

«Forse ha rubato alle persone sbagliate. Un narcotrafficante o qualcosa del genere.»

Un'altra angolazione a cui avrei dovuto pensare. «Può darsi, ma ci hanno fatto un favore.»

Telefono in mano, Vargas espirò. «Sai, Frank, a volte sai essere proprio uno stronzo.»

«Solo a volte?»

Vargas, telefono all'orecchio, scosse la testa mentre cercava l'indirizzo di Paul Lenin.

———

APPROPRIATAMENTE CHIAMATA MOSS WOOD ROAD, la strada aveva una serie di case con intelaiatura in legno, disposte a ferro di cavallo attorno a un vialetto di ghiaia. Le abitazioni erano ricoperte a scacchiera da pezze di compensato e teli blu sui tetti. Quei posti sarebbero stati distrutti dal prossimo uragano, se non fosse arrivato prima il lupo cattivo.

Mentre ci avvicinavamo, un lampo di rosso catturò la mia attenzione. Un tizio in maglietta si stava allontanando dalla casa di Lenin portando due flaconi rossi di Tide.

«Eccolo», disse Vargas, indicando un parcheggio coperto incorniciato da un paio di palme esili.

Musica rap ad alto volume, questo sì che è un ossimoro, rap e musica nella stessa frase, ci assalì mentre ci avvicinavamo. Un uomo alto con la testa rasata e la barba era seduto su uno sgabello accanto a un tavolo pieghevole.

«Paul Lenin?»

«Sì, siete poliziotti?»

Non avevo ancora tirato fuori il distintivo, ma i criminali avevano un sesto senso quando si trattava delle forze dell'ordine. Il loro problema era che non andava oltre il riconoscimento.

Mostrai il distintivo. Esaminando il tavolo, vidi ami, pesciolini di metallo e fili colorati. «Stai costruendo esche?»

«Sì, tu peschi?»

«No, ma mio padre ci andava ogni tanto.»

«Dovresti iniziare; è molto rilassante.»

«Forse lo farò. Volevamo farti delle domande su Joseph Chapman.»

«Non so niente.»

«Sai cos'è successo a Chapman?»

Annuì.

Vargas disse: «Quando l'hai visto l'ultima volta?»

Gli occhi di Lenin si spostarono dal suo viso al mio. «Non c'entro niente. Io e Joe eravamo amici.»

«Non sta dicendo che c'entri tu. La sua domanda era sull'ultima volta che l'hai visto.»

Esitò. «Un paio di giorni fa.»

Lenin aveva dei precedenti, ma era rimasto fuori dai guai o non era stato beccato negli ultimi due anni. Dissi: «Se non c'entri niente con la sua morte, non hai di che preoccuparti. Stiamo cercando informazioni per risolvere il suo omicidio. Qualsiasi cosa ci dirai resterà tra noi.»

«Non so niente.»

Vargas disse: «Voi due eravate amici. In cosa era invischiato Chapman che potrebbe averlo fatto ammazzare?»

Lenin prese un amo e picchiettò dolcemente con il pollice sulla sua punta affilata.

«Non hai nulla da temere. Il detective Luca ti ha già detto che qualsiasi informazione fornirai resterà tra noi.»

«Joey era Joey. Non diceva molto. Non ci vedevamo più tanto. Ci eravamo persi di vista.»

Feci finta di guardare l'assortimento di attrezzatura da pesca e sbirciai dalla finestra. C'erano quattro file di scatole, impilate a tre a tre, con il logo Tide in bella mostra. Non avrei avuto bisogno di tiopentale sodico per far cantare quel delinquente.

«Taglia corto, non abbiamo tempo. Se non cominci a parlare, vado a prendere un mandato e ti metto a soqquadro la casa.»

Gli occhi di Vargas si spalancarono e io dissi: «O questo tizio ha una fissa per il bucato, o abbiamo trovato parte della roba del camion dirottato dal centro di distribuzione di Walmart.»

«Non sono stato io. Lo giuro.»

Oh, se lo giura, deve essere vero. «Senti, te l'ho detto subito, non sto cercando di arrestarti. Voglio informazioni. Tu parli, e io ti archivio come un maniaco dei panni puliti.»

Vargas disse: «Dicci quello che sai.»

Lenin strinse gli occhi per un secondo e poi sputò fuori tutto. «È venuto da me per un paio di colpi che voleva fare. Gli ho detto che non faccio più cose del genere. Dico sul serio, non le faccio. Mi tengo alla larga da quella roba. Non ci torno dentro.»

«Colpi? Stava pianificando delle rapine?»

Annuì.

«Sai se le ha fatte?»

Annuì. «Era sui giornali. Ha rapinato il 7-Eleven vicino a Golden Gate. Almeno credo sia stato lui.»

Avremmo dovuto controllare i video della sorveglianza. «Voleva che facessi il colpo al 7-Eleven con lui?»

«Sì, quello e un minimarket di un distributore di benzina su Airport.»

«La stazione di servizio Chevron?»

«Sì, ha detto proprio quella.»

Lenin non ci diede altro, ma per quanto mi riguardava era abbastanza. In più, se fossimo riusciti a collegare Chapman alle rapine con i filmati, avremmo risolto due crimini. Chapman era un cretino, e non volevo sprecare altro tempo a dare la caccia al suo assassino, che probabilmente aveva risolto una disputa con una pistola. Avrei dovuto trovare un modo per far cadere questo caso nel dimenticatoio.

4

LA PARTE OCCIDENTALE DEL CIELO ERA DI UN GRIGIO ANTRACITE
e l'aria del mattino era fresca quando attraversammo il nastro
della polizia su Vanderbilt Drive. Esaminai l'area dalla punta
meridionale del Cocohatchee River Park fino a Island Marina.
L'acqua si muoveva verso ovest, in direzione del Golfo del
Messico.

Apparve una moto d'acqua con a bordo due curiosi.
Rallentò fino quasi a fermarsi mentre si avvicinava. Com'era
possibile che la gente lo scoprisse così in fretta?

Vargas chiese all'agente intervenuto per primo: «Chi ha
trovato il corpo?»

«Un tizio stava andando a pesca e l'ha visto galleggiare
laggiù.» Indicò una piccola insenatura. «Si è avvicinato con la
barca per vedere cosa stesse succedendo e ha chiamato.»

«Ha toccato qualcosa?»

«Lo ha spinto con il manico della gaffa per vedere se si
muoveva. Poi ha trascinato il corpo fino all'imboccatura del
porto turistico.»

Scendemmo sobbalzando lungo una passerella d'alluminio
fino al pontile di Trex, verso le luci stroboscopiche. Un foto-

grafo stava documentando la scena, che era piuttosto complicata. C'erano un'infinità di punti in cui il corpo avrebbe potuto finire in acqua. Era caduto da una barca al largo nella baia ed era stato trasportato dalla corrente, o era stato scaricato da terra?

Il giorno prima era passata una piccola depressione tropicale, portando forti piogge e condizioni marine avverse. Da quanto tempo era in acqua il corpo? C'erano molte domande che esigevano una risposta.

Il corpo, che ondeggiava dolcemente, era premuto contro la prua di una barca della polizia. Sostenendomi a un pilone, mi sporsi verso il cadavere. A pancia in su, era un uomo sulla trentina vestito con jeans e una maglia nera. C'erano almeno due fori di proiettile, uno nel petto a destra e un altro allo stomaco.

Il gonfiore era limitato e non c'era deterioramento. Era probabile che il corpo fosse rimasto in acqua per molto meno di un giorno. Mettendomi in tasca la prima risposta, ordinai alla barca della polizia di recuperare il cadavere e mi voltai verso Vargas.

«Vediamo se ha addosso dei documenti.»

«Pensi che sia stato ucciso altrove e gettato qui?»

«Dipenderebbe da chi è. Se possiede una barca o va a pesca, potrebbero avergli sparato in mare, dove ci sono un sacco di testimoni in meno.»

«Anche Chapman ha ricevuto due colpi al petto.»

«Difficile dimenticarlo, anche se se lo meritava.»

Vargas mi fulminò con lo sguardo e si voltò.

«Aspetta, Mary Ann, sto solo scherzando.» Non era vero, ma avevamo un appuntamento l'indomani, e avrei potuto aver bisogno della sua cabana per viverci.

———

ACQUA mista ad alghe colava dal corpo mentre lo sollevavano fuori dalla baia. Notai che il cadavere fu lasciato cadere sul pontile coperto da un telo, con troppa forza per i miei gusti. I piedi del corpo erano nudi. Era un segno che era stato su una barca? O indossava delle infradito quando aveva incontrato il suo creatore?

Infilandomi i guanti, mi chinai sul corpo. C'erano solo due ferite visibili.

«Vargas, mettiamolo su un fianco.»

Gli sollevai il busto mentre Vargas gli ruotava i fianchi. Sembrava esserci almeno un foro d'uscita. Vargas frugò nelle tasche posteriori, tirando fuori un portafoglio e un telefono. Raddrizzammo il corpo, dicendo agli agenti che potevano avvolgerlo per il trasporto dal medico legale.

Il portafoglio da quattro soldi si sfilacciò mentre Vargas lo apriva.

«Fai attenzione. Vedi solo se c'è una patente e lascia il resto alla scientifica.»

Vargas sfilò una patente plastificata, la esaminò rapidamente e me la porse mentre imbustava il portafoglio.

Confrontando la foto con il cadavere, la corrispondenza era evidente. Si chiamava Brett Tinder e viveva su Radio Road. Feci una foto alla patente e la lasciai cadere nella busta con il portafoglio.

———

APPENA ARRIVAI NEL NOSTRO UFFICIO, Vargas disse: «Tinder ha dei precedenti.»

«Che reati?»

«Non è un Chapman, ma ha due furti con scasso e un paio di violenze domestiche.»

«È sposato?»

«Non credo, ma ha un caratteraccio. Le denunce provenivano da donne diverse.»

«Che pezzo di merda codardo. Magari è stata una fidanzata che si è stufata di essere maltrattata da quello stronzo.»

«Sai che è improbabile, Frank.»

«Lo so. Comunque, dovremo parlare con loro.»

«Vuoi iniziare da loro o da sua madre?»

«È stata avvisata?»

«Sì, ci è andato Alvarez.»

«Bene, allora cominciamo da chi è più vicino.»

«La madre vive a Lehigh Acres, entrambe le donne a East Naples.»

«East Naples, stiamo arrivando.»

«Okay. Ho anche mandato una pattuglia nel suo quartiere, per vedere se trovano qualche contatto.»

«Ottima mossa. Muoviamoci.»

Mentre Vargas si infilava la pistola nella fondina, disse: «Ho chiesto alla scientifica di fare una perizia balistica sui proiettili usati su Chapman e Tinder. È un'ipotesi remota che siano collegati, ma abbiamo due cadaveri in poco meno di due settimane.»

Era in gamba. Da non credente nelle cospirazioni, non vedevo il nesso, ma era la mossa giusta. Se avevamo per le mani un serial killer che faceva fuori i criminali, ero dell'idea che avremmo dovuto prendercela comoda o assumerlo in polizia.

5

Non sarei nemmeno stato in grado di dare un valore a un posto come quello in cui viveva la ragazza di Tinder. Alla casa in blocchi di cemento mancavano delle tegole e un pannello di compensato ingrigito copriva una finestra. Il cortile antistante la casa di Jean Baron era disseminato di mobili di plastica e biciclette in vari stati di abbandono. Suonai il campanello con la chiave della macchina.

Jean Baron aveva il naso da bevitrice ed era ancora in vestaglia, sebbene fosse quasi mezzogiorno. Aveva gli occhi rossi. O aveva dato un sorso alla bottiglia, o sapeva di Tinder. In sottofondo sentivo uno di quegli stupidi programmi giudiziari trasmessi in TV.

La Vargas disse: «Jean Baron?»

La Baron annuì lentamente.

«Siamo i detective Vargas e Luca, del dipartimento dello sceriffo».

«Siete qui per Brett, vero?»

La Vargas annuì. «Sa cosa gli è successo?»

Lei annuì. «Mi ha chiamato sua madre».

«Possiamo entrare?»

La Baron si fece da parte ed entrammo in un piccolo salotto con una TV a schermo piatto così grande da sovrastare la stanza. Il posto odorava di pollo fritto.

«Posso offrirvi qualcosa?»

«No, grazie. Vorremmo solo farle qualche domanda sul signor Tinder per avere un quadro generale di come possa essere successa una cosa del genere».

«Era inevitabile».

Chiesi: «Cosa intende dire?»

«Intendo dire che Brett aveva i suoi lati buoni. Era bravo con i miei figli, e non era tenuto a esserlo. Li trattava come se fossero suoi. Era l'unica ragione per cui sono rimasta con lui».

«Per quanto tempo siete stati insieme?»

«Tra alti e bassi, circa sei anni».

«Perché l'ha lasciato?»

«Andiamo, lo sapete benissimo. L'ho denunciato. Mi ha massacrata di botte davanti ai bambini».

«Era la prima volta che le metteva le mani addosso?»

Scosse la testa. «Come ho detto, sono rimasta per i bambini».

Dissi: «Ha detto che l'ha chiamata sua madre. Siete molto unite?»

«Emily è una santa. Non aveva nessuno a parte Brett, e lui era sempre nei guai. Mi dispiaceva per lei».

«Che lavoro faceva il signor Tinder?»

La donna sbuffò. «Intende oltre a rubare e spacciare?»

Lanciai un'occhiata alla Vargas prima di chiedere: «Spacciava droga?»

«Niente di che, ma un giorno l'ho beccato con un grosso sacco di pillole. Quella è stata la prima volta che l'ho cacciato di casa. Mi ha supplicato di tornare e, da stupida, l'ho ripreso con me. Ma almeno su quello ha mantenuto la parola, perché non ho più visto droga e, mi creda, con due figli ho cercato bene».

Chiesi: «Conosceva un certo Joe Chapman?»

«Chapman? No, non credo».

La Vargas le porse una foto di Chapman.

«Non ho mai visto questo tizio».

La Vargas si riprese la foto e chiese: «Ha detto che il signor Tinder era sempre nei guai. Cosa intende dire?»

«Davvero? Siete stati voi ad arrestarlo e a mandarlo in prigione, no?»

«La detective Vargas cercava informazioni non relative alla sua fedina penale. Cose con cui potrebbe averla fatta franca».

«Brett era un ladro, dentro e fuori. Rubava qualcosa quasi ovunque andassimo, come se fosse un gioco».

«Aveva qualcuno che lei considererebbe un nemico?»

«Faceva a botte, tornava a casa tutto ammaccato. Ma sono passati due anni buoni da quando non stiamo più insieme, e non so cosa combinasse».

«Le viene in mente qualcuno con cui dovremmo parlare? Qualche amico che potrebbe aiutarci a catturare chi ha fatto questo?»

La Baron ci diede i nomi di tre tizi che Tinder frequentava quando stavano insieme, e ce ne andammo.

Mentre andavamo verso la macchina, dissi: «Beh, non sembra che Chapman e Tinder si conoscessero».

«Forse, ma sono passati due anni da quando vivevano insieme».

———

DUE DEI NOMI che ci diede la Baron furono una totale perdita di tempo. Non che ci aspettassimo che chiacchierassero come comari dal parrucchiere, ma quei delinquenti erano guardinghi, timorosi di rivelare qualcosa sul proprio comportamento criminale.

Pensammo che avremmo avuto vita più facile con l'ultimo, Joey Horchow, dato che era rinchiuso nel carcere di Stockade

Road a Immokalee. Cavolo, sembrava proprio che tutto si trovasse a Immokalee o nei suoi dintorni. Ci saremmo fermati a fare due chiacchiere con Horchow prima di andare all'appartamento del suo amico morto.

Il carcere di Stockade era un edificio di cemento bianco a tre piani, circondato da una recinzione alta tre metri sormontata da filo spinato. C'ero stato così tante volte che non dovemmo nemmeno mostrare i tesserini per superare il cancello.

Horchow sfoggiava un'espressione annoiata e una tuta arancione. Confrontando l'immagine mentale della sua foto segnaletica, qualcosa in lui sembrava diverso. Era dentro da poco più di tre mesi, in attesa di processo per una serie di furti con scasso.

«Lei è la detective Vargas e io sono il detective Luca. Omicidi.»

Horchow si irrigidì. «Omicidi? Io non c'entro niente con nessun omicidio.»

«Siamo qui per farle qualche domanda sul suo amico Brett Tinder.»

«Oh. E lui che c'entra?»

«È stato assassinato. Gli hanno sparato al petto e l'hanno gettato nella baia vicino a Wiggins Pass.»

«L'ho saputo.»

«Come l'ha saputo?»

«Andiamo, amico, non sai niente delle carceri? Qualsiasi cosa succeda fuori, qui si viene a sapere, proprio come l'acqua si fa strada.»

Acqua? Era un segnale?

«Ehi, hai una sigaretta?»

«Non è permesso fumare.»

«Ne porterò una con me, se ne hai una.»

«Cosa può dirci di Tinder?»

«Perché dovrei dirvi qualcosa?»

Intervenne la Vargas: «Signor Horchow, è probabile che verrà condannato e riceverà una pena dai dieci ai quattordici anni...»

«Se gli va bene.»

Lei continuò: «In ogni caso, starà via per molto tempo. Se collabora con noi, diremo al procuratore quanto è stato d'aiuto. Non posso prometterle altro, ma avrà bisogno di tutto l'aiuto possibile se spera di rivedere la luce del giorno prima del suo cinquantesimo compleanno.»

«Che genere di roba volete?»

Dissi: «Qualsiasi cosa lei sappia che possa aiutare la nostra indagine su chi l'ha ucciso.»

La Vargas disse: «Ha detto che le informazioni da fuori trapelano qui dentro. Cos'ha sentito riguardo al suo omicidio?»

«Non molto, solo che gli hanno sparato e che galleggiava nel Cocohatchee.»

«Chi è stato?»

Lui scosse la testa. «Non lo so. Se lo sapessi, lo userei come merce di scambio per uscire di qui.»

«Chi aveva motivo di farlo fuori? C'era qualcuno con cui aveva un conto in sospeso?»

«Brett era come due persone diverse, sai. Un giorno era tranquillo, e quello dopo era tipo: «scordatelo, io non lo faccio»»

«Senta, Joey, gli indovinelli mi piacciono come a chiunque altro, ma cosa intende dire?»

«Devo stare attento. Se dico qualcosa poi la userete contro di me.»

Dissi: «A meno che lei non stia parlando di un omicidio, niente di quello che dice uscirà da qui. Non si preoccupi.»

La Vargas aggiunse: «E se si tratta di un omicidio e lei ha informazioni al riguardo, siamo disposti a negoziare un'offerta per quelle informazioni.»

«Cavolo, magari ce le avessi, ma Tinder era un ladro, un cazzo di bravo ladro, ma niente di più.»

«Allora, cosa diceva prima sul fatto che fosse un camaleonte?»

«La maggior parte dei colpi li facevamo in squadra. È molto più sicuro.»

Già, così sicuro che te ne stavi qui seduto rischiando più di dieci anni in gattabuia. «Continua.»

«Quello che faceva incazzare la gente era che pianificavamo un colpo, Brett era dei nostri, e poi, poco prima di agire, si tirava indietro. L'ha fatto più di una volta, e questo faceva arrabbiare i ragazzi, ma proprio arrabbiare.»

«Arrabbiati al punto da ucciderlo?»

Lui fece spallucce.

«Le viene in mente qualcuno?»

«Non saprei.»

«Su, Joey.»

«Parlerete davvero col giudice e tutto il resto?»

La Vargas disse: «Assolutamente. Qui ci aiutiamo a vicenda, e vinciamo entrambi.»

«Sicura?»

Dissi: «Ha la nostra parola, Joey. Ora, ci dica, chi pensa che ce l'avesse con Tinder?»

«Chenko. Non gli è mai piaciuto Brett, ne parlava sempre male. Una notte ebbero una litigata colossale e Chenko gli puntò contro un coltello. Giuro, lo avrebbe fatto a fette se non l'avessimo fermato.»

«Dov'è successa questa lite?»

«Alla carrozzeria dove ciondolavamo, sulla Taylor.»

«Dove abita questo Chenko, e ha un nome di battesimo?»

«Alex. Sta dalle parti di Leigh Acres.»

«Qualche idea del perché Tinder cambiasse idea di continuo?»

«Brett era un bravo ragazzo, in fondo. Gli piacevano i bambini...»

«E picchiare le sue ragazze.»

«Si sentiva male, davvero male per questo, ma aveva problemi di gestione della rabbia. Cercava di controllarsi, aveva persino iniziato ad andare in chiesa.»

«Immagino non abbia funzionato.»

«Non saprei. Da quando andava in chiesa, non sbroccava così tanto.»

«Da quanto tempo conosceva Joe Chapman?»

«Chi?»

Gli porsi una sua foto. «Joe Chapman.»

Scosse la testa. «Nessuna idea di chi sia.»

«Tinder era gay?»

«Intendi tipo un frocio?»

«Sì.»

«No, era etero, amico.»

«È sicuro?»

«Sì.»

La Vargas disse: «Forse il suo amico era combattuto e aveva problemi di rabbia perché era confuso su chi fosse. Le sembra sensato?»

«Quindi state dicendo che sbroccava e picchiava le sue donne perché era finocchio?»

Dissi: «Ci sono numerosi esempi di uomini che si presentano come eterosessuali ma in realtà sono gay. Questo ha delle ripercussioni, e a volte diventano violenti, molte volte con le donne.»

6

Con i lampeggianti accesi, rallentai fino a procedere a passo d'uomo mentre un agente spostava di lato i coni. Svoltai dalla Route 41 e imboccai l'Immokalee Road contromano. Il traffico era bloccato da Airport Pulling fino alla 41, e la cosa strana era che non c'era neanche un'auto sulla carreggiata diretta a ovest. Sulla carreggiata est, gli automobilisti curiosi avevano creato un ingorgo nel tentativo di capire cosa stesse succedendo con tutta quella polizia.

«Sai, Vargas, se la gente fosse così curiosa anche del resto della propria vita, il mondo sarebbe un posto migliore.»

Arrivammo all'incrocio di Palm River, raggiungendo tre auto di pattuglia.

«Quello è Bailey? Spero di no.»

«Sì.»

«L'ultima volta che ho lavorato con lui a Keewaydin, ha calpestato tutto il perimetro della scena del crimine. Mi sorprende che non si stia facendo un bagno là sotto.»

«Oh, Frank, esageri sempre.»

«Ehi, non esagero quando ti dico che sei bellissima. O sì?»

Il suo sorriso rallegrò l'atmosfera per un momento.

Ci avvicinammo al canale di drenaggio che correva lungo l'Immokalee. Un paio di agenti di pattuglia, tra cui Bailey, erano riuniti sul ponte all'incrocio con Palm River, con le braccia appoggiate alla ringhiera. Bailey ci vide e disse: «Ma guarda chi si vede, George Clooney in persona.»

Presi in considerazione l'idea di buttarlo di sotto, ma dissi: «Cosa abbiamo?»

Bailey indicò l'acqua. «Un posto magnifico per farsi una nuotata.»

Sporgendomi dalla ringhiera, vidi un corpo incastrato contro un pilone. Un altro cadavere che galleggiava. A giudicare dai vestiti e dai capelli sembrava un maschio, ma di questi tempi non si poteva mai sapere. Guardai lungo il canale in direzione di Airport Pulling. Niente che spiccasse.

Dissi a Vargas: «Questo tizio potrebbe essere arrivato fin qui da Collier Boulevard.»

«Dobbiamo controllare se tutte le chiuse erano aperte.»

«Scommetto di sì, visto che non ha piovuto molto. Non riesco nemmeno a ricordare l'ultima volta che le ho viste chiuse.»

Quando ero arrivato in questa zona per la prima volta, avevo passato un po' di tempo a familiarizzare con la rete di canali, bacini e fossati. I sistemi erano usati per controllare le inondazioni e il deflusso delle acque piovane, mantenendo alta la qualità dell'acqua e preservando le zone umide. Era un sistema efficace, ma ciò che mi interessava erano i possibili modi in cui i criminali avrebbero potuto sfruttarlo. Quello era il secondo cadavere che avevamo trovato da quando ero lì, ed ero pronto a scommettere che anche quel tizio era stato ucciso.»

Guardai di nuovo il corpo. Era il terzo cadavere galleggiante in meno di un mese. La corrente faceva dondolare il corpo e io dissi: «Di' a Bailey di chiamare il Servizio idrico e far chiudere le paratoie. Non voglio che questo tizio finisca nel Golfo.»

Vargas disse: «Credo che questo canale si immetta nel Cocohatchee.»

Indicai le nuvole scure che si stavano addensando a est. «Non importa. Se comincia a piovere da qualche parte a est, alimentando il canale, il nostro cadavere si farà un bel giretto. E digli di chiedere al Distretto Uno di mandare una barca qui per aiutarci a tirarlo fuori.»

Mentre Vargas dava istruzioni a Bailey, attraversai il ponte e mi diressi verso la sponda. Le rive del canale erano ripide. Afferrando una grossa valvola, scesi con cautela di mezzo metro lungo il pendio. Non c'erano segni di colpi di pistola o di coltellate. Quel tipo era caduto dentro? Era ubriaco?

C'era una legione di uomini, per lo più giovani, che pescava in quei canali. L'idea mi disgustava. Le acque del canale erano piuttosto pulite, ma perché diavolo pescare lì con il Golfo del Messico proprio davanti agli occhi?

Vargas si avvicinò. «Cosa ne pensi?»

Scossi la testa. «Non ne sono sicuro. Questo tizio potrebbe essere stato a pesca ed essere scivolato, sbattendo la testa. O era ubriaco fradicio e... chissà?»

«Ho la sensazione che questi casi siano collegati, Frank.»

«In che senso?»

«L'acqua. I corpi vengono trovati in acqua.»

Feci una risatina. «Prima di tutto, questa è la Florida sudoccidentale, mia cara. Se ci hai fatto caso, qui intorno abbiamo un bel po' d'acqua.»

Lei scosse la testa. «A volte sei un vero saputello, lo sai?»

Ops. «Scherzavo, Mary Ann. Quel Chapman era in un fosso di drenaggio, senza acqua stagnante.»

«Ci sono stata anch'io. Ricordi?»

Tenere a freno la lingua non era facile. Non volevo farla arrabbiare. «Lo so. Sto solo dicendo...»

«Be', la prossima volta pensa a come lo dici.»

Mi ritrovai ad annuire mentre Vargas si allontanava infuriata. Forse questa cosa di uscire con la propria partner non era una buona idea.

———

DOPO AVER INFILATO un'asta nell'acqua per misurarne la profondità, due agenti con degli scafandri a tenuta stagna alti fino al petto scivolarono giù per la riva, entrando in acqua. Dal ponte fu calata una slitta di alluminio simile a una scala. Gli agenti sommersero l'attrezzo, assicurandovi sopra il cadavere. Fecero il pollice in su e il corpo si sollevò, anche se non dalla morte.

Aiutai altri due agenti a issare l'aggeggio oltre la ringhiera. Sebbene fosse fradicio, stimai il suo peso in circa settantasette chili mentre lo posavamo sull'asfalto. Il corpo indossava jeans attillati e una polo verde.

Mentre slacciavano le cinghie, indossai i guanti e chiesi: «Potete girarlo?» Mentre un agente si inginocchiava e gli afferrava le gambe, infilai una mano nella tasca posteriore del cadavere e porsi a Vargas un portafoglio fradicio.

Prima ancora che fosse completamente supino, potei vedere delle macchie di sangue sulla parte anteriore della sua maglietta. L'origine era dovuta a due fori di proiettile. Alzai lo sguardo verso Vargas, aspettandomi di vederla sorridere. Non lo stava facendo, ed era proprio questo il punto con lei; era una persona molto migliore di me.

La vittima era Dick Cornwall, un uomo di trentasette anni che viveva vicino a Davis Boulevard. Il suo viso era leggermente gonfio ma, a parte le due ferite da proiettile, non c'erano lesioni visibili. Cornwall aveva tatuaggi su entrambi gli avambracci e teneva corti i capelli che gli erano rimasti. Sembrava che gli uomini perdessero i capelli sempre più precocemente. Era forse una questione evolutiva?

«Mary Ann, tu hai le mani più piccole, controlla le tasche anteriori.»

Vargas infilò la mano nella tasca sinistra e tirò fuori un mazzo di chiavi e tre monetine. La tasca destra conteneva un coltellino a forma di pesce.

Mi porse il coltello. «Questo tizio potrebbe essere stato a pesca.»

Aprii la lama ed esaminai l'attrezzo a forma di pesce. Il lato opposto alla lama aveva la forma di una coda di pesce ed era progettato per aprire le bottiglie. Dissi: «Forse, oppure lo portava con sé per aprire le bottiglie di birra.»

«Vuoi che faccia perlustrare le rive del canale per vedere se c'è in giro qualche attrezzatura da pesca?»

Era un'idea a cui avrei dovuto pensare non appena arrivato sulla scena. «Certo. Fa' in modo che controllino fino a Collier Boulevard, ma fai la chiamata dalla macchina. Voglio tornare indietro e scoprire chi era questo tizio.»

7

Non c'era dubbio che ero contento che Frank Morgan se ne fosse andato, ma con un nuovo sceriffo avrei dovuto dimostrare di nuovo il mio valore a un capo appena arrivato. Era la terza volta in tre anni che dovevo costruire un rapporto, ed era stancante e fonte di distrazione.

Don Chester sembrava una brava persona e un professionista delle forze dell'ordine, ma essere nuovo all'incarico e avere a che fare con quello che sembrava un serial killer a piede libero era abbastanza da trasformare un cucciolo in un pitbull.

Senza Vargas a fare da cuscinetto, fui accompagnato nell'ufficio dello sceriffo. Chester si scostò dalla scrivania e si alzò in piedi. Apprezzai il gesto di rispetto, ma con gli stivali da cowboy se n'era andata anche l'informalità che rendeva Morgan tollerabile.

Chester si abbottonò la giacca e, con la mano tesa, aggirò la scrivania.

«Detective Luca. È un piacere rivederla.»

«Grazie, signore.»

Chester aveva una laurea in legge, ma era curato come un pubblicitario di Madison Avenue. Disse: «Si accomodi.»

Tornando verso la scrivania, prese una copia del *Naples Daily News*. «Ha visto?»

Scuotendo la testa, presi il giornale. Il titolo urlava: «L'Assassino Acquatico colpisce ancora».

«L'Assassino Acquatico? Si sono inventati un marchio per vendere più copie?»

«Questo colpisce al cuore la nostra economia. Dobbiamo trovare questo pazzo, e in fretta.»

«Ci stiamo lavorando, signore, ora che crediamo si tratti dello stesso assassino.»

«Se non sarà in grado di risolvere il caso rapidamente, dovrò chiedere assistenza all'FBI.»

Non avevo problemi con i federali, ma mi serviva più tempo. Inoltre, l'FBI aveva fatto diversi buchi nell'acqua nell'ultimo anno. «Non credo che sarà necessario, signore. Siamo fiduciosi di riuscire a catturare la persona o le persone responsabili di questi omicidi.»

«Temo che non abbiamo molto tempo, detective Luca. La pressione per trovare questo assassino sta aumentando.»

———

AFFAMATO, masticai un bagel della mensa e cominciai a leggere le e-mail. Mentre ne leggevo una della scientifica, gettai il bagel nel cestino e guardai il soffitto.

Anche se già lo sapevo, la conferma fu destabilizzante. Questo era il caso più importante della mia carriera, e io non ero al meglio. Tre morti, ed eravamo ben lontani dal capire chi diavolo fosse il responsabile. Questo caso era decisivo per me.

I punti di svolta mi piovevano addosso come una pioggia battente. Avevo divorziato, perso il mio ex partner, mi ero trasferito a Naples, mi era venuto il cancro e mi stavo innamorando della mia partner.

Ero su un terreno nuovo, sia sul lavoro sia per quello che

stava succedendo con Mary Ann. Quella storia della relazione poteva complicarsi. In qualità di detective capo dell'Omicidi, ero il suo superiore. Sarei riuscito a separare le due cose? Dovevo. C'erano delle vite in gioco. Mary Ann avrebbe capito; lei capiva sempre le cose prima di me.

Rileggendo il rapporto, non c'era dubbio che i proiettili che avevano ucciso Chapman, Tinder e Cornwall provenivano dalla stessa pistola. Avevamo a che fare con un serial killer. Mi alzai e cominciai a camminare avanti e indietro, cercando di pensare a qualche contatto che avevo al nord, quando entrò la mia partner/ragazza.

«Che succede, Frank?»

«È arrivato il rapporto della balistica su Cornwall. Stessa pistola di Chapman e Tinder.»

«Ok, ma questo lo sapevamo.»

«Lo so, ma immagino sia la realtà dei fatti.» Abbassai la voce. «È un caso grosso, Mary Ann.»

Mise le mani sui fianchi. «Pensi che non me ne renda conto?»

«No, no. È solo che dobbiamo lavorare sodo e...»

Lei sospirò. «Cosa c'è, Frank?»

Perché non poteva leggermi completamente nel pensiero? «Sono solo, sai, preoccupato per noi. Sai, stiamo bene insieme. Ma io sono il capo qui e non voglio che... cioè, potrei dire cose stupide sul lavoro e non voglio che questo influenzi il nostro rapporto.»

«Allora è questo? Sei preoccupato per noi?»

Annuii.

«È premuroso da parte tua, Frank. Non ti preoccupare, ok?»

«Sei sicura?»

Lei sorrise. «Assolutamente.»

«Fantastico.»

«E, detective, giusto perché tu lo sappia, non dici cose

stupide solo quando sei al lavoro.»

———

VARGAS ERA FUORI dal tribunale in un SUV nero. Scesi le scale di corsa. Aprendo la portiera, fui investito da un odore di fumo stantio.

«Gesù, puzza come un maledetto posacenere.»

«Lo so, ti ci abituerai.»

«Scommetto che è stato O'Reilly. È una cazzo di ciminiera.»

«Probabile. Hai presente quel tizio che ci ha dato Horchow, Alex Chenko? Non crederai mai dove si trova.»

«Dietro le sbarre.»

«Esatto. Non può essere stato lui... è stato arrestato prima, il giorno prima che Tinder venisse ritrovato.»

«Fantastico. Allora non abbiamo niente.»

«E la pista omosessuale, Frank?»

«Ci serve di più... molto di più di quello che abbiamo.»

«Chapman era gay e, anche se non abbiamo prove, Tinder poteva esserlo. Forse giocava in entrambe le squadre.»

«Se il primo omicidio non fosse stato quello di Chapman, staremmo anche solo cercando una pista legata all'orientamento sessuale?»

«Spero di sì, ma hai ragione, probabilmente no.»

«Non sto dicendo che non sia rilevante, ma per ora mettiamola da parte.»

8

Meno di una settimana dopo, mi ritrovai di nuovo nell'ufficio dello sceriffo. Chester indossava una cravatta rossa e aveva un'aria preoccupata. Si alzò. Gli porsi la mano, ma lui si risedette subito, dicendo: «Ho appena parlato con il governatore. Sta ricevendo pressioni dal settore alberghiero. La gente comincia a preoccuparsi. Le prenotazioni sono in calo».

«Capisco, signore, ma non c'è alcun collegamento. Nessun turista è stato ferito o preso di mira. Se me lo chiede, penso che quest'uomo stia regolando dei vecchi conti».

«Ha una teoria in particolare?»

«A questo punto, stiamo valutando diverse piste».

«Il governatore ha suggerito di chiedere aiuto all'FBI, di farci affiancare da uno dei loro profiler per indirizzarci nella giusta direzione».

«Con tutto il rispetto, signore, credo sia prematuro. Ho seguito diversi corsi di profiling, due dei quali all'Hoover Building di Washington. A questo punto non ne vedo proprio l'utilità».

«Non ne sarei così sicuro, detective Luca».

«Sarebbe solo una distrazione, signore».

«Valuterò ulteriormente la questione».

«Capisco, signore».

Lo sceriffo si sistemò la cravatta. «Per favore, mi dica cosa ha in mano e quale pista sta seguendo».

«Stiamo vagliando un paio di teorie. Fatta eccezione per le ferite da arma da fuoco, non ci sono state prove di violenza efferata, quindi siamo certi che gli omicidi siano premeditati. Visti i precedenti penali delle vittime, è possibile che si tratti di omicidi per vendetta. L'assassino, o gli assassini, potrebbero essere stati vittime di un crimine commesso dalle persone che hanno ucciso».

«Crede che abbia finito di uccidere?»

«È una possibilità, signore. Se ha regolato i suoi conti, ammesso che di questo si tratti, potrebbe aver finito».

«È questo che speriamo? Che chiunque sia stato abbia finito?»

«Non intendevo dire che fosse la nostra pista principale».

«Cos'altro ha?»

«Beh, abbiamo scoperto di recente che Chapman, la prima vittima, era omosessuale. È possibile che l'assassino avesse una relazione con lui».

Chester inclinò la testa. «O che Chapman gli abbia fatto delle avance sgradite».

«È possibile, signore. Oppure potrebbe non avere nulla a che fare con una relazione ed essere un crimine d'odio».

«Ma qualcuna delle altre due vittime era gay?»

«Non apertamente, ma stiamo indagando sul passato di ognuno di loro per vedere se lo fossero».

«È una pista da seguire, ma deve stare attento. Avremo bisogno di qualcosa di tangibile, e in fretta».

———

SBATTEI LA PORTA. «Due giorni fa Chester ha detto che mi avrebbe dato tempo, e poi va e coinvolge l'FBI».

Vargas disse: «Credevo avessi detto che ci avrebbe pensato».

«Fa lo stesso. È una stronzata. Quei tizi vengono giù da Washington come se la loro merda non puzzasse. Avresti dovuto vedere questo Haines, seduto lì tutto compiaciuto. Quel cretino si tinge pure i capelli».

«Stai calmo, Frank. L'aiuto può farci comodo».

«Questa cosa non mi piace. Vuole farci un profilo? Bene. Ma niente di più».

«Potrebbe essere d'aiuto. Sai, il primo profilo in assoluto è stato fatto per il caso di Ted Bundy, ed è servito».

«Andiamo, Vargas, ho seguito anch'io dei corsi. E poi, Bundy l'hanno beccato durante un normale controllo stradale. Senti, può essere utile, ma un attimo dopo ti ritrovi i federali dappertutto e noi siamo messi da parte. È una stronzata, te lo dico io...»

Qualcuno bussò alla porta prima che questa si aprisse.

«È un buon momento, detective?»

Era Tom Haines, l'agente dell'FBI.

«Certo, certo. Entri pure. Lei è la mia partner, la detective Mary Ann Vargas».

Gli occhi di Haines si soffermarono su po' troppo a lungo su Mary Ann. Dissi: «Si accomodi. Vuole un caffè?»

«No, grazie, sto cercando disperatamente di darci un taglio. Ne ho già presi quattro».

Morivo dalla voglia di un caffè, ma non volevo lasciarlo solo con Mary Ann. «La capisco. Bene, allora, andiamo dritti al punto».

«Ha familiarità con la procedura?»

Vargas disse: «Un po'».

«Come Le ho detto, ho seguito dei corsi di profiling».

Con i suoi denti sbiancati, Haines sorrise a Mary Ann e disse: «Bene. Questo sarà sostanzialmente più approfondito, e abbiamo sviluppato un paio di nuove pratiche che si sono rivelate utili».

Questo tizio era un saccente, e Mary Ann era protesa in avanti come una bambina di sei anni a uno spettacolo di magia.

«Mi parli delle vittime e delle scene del crimine».

———

CHIUSI LA PORTA alle spalle di Haines e mi voltai verso Vargas. «Grazie a Dio c'è l'FBI. Riesci a immaginare? L'assassino è un maschio bianco e intelligente. Come diavolo avremmo fatto a capirlo da soli?»

«È appena arrivato, Frank. Dobbiamo dargli una possibilità. Abbiamo bisogno di aiuto».

«Lui e Chester ci stanno solo facendo perdere tempo. Eravamo entrambi d'accordo che probabilmente si trattava di un uomo abbastanza intelligente o attento da non lasciare prove. Non ho bisogno di un dannato profiler di Washington. Quello di cui ho bisogno è un collegamento tra le vittime, altrimenti stiamo solo cercando un pazzo che sceglie le sue vittime a caso».

«Come dici sempre tu, Frank, facciamo il nostro lavoro e gli indizi cominceranno ad accumularsi».

«Sì, ma questa volta abbiamo Haines e Chester con il fiato sul collo».

«Stai diventando un po' paranoico, Frank».

«Davvero?»

«Sì. Davvero. Haines sembra un tipo a posto. Non è colpa sua se è qui. E inoltre, ha molta esperienza con i serial killer».

«E così adesso lo difendi?»

Mary Ann scosse la testa e si alzò. «Non avrei mai pensato

di dirlo, ma sono proprio contenta di dover essere in tribunale tra un'ora».

Avevo esagerato, di nuovo. «Ci vediamo dopo, okay?»

Mentre usciva dalla porta, disse: «Suppongo di sì».

Suppongo di sì? Non dovevamo uscire insieme stasera?

9

Attraversammo una sala gremita e racchiusa da vetrate dell'HB's On the Gulf e uscimmo nel patio. Una brezza più secca del solito, intrisa dell'odore di sabbia riscaldata, spazzò via gran parte della tensione tra di noi.

La spiaggia si trovava dietro a un muretto e c'erano ancora alcuni ritardatari in attesa del tramonto. Infilai gli occhiali da sole mentre ci accompagnavano a un tavolo ai margini della sabbia. Un amico barista, che lavorava al bar sulla spiaggia, ci aveva dato di nuovo una mano. Sembrava improbabile, ma c'era un legame tra poliziotti e baristi; forse era perché erano buoni ascoltatori e spesso offrivano da bere. O forse apprezzavano la frequenza con cui venivamo chiamati a sedare le risse.

«È carino qui, Frank».

Un punto per Luca. «Solo il meglio per te, Mary Ann».

«È strano: non sono mai stata qui, e dire che è uno dei pochi posti in cui si può mangiare sul mare».

«È un po' bizzarro, però. Si attraversa questa hall enorme prima di arrivare fuori, ed è anche uno stabilimento balneare, con gente in costume. Mi piace di più in inverno, quando fa buio prima. Ha un'atmosfera diversa».

«Ma non si vede l'acqua».

«La si sente».

Si avvicinò un cameriere e, ricordando che avevano delle proposte a prezzi ragionevoli, chiesi la carta dei vini.

«Ancora vino?»

«Sto iniziando ad appassionarmi. Sai, quel tipo, Barnet: era un osso duro, ma mi ha dato un paio di idee».

Scorsi la lista. Niente mi sembrava familiare. Guardai la colonna di destra e trovai un Malbec a quarantadue dollari.

Il cameriere lo portò subito. Svitò il tappo, smorzando un po' l'atmosfera romantica, e me ne versò un goccio nel bicchiere.

Mi sembrò che tutto il ristorante mi stesse guardando. Ricordando Barnet nel suo negozio, ficcai il naso nel bicchiere e inspirai. Gli feci un cenno di approvazione e il cameriere riempì i nostri bicchieri.

Facemmo tintinnare i calici. «Salute».

Scolai un bicchiere e ne versai un altro, cercando di ricordare il modo in cui Barnet descriveva un vino. Il Malbec aveva un sapore scuro, forse più intenso dei mirtilli?

«Sembri un po' teso, Frank».

Mi leggeva come un libro aperto. La cosa mi piaceva, ma se noi due fossimo andati da qualche parte, non sarei mai riuscito a farla franca.

«Sto bene. Mi ci vuole solo un po' di tempo per staccare dal lavoro e rilassarmi».

«Non hai avuto nessun problema all'happy hour del Blue Martini».

Lei non sapeva che mi ero bevuto un bicchiere di vino prima che arrivasse ieri.

«Pensi che qualcuno sappia di noi?»

Vargas si strinse nelle spalle. «Non lo so. Io non ho mai detto niente».

Mentre un cameriere portava un piatto di gamberoni al tavolo accanto, dissi: «Neanch'io. Comunque, non sono affari di nessuno».

Lei sollevò il bicchiere. «Amen».

«Pensi che sia contro le regole del dipartimento?»

Si chinò verso di me. «Ho chiamato l'ufficio del personale...»

«Cosa?»

«Calmati. È una linea generica per i candidati. Hanno detto che i coniugi possono lavorare entrambi per il dipartimento, ma devono fare turni diversi».

«Allora siamo fregati».

«Ci sposiamo?»

Il bicchiere mi scivolò di mano, versando vino su tutta la tovaglia. Un cameriere si precipitò e stese un tovagliolo sulla macchia violacea.

Mary Ann mi mise una mano sulla mia. «Rilassati, Frank. Risolveremo tutto. Guarda quel cielo. È così bello».

Il cielo stava assumendo una sfumatura rosso-arancio mentre il sole calava nel Golfo.

«Sai, su nel Jersey non facevo mai caso al cielo o ai tramonti». Non ero sicuro se fosse stato il cancro o la geografia a mettere a fuoco le cose. «Ma qui non puoi farne a meno».

«È bellissimo».

Mi sentii dire: «Proprio come te».

Mary Ann mi prese il viso tra le mani e mi stampò un bacio sulle labbra. Poi prese il menù. «Tu cosa prendi?»

«Ehi, metti giù quel menù e finisci quello che hai iniziato. Altrimenti, dovrò arrestarti per violenza domestica»

———

Con la giacca del completo gettata sulla spalla, stavo uscendo per andare a testimoniare in un caso di aggressione quando sentii il suono di notifica di una e-mail. Chinandomi, vidi che il mittente era lo sceriffo. Mi lasciai cadere sulla sedia e aprii l'e-mail proprio mentre entrava Vargas.

«Che ci fai ancora qui?»

«Sto leggendo un'e-mail dello sceriffo. Vuole un aggiornamento sui progressi del caso del serial killer»

«Non abbiamo molto, in realtà»

Scossi la testa invece di ringraziarla per avermelo ricordato.

Vargas disse: «Dobbiamo pur dirgli qualcosa»

«Non avrei mai pensato di dirlo, ma sono contento di dover andare in tribunale. Devi farlo tu»

«Nessun problema»

«Fammi un favore. Visto che sembra che tu gli piaccia più di me, quando comincia con la storia dell'FBI, cerca di guadagnare un po' di tempo per noi»

«Non ho la bacchetta magica»

«Devo scappare»

———

TENDEVO A ESAGERARE l'impatto negativo che gli avvocati hanno sulla società, ma oggi era giustificato. L'orario previsto per la mia testimonianza era alle tredici. Era una stima, proprio come andare a un appuntamento da un medico arrogante a cui non importava nulla del tuo tempo. Ma erano le sedici quando misi la mano sulla Bibbia, facendomi arrivare in ritardo a un altro appuntamento per vedere un posto in cui vivere.

Airport Pulling era intasato, ed ero così nervoso che, parlando con Vargas, mancai lo svincolo per Goodlette. La Route 41 era un muro di macchine in avvicinamento a Golden Gate. Chiamai l'agente, ma non poté cambiare l'orario perché doveva andare a prendere suo figlio all'allenamento di baseball.

Era passato un anno da quando ero stato multato per aver usato sirena e lampeggianti in una situazione non di emergenza. Controllai gli specchietti e accesi entrambi gli interruttori. Mentre le auto si spostavano a destra, mi feci strada fino all'incrocio di Golden Gate, svoltai a destra e mi diressi verso Goodlette.

Situato in una zona privilegiata, Autumn Woods era una comunità tranquilla di residenti a tempo pieno. La casa che stavo andando a vedere era troppo grande per me, ma avevo accettato di prenderla in considerazione per la posizione e per la mia scadenza sempre più vicina.

Mi diressi verso Old Banyan Way, rendendomi conto che la maggior parte delle case era su un unico livello. Com'è che l'unica in vendita era una casa a due piani?

Mentre accostavo, la portiera di un SUV Audi bianco si aprì e l'agente scese. La vivace quarantenne guardò l'orologio due volte prima di raggiungermi nel vialetto.

Mi porse l'annuncio, aprì la porta e mi disse che doveva fare una telefonata. La casa era vuota, quindi c'era molto margine di trattativa sul prezzo. Avevo il mio modo di visitare una casa, e iniziavo sempre dalla sala da pranzo.

Il problema era che aveva un salotto formale di fronte alla sala da pranzo. Non avevo nemmeno bisogno di una sala da pranzo, figuriamoci di un salotto. Era un peccato. La casa aveva una buona luce naturale e linee pulite. Cercai di pensare a un modo per utilizzare lo spazio mentre mi dirigevo in cucina.

I mobili erano in legno bianco sporco, con ripiani in granito color crema. Era carina, e si apriva su un'ampia stanza familiare. Avrei preferito che i soffitti fossero più alti, ma questa casa aveva un secondo piano.

La camera da letto principale era grande il doppio del necessario, e una seconda camera da letto e un grande studio completavano il primo piano. Non appena raggiunsi la cima delle scale e vidi una seconda stanza familiare, mi girai e tornai di sotto. Il posto era troppo grande e troppo costoso per me.

Dissi all'agente che il posto mi piaceva, il che era vero, e che avrei considerato di fare un'offerta, il che non lo era. Sulla via del ritorno, riflettei sull'importanza della mia uscita del mattino seguente.

10

GRATO PER L'ARIA FRESCA, USCII DALLA MATTINATA UMIDA DI agosto ed entrai nell'atrio, dove la musica si fece più forte. Attraverso una porta a due battenti in vetro, che conduceva alla navata principale della Spirit of Fellowship Church, era visibile una folla che la riempiva quasi al completo. Scivolai dentro. I fedeli ondeggiavano a quello che sembrava essere rock cristiano. Il mio piede cominciò involontariamente a battere il ritmo mentre scrutavo la folla. C'erano indizi su chi potesse essere la prossima vittima?

Guardando a destra, dovevano esserci almeno quaranta file di banchi a comporre il lato dell'Epistola. Mi resi conto che la pianta della chiesa ricordava una croce. Proprio al centro, di fronte all'altare, in cima alla croce, un uomo con le braccia alzate incitava al canto. Indossava un abito scuro e una cravatta rossa. Strizzai gli occhi. Era il ministro Gabriel Booth? Un passo più vicino me lo confermò. La band passò a una canzone che iniziava con le parole «Nostro Salvatore» ripetute di continuo. Era di una ridondanza infernale, ma mi ritrovai a canticchiarla a bassa voce.

La musica rallentò e sfumò. Erano le undici passate. La

funzione doveva essere finita, dato che era iniziata alle dieci. Il ministro Booth afferrò il microfono e i parrocchiani si sedettero. Dirigendomi a sinistra, mi infilai in un banco sul lato del Vangelo mentre il tastierista cominciava a sfiorare melodicamente i tasti.

«Fratelli e sorelle, abbiamo celebrato la promessa della vita eterna, ma per riscattare la promessa fatta dal nostro Salvatore, dobbiamo vivere come figli di Dio. Dobbiamo guadagnarci la via per la salvezza. Non esistono lasciapassare gratuiti in questa vita. Non dovremmo esimerci dal diffondere il Vangelo e dal vivere le nostre vite come Dio ci ha comandato». Booth sollevò la Bibbia. «Dio ci ha reso le cose facili; ci ha lasciato le istruzioni proprio qui. Tutto ciò che dobbiamo fare è seguirle. Chi potrebbe chiedere di più?» La congregazione esultò.

Davvero? Capivo il messaggio del Nuovo Testamento, ma il resto della Bibbia? Non mi diceva niente. Anzi, era difficile, se non impossibile, da leggere. Come si poteva ricavarne un messaggio? Ci provai, ma non riuscivo a concepire di leggere dieci pagine di sproloqui per trovare una frase che avrebbe dovuto avere un significato.

Booth posò delicatamente la Bibbia sull'altare e salì sul pulpito. Scrutò il pubblico prima di parlare:

«Dio ci sta mettendo alla prova. Ogni giorno, in ogni modo. Ci offre un numero incalcolabile di opportunità per dimostrare che ascoltiamo le sue istruzioni. Pochi istanti fa, abbiamo sentito dalla Lettera agli Efesini 4:32: "Siate invece benevoli e misericordiosi gli uni verso gli altri, perdonandovi a vicenda come anche Dio vi ha perdonati in Cristo". Dio ci chiama ad amarci gli uni gli altri. Lo ascolteremo?»

Booth appoggiò le mani sul pulpito. «Stiamo ascoltando? Non credo. Stiamo scivolando nell'inciviltà. Se non raddrizziamo la nostra condotta, passeremo l'eternità tra le fiamme dell'inferno. Vi supplico di dare ascolto al suo messaggio;

cambiate i vostri modi. Dio è un Dio amorevole, ma subiremo la sua ira se non ci pentiremo e non cambieremo.»

Si levò un coro di «amen».

Mentre il ministro continuava a predicare, ammonendo e rimproverando per ben quindici minuti, studiai i suoi seguaci. Era difficile farsi un'idea. La maggior parte era vestita con abiti che mi avrebbero sbarrato l'ingresso quando ero adolescente. Mentre allungavo il collo, mi colpì il fatto che ci fossero più uomini che donne. Sembrava insolito, visto che erano le donne a riempire tutte le chiese in cui ero mai stato.

Il ricordo della chiesa di St. Mary, dove andavo a messa da bambino, mi provocò un'ondata di senso di colpa. Mi ero allontanato dalla religione, come la maggior parte degli adulti. Mentre mi consolavo con il pensiero di essere una brava persona e che Dio lo sapesse, un paio di schermi si accesero, mostrando passi della Bibbia che scorrevano.

Il ministro Booth scese dal pulpito. Si fermò all'intersezione della croce e gridò: «Sta a noi superare o fallire la prova. Varcherete le porte del paradiso o brucerete all'inferno?»

I fedeli scattarono in piedi e applaudirono mentre la band attaccava un motivetto orecchiabile sul camminare con Gesù. La musica la facevano proprio bene lì. Era così diversa da quella a cui ero abituato. L'altra cosa diversa era che nessuno si precipitava verso le uscite quando la funzione finiva. A St. Mary, il rivolo di persone che se ne andava subito dopo la comunione diventava una fiumana prima ancora che l'inno finale fosse iniziato. Qui la gente non aveva fretta e rimaneva a chiacchierare.

Fuori dall'atrio c'erano dei tavoli pieni di materiale informativo, dove Booth e una donna, che sospettai fosse sua moglie, chiacchieravano con i parrocchiani mentre uscivano. Ignorando gli opuscoli intitolati *Lo scopo di spogliare l'adultera in Osea*, *Tutti insieme per la giustizia del diritto d'asilo* e *Risposte bibliche all'omosessualità*, presi *La comunità è la tua famiglia*. Lo lessi, e quando lo riposi c'erano ancora persone che parlavano con Booth. Desiderando che quel posto fosse più simile a St. Mary, mi diressi al bagno, sperando che i dieci minuti che mi ci sarebbero voluti per urinare bastassero a far sgomberare il locale.

Il mio tempismo fu perfetto; Booth stava stringendo la mano all'ultima persona. Mi avvicinai al ministro.

«Ministro Booth, sono il detective Luca. Vorrei passare domani per scambiare due chiacchiere».

11

IL REVERENDO BOOTH ERA NEL SUO UFFICIO CON UNA parrocchiana quando la sua segretaria gli disse che lo stavo aspettando. Cinque minuti dopo, il reverendo uscì, con la mano sulla spalla di una donna anziana. Mentre lei se ne andava, le disse di non preoccuparsi, che l'avrebbe ricontattata.

«Mi dispiace averla fatta aspettare, detective. Ma quella povera donna è arrivata all'improvviso, ed è mio dovere aiutare quando mi viene chiesto.»

Ci stringemmo la mano. «Nessun problema. Piacere di vederla.»

«Venga, si accomodi. Posso offrirle qualcosa? Caffè? Acqua?»

Non volevo esordire dicendo che dovevo stare attento ai liquidi che assumevo.

«Grazie. Sto bene così.»

«Sono sicuro che è molto occupato, ma le dispiacerebbe se prendessi una tazza di caffè?»

«Faccia pure.»

«È sicuro di non volerne una?»

«No, grazie.»

La mia prima impressione fu che Gabriel Booth fosse una delle persone più spontanee che avessi mai incontrato. Poteva essere una recita. Mi dissi di non lasciarmi ingannare dalla sua posizione di reverendo e ispezionai la stanza. Un cartello rosso e blu che proclamava "La Bibbia - Il Manuale di Istruzioni di Dio per la Vita" dominava la stanza.

L'arredamento era datato e modesto. Booth aveva una semplice scrivania con una foto della sua bionda moglie accanto a una Bibbia consunta. Appesi a una parete c'erano due diplomi. Uno della Trinity Evangelical Divinity School e l'altro del Northern Seminary. Sotto i diplomi, una candela accesa dall'aroma di vaniglia era posta al centro di un tavolo di legno senza cassetti.

Con la tazza di caffè in mano e profondendosi in scuse, Booth chiuse la porta del suo ufficio e si sedette.

«Non ho ancora ben capito perché volesse vedermi.»

Esalai. «Immagino sia al corrente del cosiddetto Assassino Acquatico. Bene, a quanto pare due delle sue vittime frequentavano la sua chiesa.»

Booth posò la tazza mentre il colore gli defluiva dal viso. «Ho sentito che uno dei nostri nuovi membri, Brett Tinder, credo si chiamasse così, era stato assassinato.»

«Sì, è lui. C'è un secondo uomo, Dick Cornwall, che crediamo sia stato ucciso dallo stesso assassino e che, sempre secondo noi, frequentava la sua chiesa.»

Booth corrugò la fronte. «Cornwall? Non mi pare di averlo conosciuto.» Si alzò. «Un attimo, chiedo a Miriam di controllare i registri.»

Tornando, Booth disse: «Dick Cornwall era un nuovo membro. Si è iscritto formalmente appena un mese fa. Non capisco perché non me lo ricordo. Di solito incontro i nuovi membri.»

Era un'ammissione interessante. Non ero sicuro che ci fosse

qualcosa dietro, e chiesi: «Avete tenuto una funzione funebre per lui?»

«No. L'avrei presieduta io e, sebbene la mia memoria non sia più quella di una volta, me lo ricorderei.»

«Posso chiederle qualche informazione sulla sua chiesa? Potrebbe fornire un indizio sugli omicidi.»

Booth ritrasse il mento. «Pensa che ci sia un nesso tra questi omicidi e la mia chiesa?»

«Stiamo esaminando ogni possibile pista, e il fatto che due dei vostri membri, entrambi con precedenti penali, siano stati presi di mira è difficile da ignorare.»

Booth raddrizzò le spalle. «Detective, molti dei nostri fedeli hanno vissuto vite che li hanno portati fuori strada. Ma questo non significa che dobbiamo rinunciare a loro. Tutti possono essere redenti, tutti possono cambiare, rinascere a una nuova vita, una in cui Dio è al centro.»

Avrei voluto citare i tassi di recidiva che avrebbero dimostrato al reverendo che il cambiamento, se mai avveniva, era una battaglia in salita.

«Mi risulta che...»

La porta si aprì ed entrò con cautela una donna alta e ben proporzionata, con i capelli biondi raccolti sulla sommità del capo. Indossava un abito scialbo e largo che non riusciva a nascondere una certa sensualità.

«Ciao, Hannah. Detective, questa è mia moglie, Hannah.»

Mi alzai per stringerle la mano, ma lei non me la tese. Dietro i suoi occhi si stava svolgendo un calcolo, e fu solo quando forzò un sorriso che mi resi conto che i suoi occhi azzurri erano sbalorditivi.

Il reverendo le chiese: «Come va la schiena?»

«Come al solito. Che succede?»

«Il detective Luca sta indagando sul serial killer. Sembra che anche l'ultima vittima fosse un membro, un'anima sfortunata di nome Dick Cornwall.»

Non mostrò alcuna emozione e non si avvicinò a suo marito, cosa che trovai strana. Di solito un coniuge si avvicina in segno di supporto. Non pensavo che Booth fosse coinvolto, ma sarebbe stato interessante vederlo.

Chiesi: «Conosceva Brett Tinder e Dick Cornwall, signora Booth?»

«Sì.»

«E come li conosceva?»

«Tramite la chiesa.»

Aveva una formazione legale? Quella donna non mi piaceva e non riuscivo a immaginare di cenare con lei ogni sera come faceva il reverendo. Era davvero un uomo di Dio.

Avendo poco tempo, tornai a concentrarmi su Gabriel Booth. «Volevo chiederle della reputazione della chiesa. Mi risulta che siate noti per il vostro grande lavoro con tossicodipendenti ed ex detenuti.»

Miss Simpatia disse: «"Pietro si avvicinò e gli disse: 'Signore, quante volte dovrò perdonare mio fratello, se pecca contro di me? Fino a sette volte?' E Gesù gli rispose: 'Non ti dico fino a sette, ma fino a settanta volte sette'."»

Il reverendo disse: «Come cita Hannah da Matteo 18:21, Dio ci chiede di perdonare coloro che si smarriscono, chiedendoci di tendere loro la mano, di aiutarli a sconfiggere Satana.»

Mi ritrovai ad annuire. «Capisco, ma a livello pratico, cosa fate in chiesa?»

«Innanzitutto, accogliamo tutti. Non ci interessa cosa hai fatto in passato. Vogliamo aiutarti a vivere la tua vita come Dio l'ha concepita.»

«Gestite programmi specifici per affrontare, diciamo, le esigenze particolari dei tossicodipendenti in via di recupero?»

«Non pretendiamo di avere le competenze mediche o psicologiche che provengono da fonti esterne, ma sappiamo che quei programmi hanno più probabilità di successo se integrati dall'amore e dal sostegno che offriamo gratuitamente.

Abbiamo un sistema di affiancamento simile a quello degli Alcolisti Anonimi. Spesso, quando uno smarrisce la via, la sua famiglia e i suoi amici lo abbandonano. Cerchiamo di colmare quel vuoto con qualcuno che abbia superato difficoltà simili. Qualcuno che capisca la sua situazione particolare.»

Un piano solido, e facevo il tifo perché quel tipo cambiasse il mondo, ma nel frattempo il mio lavoro era al sicuro. Chiesi: «Può controllare se Joseph Chapman era un membro qui?»

«Chapman? No, non credo. Hannah, tu lo conosci?»

«No.»

La sua risposta arrivò un po' troppo in fretta. Aveva un motivo, forse nel suo passato, per diffidare della polizia? Doveva essere così, perché se fosse stata in qualche modo invischiata in questa storia, stava facendo un lavoro pessimo per nasconderlo.

Gabriel si alzò. «Vado a chiedere a Miriam se sa qualcosa.»

Hannah disse: «Lascia stare. È uscita per pranzo.»

Chi aveva bisogno dell'aria condizionata quando c'era quella donna nei paraggi?

«Oh, be', allora quando torna controlleremo e le faremo sapere.» Prese una penna.

Quando il reverendo finì di scrivere il nome di Chapman, chiesi: «Qualcuno di voi due conosceva l'orientamento sessuale di Brett Tinder e Dick Cornwall?»

Gabriel si mosse sulla sedia. «Non potrei rispondere con certezza, ma credo che Brett fosse eterosessuale.»

«E lei, signora Booth?»

«Come potrei saperlo?»

Avrei voluto dire "forse uno di loro ci ha provato con lei", ma considerato il rischio di assideramento, era irragionevole.

«Quindi, non ne sa nulla?»

«Conoscevo solo Brett. Come ha detto il reverendo Booth, sembrava che gli piacessero le donne.»

Si rivolgeva a suo marito chiamandolo reverendo Booth?

«Le viene in mente qualcuno, un membro della chiesa o no, che abbia avuto una discussione o un qualche tipo di conflitto con Brett Tinder?»

«Qui abbiamo una comunità speciale, detective, e non tolleriamo comportamenti malevoli. Distruggerebbe l'ambiente di sostegno e fratellanza che promuoviamo nella Chiesa dello Spirito di Fratellanza. Non mi viene in mente nessuno. E a te, Hannah?»

La moglie del reverendo scosse la testa.

12

LA LINEA DIRETTA CHE AVEVAMO ISTITUITO PER RACCOGLIERE indizi non ci aveva fruttato altro che le solite persone che pensavano che il loro vicino fosse strano o che avevano paura. Ci serviva di più.

Non mi era mai piaciuto finire davanti a una telecamera, ma gli appelli per avere informazioni generavano sempre tassi di risposta più alti quando a farli erano i semplici agenti. Era un'ulteriore prova della diffidenza che gli americani nutrivano nei confronti delle persone di potere dalla parlantina sciolta.

Le soffiate del pubblico erano una fonte vitale di indizi, nonostante si dovessero controllare decine di perdite di tempo. Per essere sicuri di coprire una fascia demografica più ampia possibile, sia io che Vargas avremmo fatto un appello.

Mary Ann mi disse di indossare una giacca sportiva ma senza cravatta, e lei indossava un tailleur pantalone blu scuro che non era affatto tra i miei preferiti. Stavamo soffocando dal caldo nel parcheggio di un Publix quando arrivò la notizia che saremmo andati in onda. Il video sarebbe stato distribuito a tutte le emittenti televisive e inserito nei loro servizi sull'assassino seriale. Era molto più facile che fare il giro di ogni network e stazione locale.

Il reporter chiese: «Detective Luca, cosa vorrebbe dire al pubblico?»

«Questi omicidi sono stati brutali. Chiediamo l'aiuto del pubblico per risolvere questi delitti.» Guardai dritto in camera. «Se avete qualsiasi informazione relativa agli omicidi del cosiddetto Assassino Acquatico, vi chiediamo di chiamare la nostra linea diretta al 855-888-9000. La persona o le persone responsabili di queste sparatorie sono pericolose. Non tentate di affrontarle, per favore, chiamate la polizia.»

Vargas disse: «Vi esortiamo a farvi avanti rapidamente. Le vostre informazioni saranno mantenute strettamente riservate. Indipendentemente dalle circostanze in cui ne siate venuti a conoscenza, potete essere certi che rimarranno anonime, se lo desiderate. Per favore, abbiamo bisogno del vostro aiuto prima che qualcun altro si faccia del male.»

Dissi: «Qualsiasi informazione possediate potrebbe essere cruciale per catturare la persona o le persone responsabili di questi omicidi. Per favore, chiamate la nostra linea diretta riservata e gratuita al 855-888-9000. È un numero privato. La vostra chiamata non sarà rintracciata. Grazie per l'aiuto nel togliere questo assassino dalle strade. Come segno di apprezzamento, la contea ha offerto una ricompensa di centomila dollari per informazioni che portino all'arresto del killer. Ecco di nuovo il numero: 855-888-9000. Grazie.»

———

LA MATTINA dopo la messa in onda dell'appello ero alla mia scrivania, a smistare e-mail, quando squillò il telefono. Era l'agente che gestiva la linea diretta.

«Ehi Frank, ci sono due chiamate che secondo noi andrebbero approfondite. A nessuno dei due interessa la riservatezza. Anzi, il primo tizio sembrava volesse proprio parlare.»

Afferrai una penna. «Spara.»

«Quello che voleva parlare era un certo Tony Kelp. Sembra anziano, vive in uno di quegli edifici dalle parti di Vanderbilt. Ha detto che gli è parso di aver sentito uno sparo la notte in cui Tinder è stato trovato nel passo.»

Annotai i dati di Kelp. «Okay, che altro?»

«Una donna, Justine Francis, ha visto un'auto la notte in cui hanno sparato a Chapman.»

Presi nota del suo indirizzo e dissi: «Nient'altro?»

«Magari avessi di più per te, Frank, ma delle settanta chiamate che abbiamo ricevuto, queste erano le uniche che valesse la pena di seguire.»

«Grazie. Se arriva altro, fammi sapere. Chester ci sta addosso e preferirei ricevere le soffiate man mano che arrivano.»

Riattaccai, chiamai i due contatti e uscii per interrogarli.

———

Justine Francis viveva in un condominio sulla Deerwood Lane a Lely Resort. Fui sorpreso ma contento che non ci fosse un cancello da superare. Forse era il fatto di essere nelle forze dell'ordine che mi faceva detestare il falso senso di sicurezza che davano i cancelli.

Justine era una donna dalla corporatura robusta che sembrava sulla sessantina inoltrata. Mi piacque all'istante. Con i capelli di un tono argenteo, Justine era una di quelle donne fortunate che non aveva bisogno di tingerli, anche se compensava calcando la mano con il trucco. Parlava con una voce sommessa che non si addiceva molto alla sua stazza.

«È davvero spaventoso sapere che l'assassino è ancora là fuori.»

C'era un sentore di Febreze nell'aria. «Stiamo lavorando senza sosta per arrestare i responsabili. Non credo che Lei abbia nulla da temere, signora.»

«Lo spero. Posso offrirLe un caffè?»

«Solo se è già pronto.»

«Ho una di quelle macchine a cialde. Mi segua in cucina. Panna o zucchero?»

Panna? Chi serviva la panna in casa? «Solo un goccio di latte, se ne ha.»

Mise una tazza, decorata con il logo dello zoo di Naples, sul tavolo e mi disse di sedermi. Il caffè era quasi completamente bianco. Perché nessuno riusciva a metterci solo un po' di latte? Specialmente quando lo si chiedeva in quel modo.

«Grazie, signora. Volevo ringraziarLa per aver chiamato la linea diretta. Apprezziamo qualsiasi aiuto riceviamo per mantenere sicuri i nostri quartieri.»

Lei sorrise. «Spero di poter essere d'aiuto, detective.»

Tirando fuori la mia Moleskine, chiesi: «Perché non mi racconta cosa ha visto la notte del ventiquattro giugno?»

«Stavo guidando sulla Wilson Boulevard e ho visto quest'auto dall'altra parte della strada.»

«A che ora è successo?»

«Verso le otto o poco dopo.»

«Cosa Le ha fatto notare quell'auto? Perché l'ha notata?»

«Non saprei, davvero. Pioveva, e sono quasi sicura che fosse l'unica auto che ho visto tornando a casa.»

«Da dove veniva?»

Un po' di rossore le affiorò sotto tutto il trucco. «Dal mio fidanzato. Vede, mio marito... siamo stati sposati per trentasette anni... ha avuto un infarto ed è morto poco più di cinque anni fa.»

Cinque anni? A mio avviso sembrava un tempo più che sufficiente. «Okay. Ha notato il colore dell'auto?»

Scosse la testa. «Era buio. Non so, forse nera o blu... magari era marrone.»

Persi la speranza di riuscire a identificare l'auto. «Ha idea del tipo di auto? Sa, era una quattro porte?»

Si illuminò. «Oh, sì. Era una Honda, quattro porte.»

Cosa? «Come fa a esserne così sicura?»

«Mio figlio Jimmy vive in Michigan: ne ha un'identica.»

«Eccellente.»

Non era affatto eccellente; dovevano esserci almeno ventimila Honda nella Contea di Collier.

«Ha per caso visto quante persone c'erano in macchina?»

Chiuse gli occhi. «Mmm. Non so. Sono abbastanza sicura che ci fosse qualcuno sul lato del passeggero, ma non ci giurerei.»

«Un guidatore maschio?»

Annuì. «Sì, di questo sono abbastanza sicura.»

«Ha idea dell'età del guidatore?»

«Più o meno la stessa età di mio figlio. Jimmy compirà trentasette anni a novembre.»

«Le è capitato di notare la targa?»

«Non direi. Mi dispiace.»

«Va bene. Riesce a ricordare se l'auto avesse una targa anteriore?»

«Mi dispiace davvero. Non ho pensato a guardare in quel momento. Non mi sono resa conto che sarebbe stato importante.»

«Va bene. Non c'è problema. Riesaminiamo tutto daccapo.»

Riesaminammo quello che aveva visto e la Francis si attenne alla sua storia. La ringraziai e mi diressi dal secondo testimone, pensando a come rintracciare una berlina Honda di colore scuro.

———

Era la mia prima volta ad Aqua, un complesso residenziale di lusso a Pelican Isle. Si trovava a North Naples, vicino a Wiggins Pass. Avevo visto un paio di pubblicità per quegli appartamenti e, caspita, se erano cari. Non pensavo se ne potesse trovare uno per meno di due milioni.

Aqua era composto da tre edifici sinuosi, incastonati tra un porto turistico e il Golfo, con una bella vista su quest'ultimo. Tony Kelp viveva nell'edificio più a nord. Vedere che la sua posizione era vicina alla zona in cui era stato trovato Tinder mi fece ben sperare.

Kelp mi chiese di chiamarlo una volta superato il cancello. Parcheggiato in un posto per i visitatori, saltai giù dall'auto e tirai fuori il cellulare, componendo il numero mentre camminavo verso il bordo dell'acqua. Chiamai sei volte ma continuava a scattare la segreteria. Andai alla reception, dove il portiere disse che gli era sembrato di aver visto uscire il signor Kelp.

Gironzolai per altri quaranta minuti, chiamando Kelp ogni quarto d'ora prima di andarmene. Dove diavolo era quel tizio? Stava succedendo qualcosa?

13

NIENTE MI FACEVA IMBESTIALIRE PIÙ DI UN IPOCRITA. E SHAUN era tra i peggiori. Inoltre, quel figlio della malvagità assomigliava alla feccia che aveva ucciso mia madre. Sentirlo fare la predica agli altri come se fosse un santo era una sofferenza. Aveva la faccia tosta di dire alla gente di mettersi a posto con Dio. Era un delinquente pervertito, che abusava di ragazzine e rubava qualunque cosa non fosse inchiodata al muro. La goccia che fece traboccare il vaso fu quando mise le mani nella cassetta delle offerte.

Shaun disse: «Tutto bene? Sei silenzioso da morire».

Annuii. «Sto solo pregando. Oggi sono rimasto indietro. Non è una scusa, ma ho avuto una giornata molto impegnata».

«Come vuoi».

«So che è un po' tardi, ma ti dispiace se facciamo una piccola deviazione?»

Shaun disse: «Che succede?»

«Gideon mi ha chiesto di fare una cosa per lui e per la chiesa».

«Per me va bene».

Armeggiò con la radio, sintonizzandosi su una stazione che

trasmetteva un'insopportabile musica rap. Svoltai su Santa Barbara e lui disse: «Dove stiamo andando, fin quaggiù?»

«Gideon voleva che esplorassimo la zona qui fuori. Vuole espandere la chiesa e pensava a una sede distaccata».

Attraversando Radio Road, Shaun disse: «Sarebbe forte, eh? Due sedi. Magari mi lascerebbe fare di più. Magari anche aiutarlo a gestirla».

Quell'idiota ladro era un illuso. «Mi dice che gli piaci, quindi, perché no?»

Superammo l'incrocio con Davis Boulevard e lui disse: «È un mortorio qui fuori. Non c'è niente: né edifici né nient'altro».

«Immagino sia per questo che a Gideon piace. Sono sicuro che qui costi molto meno».

«Dev'essere per quello».

Rallentai quando finì il muretto che proteggeva un complesso residenziale. Non c'era nulla su entrambi i lati della strada per almeno due miglia e nessun faro in vista. Accostando sull'erba, rallentai fino ad andare a passo d'uomo poco prima di County Road.

Shaun disse: «È così fottutamente buio qui fuori, non si vede un accidente».

«Cosa, hai paura?»

«È solo un po' inquietante, tutto qui».

Fermai la macchina, allungai la mano sotto il sedile ed estrassi la pistola.

«Perché ce l'hai?»

Sorrisi e gliela puntai contro.

«Andiamo, smettila di cazzeggiare con quella».

«Scendi dalla macchina. Lentamente».

«Di che stai parlando? Io non scendo».

Premendogli la canna contro la tempia, dissi: «Certo che scendi. Fuori!»

«Sei fottutamente pazzo?»

«Adesso. Scendi!»

Aprì la portiera. Le labbra di Shaun tremavano. «Non puoi lasciarmi qui. Come faccio a tornare a casa?»

«Non preoccupartene. Ora, indietreggia».

«C'è un fottuto canale proprio qui».

Scivolando sul sedile del passeggero, aprii il finestrino, alzando la pistola.

«Smettila di cazzeggiare. Andiamocene da qui».

«Matteo 6:5: "E quando pregate, non siate simili agli ipocriti che amano pregare stando ritti nelle sinagoghe e agli angoli delle piazze per essere visti dagli uomini"».

«Di che cazzo stai parlando?»

Premendo il grilletto, sparai due colpi in rapida successione. Lo colpirono al petto e Shaun crollò nel canale. Mi guardai intorno: niente. La schiena aveva bisogno di una stirata, ma non potevo rischiare di scendere dall'auto.

Mi immettei su Santa Barbara e la mia mano cercò a tastoni i bossoli. Sorrisi: la Spada del Signore aveva scartato un po' di pula.

Mentre svoltavo a destra su Rattlesnake Hammock Road, provai un'ondata d'orgoglio nel compiere l'opera del Signore. Eliminare uno a uno i peccatori irredimibili non avrebbe creato il paradiso in terra, ma era un progresso, ed ero incoraggiato dalla saggezza di Gideon a non preoccuparmi della temperatura dell'oceano, ma solo dell'acqua intorno alle caviglie.

14

Perché Santa Barbara Boulevard aveva tre corsie per senso di marcia? Non aveva senso: era un mortorio una volta superata Davis. Non mi sembrava affatto Naples. Doveva esserci un grande sviluppo edilizio in corso da queste parti, dato che le infrastrutture erano già pronte. Se era così, per una volta i politici stavano pensando al futuro. Pensa un po'.

Vargas accostò dietro una carovana di auto della polizia parcheggiate e, prima ancora che il veicolo si fermasse, aprii di scatto lo sportello e l'umidità si riversò dentro. Sporgendo la testa fuori, feci un respiro profondo, sperando di ricacciare indietro la bile. Avevo vomitato il bagel che avevo preso mentre aspettavo Vargas e non ero più riuscito a trattenere niente nello stomaco da quando si era sparsa la notizia del ritrovamento di un altro corpo.

«Non possiamo andare avanti così ogni due settimane. Dobbiamo prenderlo, questo bastardo, Vargas.»

«Lo prenderemo. Lo facciamo sempre.»

Era troppo ottimista per i miei gusti. Sapevo che alla fine chiunque fosse sarebbe stato catturato. Ma ero molto, molto meno sicuro che sarei stato io a capo del caso quando sarebbe accaduto.

«Chester mi ha lasciato un messaggio. Ha contattato anche te?»

Lei annuì. «Ho richiamato e ho detto a Becky che gli avremmo fatto rapporto una volta finito qui.»

Passammo sotto il nastro giallo, chinandoci, e mettemmo piede sull'erba. Era compatta e asciutta, a parte qualche traccia di rugiada.

Dissi: «Ehi, voi! Indietreggiate fino alla strada. Non voglio che la scena del crimine venga calpestata.»

Vargas mi lanciò un'occhiata e io dissi: «Non ha piovuto stanotte, vero?»

«Non dalle mie parti.»

Alzai lo sguardo verso un cielo che si stava oscurando. «Forse la Scientifica riuscirà a raccogliere qualcosa prima che si metta a diluviare. Sempre che questi pagliacci non abbiano già contaminato tutto.»

«Senti quest'odore?»

«Sì, che cos'è?»

«Non lo so, Frank. Forse un incendio.»

«In questo periodo dell'anno, con tutta questa pioggia?»

«Forse qualcuno sta bruciando la spazzatura o qualcosa del genere.»

Mi guardai intorno, in quella zona desolata, certo che ci fossero alcuni bifolchi da queste parti capaci di farlo.

Mentre gli agenti si ritiravano, controllammo che nessuno avesse disturbato la scena. Soddisfatti, Mary Ann e io ci avvicinammo al bordo del canale. Il fondo del canale di scolo, largo tre metri, era visibile.

«Abbiamo una possibilità. Almeno questa volta la vittima non è sommersa dall'acqua.»

Accovacciarci nello stesso momento fu un'interessante evoluzione nell'ambito della nostra relazione. Sporgemmo la testa oltre il bordo. Sdraiato di sbieco, con la parte superiore della schiena e la testa fuori dall'acqua, c'era un altro maschio bianco sulla trentina.

«Sembra almeno un colpo di pistola, no?»

Dissi: «È difficile da vedere, ma sembra di sì.»

Mary Ann si alzò e indicò un punto. «C'è una passerella.»

Camminammo per una cinquantina di metri, attraversando una passerella che sormontava una griglia per i detriti. La vista dall'altro lato era migliore, ma non servì a chiarire la situazione. Mentre tornavamo indietro sulla stretta passerella, arrivò il furgone del medico legale.

———

SEMBRAVA di essere di nuovo in seconda media, seduti davanti al preside. Chester teneva entrambi i palmi sulla scrivania e tamburellava con le dita della mano destra. Ci fissava come se i dannati cattivi fossimo noi.

Chester si mosse sulla sedia e un raggio di sole mi accecò. Disse: «Voglio che mi spieghiate. Che teorie avete? Con cosa abbiamo a che fare?»

Vargas fece per parlare, ma la fermai con un gesto, spostandomi dal sole e dicendo: «Non Le piacerà, signore, ma al momento non sappiamo esattamente con cosa abbiamo a che fare.»

Lo sceriffo borbottò: «Fantastico.»

«La balistica della pistola usata per uccidere Shaun Parker non corrisponde a quella delle altre vittime. L'hanno analizzata più volte e non c'è corrispondenza.»

Disse Vargas: «Potrebbe trattarsi di un emulatore, o semplicemente il killer ha usato un'altra pistola.»

Dissi: «Il modus operandi dell'assassino era coerente, ma il corpo non era completamente in acqua. O le cose non sono andate come previsto, oppure non è lo stesso killer. La cosa interessante è che, per la prima volta, abbiamo prove forensi su cui lavorare.»

Disse Chester: «Questo potrebbe significare sia che l'assassino sta diventando meno attento, sia che si tratta, appunto, di un caso di emulazione.»

«Esatto. Sappiamo che tutti gli assassini, per quanto attenti, alla fine commettono errori, diventano sciatti o troppo sicuri di sé. Speriamo che i capelli trovati su Parker ci portino da qualche parte.»

«La speranza non è abbastanza, detective. Avete idea di quanto sia terrorizzata la gente?»

«Comprendiamo, signore. Ma in realtà non ha nulla da temere.»

Chester scattò in piedi. «Davvero?»

Vargas intervenne prontamente. «Quello che il detective Luca sta dicendo è che questo killer sembra prendere di mira uomini bianchi sulla trentina.»

«E qual è la sua motivazione? Non abbiamo uno straccio di prova a sostegno di questa tesi, il che rende la risoluzione di questo caso più difficile di quanto dovrebbe essere.» Sbatté un palmo sulla scrivania. «E sapete a chi do la colpa? A voi due. Ora, voglio progressi concreti, e li voglio in fretta, o siete fuori da questo caso. Sono stato chiaro?»

Invece di mandare a fanculo Chester, annuii.

———

ERAVAMO SEDUTI a un tavolo da Rosedale. Il locale era vuoto e avrebbe chiuso entro venti minuti. Non credevo che ci avrebbero fatto entrare se non mi avessero conosciuto.

Un ragazzino brufoloso ci portò la pizza e allungai la mano per prenderne una fetta. La piegai, ci soffiai sopra e diedi un morso. Scottava da morire, ma era buona. Mary Ann stava ancora tagliando il suo pezzo mentre io davo un altro morso. A bocca piena, dissi: «Non posso credere che la mia carriera sia appesa a due capelli.»

Mary Ann deglutì e posò la forchetta. «Stai facendo un po' il melodrammatico, Frank.»

«Tu credi? Se non tiro fuori qualcosa in fretta, Chester mi toglierà il caso.»

Mary Ann sorseggiò un Chianti da quattro soldi. «Tireremo fuori qualcosa.»

«Dove lo tireremo fuori in fretta?»

«Lo sceriffo ha ordinato alla scientifica di mollare tutto il resto per concentrarsi sulla scena del crimine di Parker.»

«Non avranno fortuna, posso...»

«C'è sempre qualcuno che dice: «Teniamo la testa bassa, facciamo il lavoro sporco, interroghiamo a più non posso e, oplà, la fortuna gira».»

Lei non lo sapeva, ma odiavo quando mi rinfacciava un mio stesso detto. Presi un'altra fetta di pizza.

«Facile per te parlare. Non è la tua carriera a essere in gioco.»

«Santo cielo, Frank. È un caso, e per di più difficile. Smettila di autocommiserarti e mangia la tua dannata pizza.»

«Non ti dà fastidio? Mi sento come nelle sabbie mobili.»

«Senti, sono frustrata quanto te, ma devi mantenere un po' di prospettiva, Frank. Non puoi definirti in base a quello che succede giorno per giorno.»

«E che diavolo significa?»

«Prima di tutto, il tuo lavoro è solo il tuo lavoro, non è chi sei tu.»

«Ma a me piace il mio lavoro. È una parte importante di me e di chi sono.»

Mary Ann sospirò. «Lascia che te lo dica in un altro modo. Quando fai bene, non lasciare che ti dia alla testa, e quando fai male, non lasciare che ti arrivi al cuore.»

Annuendo lentamente, dovetti ammettere che era un detto dannatamente buono, anche se non era venuto in mente a me.

«Ha senso, Frank?»

«Sì, ma non voglio fare la figura dello stupido davanti a tutto il dipartimento. Se Chester mi toglie questo caso, sarebbe un'umiliazione pazzesca.»

«Chester ha un lavoro da fare e deve dimostrare di agire. Non possiamo controllarlo.»

«Certo che possiamo. Vedi, è qui che ti sbagli, Mary Ann. Se facciamo progressi, dovrà per forza tenerci sul caso.»

«A chi importa chi lo risolve, purché venga risolto?»

Svuotai il mio bicchiere di vino e afferrai l'ultima fetta prima di poter dire qualche stupidaggine.

«Allora è questo, non è vero? Il detective Frank Luca vuole fare l'eroe. Ma fammi il piacere.»

«I-i-io... non è vero.» Anche se lo era.

«Andiamo. Sono stanca.»

15

La mattina seguente stavo studiando una parete di foto delle quattro scene del crimine. Di solito la mia voce interiore mi sussurrava qualcosa. Ma stavolta niente: silenzio assoluto. Squillò il telefono e inciampai nella fretta di rispondere.

«Calma, Frank.»

Erano le risorse umane, per ricordarmi di firmare un documento che attestava la ricezione del nuovo manuale del dipendente.

«Ogni giorno ci tocca avere a che fare con sempre più stronzate burocratiche.»

«Ti lamenti di nuovo?»

«È che mi fa imbestialire tutta questa merda politicamente corretta invece di concentrarci sui cattivi.»

«Ti sei accorto solo adesso che comandano gli avvocati?»

«È un miracolo se riusciamo a combinare qualcosa.» Il telefono squillò di nuovo.

Dopo aver ascoltato chi c'era dall'altra parte, sbattei giù la cornetta.

Vargas disse: «Immagino non fossero buone notizie.»

«Nessuna corrispondenza per i capelli o per la balistica nel database. La pistola è una calibro .44, probabilmente una Glock.»

«Era un azzardo.»

«E adesso?»

«Andiamo, Frank. Tutto d'un tratto non sai più che fare? Forse Chester ha ragione, non dovremmo occuparci di questo caso.»

«Questa è una stronzata e lo sai! Metti a posto le tue cose. Ce ne andiamo tra dieci minuti.» Afferrai il fascicolo di Parker per leggerlo mentre cercavo di farmi scappare la pipì.

———

L'INSEGNA DICEVA SUNNY MEADOWS, ma non c'era neanche l'ombra di un prato nel parcheggio per case mobili su Radio Road. Si trovava a meno di un miglio da dove Tinder aveva il suo appartamento. Poteva esserci un collegamento?

Il fratello di Shaun Parker viveva nell'unità 62, una roulotte a larghezza singola di un blu sbiadito. Il posto aveva superato da un pezzo la sua data di scadenza. L'unico modo per spostare quel rottame era con una gru.

Iniziò a cadere una pioggerellina tiepida mentre bussavo alla porta. Un uomo tarchiato, a piedi nudi e in pantaloncini, aprì, tenendo in mano un bicchierone gigante di bibita del Burger King.

«Billy Parker?»

«Sì, sono io. Cosa volete?»

Ci presentammo, dicendogli che avevamo bisogno di informazioni su suo fratello. Vargas proseguì facendogli le sue condoglianze, e lui si scostò per farci entrare.

Billy disse che aveva solo dieci minuti, perché si stava preparando per andare al lavoro. Entrammo in quella che fungeva da cucina. Avevo visto vassoi più grandi del tavolo di quel tizio, ma ciò che attirò la mia attenzione fu quello che c'era sopra.

Il tavolo era carico di involucri di due hamburger, tre contenitori di patatine fritte, un frullato e una coppa di gelato con salsa al cioccolato. Mi guardai intorno in cerca di un biglietto. Quel tizio non stava andando al lavoro, stava commettendo un suicidio.

Vargas chiese: «Conosce qualcuno che avrebbe avuto un motivo, non importa quanto folle, per fare questo a Shaun?»

«Non saprei. Sa, io e Shaun non eravamo molto legati. Dopo la morte della mamma, ha iniziato a cacciarsi in ogni tipo di guaio, e io non avevo tempo per quelle stronzate. Insomma, quante volte devi finire in prigione per imparare la lezione?»

Lei chiese: «Chi è il più grande?»

«Io, di quattro anni.»

«Altri fratelli o sorelle?»

«No, solo noi due, ma come ho detto, non ci sentivamo molto.»

Dissi: «Quando è stata l'ultima volta che l'ha visto?»

Esitò. «Probabilmente a Natale.»

«E non se lo ricorda?»

«Ehi, senti. Come ho detto, non eravamo legati.»

Quel posto mi dava un senso di claustrofobia. «Dove l'ha visto a Natale?»

«La mia ragazza, Mary, è una bravissima persona. Siamo andati da lei negli ultimi due Natali. È italiana, quindi la famiglia è una cosa molto importante, e mi obbliga a invitarlo. Non era mai venuto prima, ma quest'anno sì. Forse perché stava andando in chiesa o qualcosa del genere.»

«È venuto da solo?»

«Ha portato una ragazza con sé.»

«Come si chiama?»

«Credo Katy o qualcosa del genere.»

«Sa dove abita?»

«No, ma faceva la cameriera al Blueberry sulla 41.»

«Conosce Brett Tinder? Abita a meno di un miglio da qui.»

«Tinder? No, non credo.»

Mostrai delle foto: «E Joe Chapman o Dick Cornwall?»

«No.»

«Sa se suo fratello era gay?»

«Gay? Di che sta parlando? Cosa mi vuole dire, che oltre a essere un delinquente era pure frocio?»

«È solo una domanda sul suo orientamento. Stiamo cercando di verificare i collegamenti tra gli omicidi su cui stiamo indagando.»

Concludemmo e ce ne andammo per seguire l'unica pista che ci aveva dato e che valesse la pena di seguire: una cameriera di una tavola calda.

———

NON ESSENDO un tipo da colazione fuori casa, non ero mai stato al Blueberry. Come il nome, anche l'esterno era carino, ma l'interno, con le sue pareti in pino e i soprammobili, urlava "posto nel nord dello stato di New York che aveva superato il suo apice quarant'anni prima". Ma non sembrava importare a nessuno. Il locale era quasi pieno.

Chiesi della cameriera alla ragazza all'ingresso, assicurandole che non eravamo interessati a Katy. Mentre aspettavo sotto il portico, l'odore di pancake mi fece brontolare lo stomaco. Due minuti dopo, la porta a zanzariera si aprì e uscì una donna, non proprio sovrappeso o fuori forma, ma sulla soglia di diventarlo. Cercai di confrontare il colore dei capelli trovati sulla vittima con i suoi.

«Salve. Sono Katy. Siete qui per Shaun?»

«Sì. Sappiamo che stavate insieme.»

«È vero, ma è finita un paio di mesi fa.»

Quello era un buon segno. Non stavo giudicando il fatto

che uscisse con un criminale, ma ero solo contento che i capelli non fossero i suoi. Avevamo ancora una possibilità di scoprire se appartenessero all'assassino.

«Non lo vedeva da un bel po'?»

«È passato un paio di volte, dicendo che era cambiato e che aveva messo la testa a posto. Ha anche detto che frequentava una chiesa. Ma gliel'avevo già sentito dire una dozzina di volte. Non potevo più perdere tempo con lui. Era dolce, ma come sapete, aveva un lato oscuro. Forse era per aver perso sua madre presto o qualcosa del genere.»

Prese fiato e io dissi: «Ha detto che andava in chiesa?»

«Così ha detto.»

«Quale chiesa?»

«Lo Spirito, o qualcosa del genere. È su fino a Immokalee, dalle parti di Oil Well Road.»

Chiesi: «La Spirit of Fellowship Church?»

«Forse. Non ricordo altro che la parte dello Spirito, sa, lo Spirito Santo?»

«Ha mai menzionato chi fosse il pastore? Era Gabriel Booth?»

«Non lo so. Mi dispiace.»

Vargas chiese: «Le ha mai detto di essere in pericolo? O di avere dei nemici?»

Sospirò. «Come ho detto, Shaun aveva un lato molto dolce, ma riusciva a essere buono solo per un po'. Io vengo da una buona famiglia. Mio zio è un poliziotto in Indiana e, be', sapevo che stava combinando qualcosa di losco. A volte si nascondeva per giorni. Non era una bella situazione. Probabilmente aveva un sacco di nemici.»

«Per quanto tempo siete stati insieme?»

«Meno di sei mesi.»

Le porsi il mio biglietto da visita, chiedendole di chiamare se le fosse venuto in mente qualcosa che potesse essere d'aiuto.

Appena risalimmo in macchina, dissi a Vargas di scoprire

quali altre chiese c'erano dalle parti di Oil Well Road. Mentre Vargas digitava sul suo telefono, dissi: «Questa potrebbe essere la svolta di cui abbiamo bisogno per impedire a Chester di prendere il sopravvento.»

«Forse, ma ci sono altre due chiese là fuori, e una di queste è la Holy Spirit Episcopalian Church, proprio su Oil Well.»

L'APPARTAMENTO di Tony Kelp occupava metà del piano. Trovai forte il fatto che l'ascensore si aprisse direttamente nel suo appartamento, ma la vista era pazzesca. Socchiudendo gli occhi, mi diressi verso una serie di porte scorrevoli che davano sul Golfo scintillante. La recinzione sulla terrazza era fatta a regola d'arte, trasparente, una specie di plexiglas.

«È una vista magnifica, signor Kelp.»

«Ogni volta che mi lamento di dover parcheggiare di sotto e prendere l'ascensore con le mie cose, mi ricordo della vista.»

Mi voltai e, mentre i miei occhi si abituavano alla luce, dissi: «Mi sembra un ottimo compromesso. Come si sente?»

«Abbastanza bene. È stato uno spavento, ma sono fortunato che sia stata solo l'appendicite. Alla mia età, senti un dolore e la mente ti dice che è la fine.»

Non volevo addentrarmi con lui in quel discorso. «Beh, ha un bell'aspetto. Ora, vorrei farle qualche domanda sul corpo trovato là fuori.» Era la prima volta che interrogavo qualcuno con la scena del crimine che si stendeva sotto di noi. «Mi dica cosa ha sentito e visto quella notte.»

«Certo, sediamoci. Vuole qualcosa da bere?»

«Sa una cosa, un po' d'acqua mi farebbe comodo.»

Kelp aggirò un'isola di marmo nero fino a un frigorifero in acciaio inossidabile, e io mi guardai intorno. Ero sicuro che fosse vedovo, a giudicare dalle foto e dall'arredamento, che erano stati trascinati dalla sua casa precedente. I pesanti mobili d'ispirazione toscana stonavano con l'atmosfera da Miami del grattacielo. Quel posto valeva un paio di milioni, e chiamarlo appartamento o attico era riduttivo.

Non mi aspettavo una Pellegrino, e Kelp non deluse le aspettative, posando una bottiglia di Poland Springs su un sottobicchiere di Tommy Bahama.

Svitando il tappo, dissi: «Grazie. Allora, mi racconti cosa ricorda.»

«Mi alzo spesso durante la notte per pisciare. Lei è ancora troppo giovane, ma vedrà.»

Se solo sapesse dei miei problemi a pisciare.

«Comunque, ho fatto pipì e sono tornato a letto quando ho sentito questo rumore. Ero sicuro che fosse uno sparo. È stato come uno schiocco.»

«Era tardi e stava dormendo. Non metto in dubbio ciò che ha sentito, ma ne è sicuro?»

«Ho prestato servizio nella guerra di Corea, e conosco il suono di un'arma da fuoco.»

«Ne sono certo. Sto solo cercando di esserne sicuro. Saprebbe distinguere il suono di un fucile da quello di una pistola?»

«Anni fa, quando ero sulla penisola coreana, le avrei saputo dire la differenza tra un M-16 e un M-19. Probabilmente oggi non ci riuscirei, ma non ho dubbi che fosse una pistola. Il resto del mio corpo starà anche andando a pezzi, ma l'udito non mi tradisce mai.»

«Bene, questo è utile. Cosa ha fatto dopo aver sentito lo sparo?»

«Quando ho sentito lo sparo, mi sono alzato e ho guardato fuori dalla finestra. C'era una macchina... venga qui, gliela mostro.»

Kelp si aggrappò al tavolino da caffè, alzandosi dal divano. Aprì una porta scorrevole verso la terrazza e fummo avvolti da una brezza umida e salmastra.

«Sono uscito dalla porta della camera da letto. È un'unica grande terrazza. E c'era questa macchina.» Kelp indicò il punto in cui Vanderbilt Drive incrociava Wiggins Pass. «Ferma proprio lì.»

«Ha visto qualcuno?»

«No, ma la macchina era uno di quei modelli giapponesi, e aveva delle strane luci sul retro.»

«Cosa intende per strane?»

«Si è messa in moto, andando verso nord, ma un lato dei fanali posteriori sembrava avere le luci della retromarcia accese. Sa, quelle bianche che si accendono quando si fa marcia indietro?»

Annuii. «Ne è sicuro?»

«È quello che mi è sembrato di vedere.»

«Ha detto che la macchina era giapponese. Come lo sa?»

Kelp si tirò il lobo di un orecchio. «Le macchine giappe fanno tutte quel suono lamentoso, molto diverso dal rumore delle auto americane o europee. Le macchine giappe fanno un ronzio, per niente aggressivo.»

«Ha idea della marca?»

«Non ne sono proprio sicuro; la maggior parte di loro si somiglia. Ha mai visto i loghi di Mazda, Infiniti e Lexus? Sembrano tutti uguali.»

Dovetti dargli ragione. «Le dispiace se diamo un'occhiata a un paio di foto, per vedere se riconosce la marca dell'auto che ha visto?»

«Certo, nessun problema.»

Passammo in rassegna la maggior parte dei modelli e, sebbene propendesse per una Honda Accord, non ne era certo.

16

MENTRE APRIVO LA PORTIERA DELL'AUTO, SENTII CHIAMARE IL mio nome. Io e Vargas ci girammo. Era una segretaria del secondo piano.

«Lo sceriffo vuole vedervi entrambi.»

Dissi: «Gli dica che stiamo andando a trovare un sospettato.»

«Ha detto che vuole vedervi adesso.»

«Ma...»

«Andiamo, Frank. Togliamoci il pensiero.»

Mentre rientravamo, dissi: «Potremmo aver chiuso per sempre.»

«Smettila con queste scene da fine del mondo, okay?»

Sulla scrivania di Chester c'erano quattro tazze di caffè e una pila di giornali. Lo sceriffo era al telefono. Restammo in piedi dietro le sedie di fronte alla sua scrivania mentre finiva la telefonata. Ci fece cenno di sederci, ma non si alzò.

«Accomodatevi.»

Chester sfogliò in silenzio un fascicolo con la scritta FBI. Mi sentii come un lanciatore di riserva che aveva concesso una base su ball a basi piene ed era in attesa di essere sostituito.

Chiuse di scatto il fascicolo e picchiettò con l'indice sulla pila di giornali.

«Vorrei che mi diceste come riconquisteremo la fiducia della gente. Ci sono voluti anni per costruire i rapporti che abbiamo con le comunità della nostra contea, e questo caso minaccia di distruggere quella sacra fiducia.»

Vargas disse: «È stato un caso difficile, signore. Questo delinquente, uomo o donna che sia, è stato cauto, ma abbiamo diverse piste su cui stiamo lavorando.»

«È meglio che siano solide.»

Vargas disse: «Infatti, stavamo andando a parlare con il nostro primo vero sospettato quando ci ha chiamati.»

«Cosa avete su di lui?»

«Un amico di due delle vittime ha detto che un uomo, Mike Moler, aveva minacciato entrambi. Moler ha due precedenti: aggressione e arresto per porto d'arma da fuoco.»

Chester annuì. «Sembra interessante.»

Dissi: «E stiamo seguendo una pista secondo cui potrebbe trattarsi di un crimine d'odio. Due delle vittime erano gay.»

«E gli altri?»

«Non dichiaratamente, signore. Ma stiamo indagando.»

«Suppongo che entrambi vi rendiate conto che la pressione sul mio ufficio sta aumentando.»

Annuimmo.

«Non fraintendete questo come una minaccia, ma il tempo stringe.»

———

FACEMMO SAPERE alla polizia di Lee County che stavamo andando da Moler, rifiutando la loro offerta di aiuto. Il capitano non ne fu felice e disse che avrebbe fatto pattugliare una volante nella zona di East Terry Street nel caso avessimo avuto bisogno di aiuto.

Esitai a dire che Mike Moler viveva in un cubo di blocchi di cemento perché, con il compensato che copriva entrambe le finestre anteriori, sembrava più un posto da occupare abusivamente. Il vialetto di ghiaia conduceva a una porta senza campanello. Diedi diversi colpi di palmo sulla porta prima che un omuncolo, con una barba di diversi giorni, aprisse.

«Che cazzo volete?»

Vargas disse: «Siamo dell'ufficio dello sceriffo di Collier.»

Socchiuse gli occhi. «Cosa volete?»

Moler non superava il metro e cinquantacinque e i sessanta chili. Era considerevolmente più piccolo di tutte le vittime. Mi ero imbattuto in un sacco di uomini piccoli che cercavano di compensare la loro statura con una pistola.

«Siamo qui per interrogarLa su alcuni suoi amici.»

«Chi?»

«Joseph Chapman e Brett Tinder.»

«Cosa gli è successo?»

«Sono stati entrambi assassinati.»

«Così ho sentito.»

Vargas disse: «Sarebbe meglio se entrassimo.»

«Non vi faccio entrare senza un mandato.»

Dissi: «Signor Moler, se preferisce possiamo farlo giù alla centrale.»

«Fate le vostre cazzo di domande proprio qui. Okay?»

«Come li conosceva?»

Tirò su col naso e sputò proprio alla destra di Mary Ann. Mi venne voglia di prendere a calci in culo quel tizio fino a Tampa.

«Dal lavoro.»

«Oh, dobbiamo aggiungere 'furto' al suo curriculum?»

Si passò il dorso della mano sulla bocca. «Sei un simpaticone? Lavoravo in carrozzeria e loro bazzicavano lì.»

«Come si chiama il posto?»

«Collision Masters.»

«È lì che ha minacciato di uccidere Chapman?»

«Di cosa state parlando?»

«Abbiamo un testimone che ha detto che Lei ha fatto a botte con Chapman.»

«Quel figlio di puttana se l'è meritato. Fottuto frocio, era un rompicoglioni autoritario.»

«Quindi lo ha messo al suo posto?»

Fece spallucce.

«Abbiamo saputo che Tinder è intervenuto e che poi vi hanno immobilizzato e vi hanno preso il coltello.»

«Fottuti finocchi, tutti e due.»

«Lavora ancora da Collision Masters?»

Fissò i propri piedi. «No, da un pezzo.»

«Come si guadagna da vivere di questi tempi?»

«Con lavoretti qua e là.»

«Possiede un'arma da fuoco, signor Moler?»

Esitò. «No.»

«Possiede un'auto?»

Scosse la testa.

«Come si sposta?»

«La mia ragazza ha la macchina.»

«Che marca?»

«Un'Honda.»

«Di che colore sono i suoi capelli?»

«I suoi capelli? Che cazzo c'entra questo con tutto il resto?»

Vargas disse: «Per favore, risponda alla domanda.»

«Biondo sporco.»

Per paura di allertare Moler, feci un paio di domande del cazzo e Vargas non perse un colpo. Formavamo davvero una bella squadra, e mi chiesi se la nostra relazione personale avrebbe mandato tutto a puttane, prima di ringraziarlo per il suo tempo e di andarcene.

Appena la porta si chiuse, dissi: «Dobbiamo entrare lì dentro. Prepariamo una richiesta di mandato.»

«Sarebbe bene includere l'auto, anche se non è sua.»

«Sarà già un'impresa così. Avremo bisogno che Chester faccia pressione sul procuratore.»

«Dubito che sia un problema.»

«Speriamo di no.»

«Sai, Frank, faresti meglio a stare attento a quello che dici allo sceriffo.»

«Cosa vuoi dire?»

«L'hai sviato sulla pista gay.»

Feci spallucce. «Sembrava che ci fosse un collegamento, finché non si è esaurito.»

«È pericoloso parlargli di una pista che abbiamo già scartato.»

«Ma dai. Stavo solo prendendo un po' di tempo. Posso risuscitarla se necessario.»

«Se scopre che gli stai raccontando frottole, non dovrai più preoccuparti che ti tolgano da questo caso.»

«Non preoccuparti, a Chester ci penso io.»

«Lo spero.»

«Ti va ancora bene che io mi trasferisca nella dependance?»

«Te l'ho detto cento volte, va benissimo. Potrebbe essere divertente.»

Era troppo presto nella relazione per stare così vicini, ma con questo caso non avevo tempo per trovare un posto dove vivere. La verità era che avevo contato sulla sua casa e non avevo più cercato niente da un po'.

«Grazie. Lo apprezzo molto. I traslocatori sono pronti per dopodomani.»

«Chi hai chiamato per il trasloco?»

«Un nipote di Candy, delle Risorse Umane. Il ragazzo ha una piccola ditta di traslochi.»

«Candy? Non uscivi con lei?»

«È stato secoli fa. Molto prima che mi ammalassi.»

17

CAPITAVA SEMPRE A ME. SE AVEVO UN SOLO IMPEGNO importante, un altro veniva fissato per lo stesso giorno. E quel giorno non fece eccezione.

Lo sceriffo era riuscito a convincere il procuratore distrettuale a richiedere un mandato di perquisizione per la casa di Moler. Il giudice lo firmò alle 11:15. Era una grande vittoria, ma avevo programmato di prendermi il pomeriggio libero; i traslocatori sarebbero arrivati a casa mia all'una.

Vargas aspettava nel parcheggio con due auto di pattuglia. Stringendo il mandato di perquisizione, scesi di corsa le scale per raggiungerli. Tesi il mandato in aria.

«Andiamo.»

Sfrecciammo lungo Livingston e, quando attraversammo Bonita Springs Road, me ne resi conto.

«Merda!»

«Che succede, Frank?»

«Ho dimenticato di avvisare la contea di Lee che stiamo eseguendo una perquisizione.»

«Nessun problema. Ho già chiamato io.»

«Davvero?»

«Sì. Ho chiamato lo sceriffo della contea di Lee per il nostro mandato di perquisizione.»

Mi copriva davvero le spalle.

«Grazie, me n'ero completamente dimenticato. Credo di essermi lasciato prendere troppo dall'entusiasmo.»

Stavo avendo un'altra crisi del mio cervello da chemio? Non riuscivo a ricordare le cose. Mary Ann diceva che avevo troppe cose per la testa, tra il caso e la ricerca di un posto dove vivere.

«Merda!»

«E adesso che c'è, Frank?»

Odiavo ammetterlo, ma le parole mi uscirono di bocca da sole. «Ho dimenticato di chiamare i traslocatori.»

Vargas esitò. «Non fa niente. Qual è il numero? Vedo se possono venire verso le cinque. Dovremmo aver finito ben prima di quell'ora.»

«Non lo so. Potremmo dover fare degli interrogatori se riusciamo a incastrare Moler.»

«Ci vorrà un giorno o due perché la scientifica trovi le prove per un arresto.»

«Per allora la mia roba sarà in mezzo a una strada.»

«Ce la faremo. Anche se dovessimo noleggiare un U-Haul e fare tutto da soli.»

Ricordare come io e la mia ex moglie avevamo usato un U-Haul quando eravamo andati a vivere insieme mi fece rivoltare lo stomaco.

Svoltando su East Terry vidi due auto della polizia della contea di Lee. Erano parcheggiate a poche case da quella di Moler.

«Che diavolo ci fanno qui?»

«È il loro territorio, Frank.»

«Non voglio che Moler si allarmi. Se vede le auto, cercherà di distruggere ogni prova.»

«Calmati. Non sono proprio qui davanti. E poi, ti sei dimenticato delle assi sulle finestre?»

Un ragazzino stava facendo pratica con la chitarra nella casa accanto quando la porta si aprì di scatto.

Moler, in pantaloncini e maglietta, sembrava che avesse dormito. Aveva i capelli appiattiti su un lato e quello che pareva un segno di bava secca sul mento.

«Che cazzo volete?»

Mentre stavo per presentargli il nostro mandato di perquisizione, la mia mano si fermò a mezz'aria quando percepii una zaffata del suo alito alcolico.

«Questo è un mandato. Siamo qui per eseguire una perquisizione della sua proprietà. Si faccia da parte.»

Moler girò la testa. «Cosa?»

Forse era per l'alcol, ma sembrava sinceramente sorpreso.

Due agenti in uniforme si fecero avanti e scortarono Moler sotto la tettoia alla fine dell'edificio. L'appartamento aveva solo tre stanze e dava un'impressione di trascuratezza; i piatti erano ammucchiati nel lavandino e i vestiti erano sparsi ovunque.

E c'era un odore. L'odore di un uomo che vive da solo. Era il motivo principale per cui tenevo il mio appartamento pulito e organizzato. Scuotendo la testa, mi diressi in camera da letto e Vargas andò in cucina.

Un ventilatore a soffitto girava come se fosse attaccato a un caccia e i vestiti erano sparsi su un letto senza testiera. Tirai fuori i guanti. Un comò, sormontato da uno specchio impolverato, era l'unico altro mobile nella stanza.

Il telefono di Moler, il portafoglio, le chiavi, una bottiglia di birra vuota e un paio di fumetti coprivano la superficie del comò. Diedi un'occhiata al suo portafoglio. C'era una foto di una donna bionda. Era la sua ragazza? Il colore dei suoi capelli era simile a quello dei capelli che avevamo trovato su Parker.

Non c'era nient'altro di interessante nel suo portafoglio. Misi il cellulare in un sacchetto per le prove, sperando in qualche collegamento, e passai ai cassetti.

Il cassetto inferiore era stipato di felpe e pantaloni, niente di piegato. Il cassetto successivo conteneva calzini, costumi da bagno e pantaloncini. Appena aprii il terzo cassetto, notai il bordo di un sacchetto di plastica. Spostando una maglietta di lato, vidi che conteneva marijuana. Feci una foto e imbustai l'erba.

Il cassetto superiore conteneva un assortimento di biancheria intima, monete e documenti. Scorsi tra le carte una copia del contratto d'affitto dell'appartamento e la ricevuta di un magazzino self-storage. Studiai la ricevuta della Simply Self Storage. Era per un piccolo box di un metro e mezzo per un metro e mezzo. Poteva essere interessante. Chissà cosa poteva nasconderci uno come Moler?

Facendo scorrere un paio di ante a libro, sul punto di scardinarsi, aprii un armadio strapieno. C'erano un paio di prendisole, gonne e camicette appese a destra dei jeans di Moler. Controllai le tasche ma non trovai nulla. Feci scivolare in camera da letto tre scatoloni stracolmi che si trovavano sul pavimento dell'armadio.

Uno era pieno di foto e ricordi della famiglia di Moler. Guardai una foto di un Moler di dieci anni in piedi davanti ai suoi genitori. Studiai i genitori. Il vecchio e la madre avevano entrambi l'aspetto da ubriaconi. Moler non aveva mai avuto una possibilità.

Frugai in una scatola sormontata da un vecchio guantone da baseball. Sotto c'era un'antica cassetta degli attrezzi che avrei scommesso fosse di suo padre e cianfrusaglie assortite che normalmente si tengono in garage.

L'ultima scatola conteneva uno zaino logoro con dentro degli stivali da palude. Lo gettai da parte e sul fondo giaceva una scatola parzialmente vuota di cartucce per fucile da caccia accanto a un mulinello da pesca. Le cartucce calibro 12 contenevano pallini usati per cacciare fagiani o tacchini. Non valeva la pena farne un caso.

Prima di andarmene, spensi il ventilatore e salii sul letto in piedi. La griglia di ventilazione del soffitto era stata coperta di vernice. Non c'era niente nascosto dietro.

Il bagno separava la camera da letto e la cucina. Chiesi a Vargas: «Niente?»

«No. Tu cos'hai trovato?»

Agitando i sacchetti con l'erba e il cellulare, dissi: «Moler ha un piccolo magazzino self-storage alla Simply. Chissà cosa c'è dentro.»

Entrai nel bagno piastrellato di giallo. Una bottiglia aperta di Excedrin era sul lavandino. Aprii di scatto l'armadietto dei medicinali: cerotti, un rasoio, acqua ossigenata, spazzolino da denti e deodorante femminile.

Facendo scorrere di lato la tenda da doccia a raggiera, passai l'indice sullo scarico. Un capello biondo era intrappolato nella schiuma di sapone. Scorsi un altro capello biondo attaccato a una piastrella e imbustai anche quello.

Un divano marrone in finta pelle era il fulcro del salotto. I suoi giorni migliori risalivano a quando ero al liceo. Di fronte al divano c'era un vecchio mobile porta TV che conteneva un grande televisore a tubo catodico. Mi spezzai la schiena per andare dietro alla TV, ma tutto quello che ottenni fu una manciata di polvere.

Lasciammo la casa di Moler con le nostre speranze riposte nel cellulare e nel magazzino.

18

NONOSTANTE L'ESPERIENZA, TRASLOCARE NON STAVA diventando più facile; stava solo diventando una seccatura. Quando mi ero trasferito a Naples, un paio d'anni prima, l'entusiasmo di ricominciare da capo era stato il carburante che mi aveva mandato avanti. Avevo lasciato i mobili a mia moglie, ma si sa, oltre ai mobili si accumulano un sacco di cianfrusaglie.

Affittare una casa ammobiliata mi diede il tempo di trovare un posto e comprare mobili nuovi. Caspita, quanto fui contento di non essermi portato niente dal Jersey; non si sarebbero intonati per niente. Ma spostare gli scatoloni, organizzare le consegne e disfare tutto, mentre iniziavo un nuovo lavoro, fu un'impresa.

Anche se avevo già fatto un paio di viaggi la settimana precedente, la mia macchina era ancora piena zeppa di vestiti e roba da bagno. I traslocatori stavano caricando l'ultimo pezzo, un tavolino da caffè, sul camion diretto al deposito mobili quando mi resi conto che avrei dovuto riconsegnare le chiavi.

Mi sembrò un passo importante e mi pentii subito di aver tirato per le lunghe nel cercare una nuova sistemazione. Era rischioso. Volevo che le cose con Mary Ann funzionassero, ma stare così vicini avrebbe potuto mandare tutto all'aria. Avremmo dovuto impegnarci a fondo per mantenere una certa distanza. Ma come? L'alloggio non aveva una cucina e se avessi preso qualcosa da mangiare senza chiederglielo, si sarebbe incazzata? E per la spesa? Merda, Luca, ti sei messo in trappola da solo.

Battendomi un pugno sul palmo, mi cacciai le chiavi in tasca, diedi un'ultima occhiata al mio vecchio appartamento e saltai in macchina.

———

IL SIMPLY SELF Storage si trovava in un edificio beige sulla Airport Polling Road, accanto a un CVS. L'unica cosa che lo distingueva era il tetto di metallo color lime. Svoltai sul retro, dove il sergente Towbin e due agenti in uniforme stavano perquisendo il box di Moler.

Scesi dalla macchina e Towbin disse: «Luca? Che ci fa qui?»

«I traslocatori hanno finito di caricare la mia roba prima del previsto. Che avete trovato?»

Towbin scosse la testa. «Niente.»

Ispezionai gli scatoloni che erano stati tirati fuori dallo spazio quadrato. «Mi sta prendendo in giro?»

«No, abbiamo quasi finito... qui non c'è altro che cimeli di famiglia: album di foto a bizzeffe, un fottio di cianfrusaglie, la solita robaccia di cui la gente sembra non riuscire a liberarsi.»

Cimeli? Moler era un sentimentale? Questa sì che era bella. Frugai in un paio di scatoloni prima di dirigermi verso la mia nuova sistemazione.

———

LA PORTA della cabana era aperta e stavo guardando sotto il letto quando entrò Mary Ann.

«Ti serve una mano?»

«Non so dove diavolo metterò tutta questa roba. Forse potrei prendere quei contenitori di plastica che si mettono sotto il letto.»

«C'è spazio nel comò della camera degli ospiti. Se vuoi, puoi metterci i tuoi vestiti per il cambio di stagione.»

«Grazie, ma ho la situazione sotto controllo.»

«Ok, se hai bisogno di qualcosa sono in casa.»

Mary Ann non era il tipo da ricattarmi, ma mi sentivo comunque a disagio a cedere parte della mia indipendenza. Negli ultimi due anni mi ero abituato a vivere da solo e, sebbene non stessimo andando a vivere insieme, non si poteva essere più vicini di così.

Casa sua aveva un lungo viale con un garage a destra della porta d'ingresso. Una passerella coperta collegava la casa alla cabana che ora chiamavo casa. Con il suo ingresso indipendente, era l'ideale, se non fosse stato per la sensazione che potesse limitare la mia libertà.

Avevamo concordato che avrei pagato milletrecento dollari al mese, utenze incluse. Ma negli ultimi due giorni circa, Mary Ann aveva detto che non voleva soldi. Si sentiva a disagio, dato che la stanza era vuota, e quanta acqua ed elettricità avrei mai consumato? Ne discutemmo e, alla fine, insistetti per pagare la mia parte, altrimenti mi sarei trasferito in un alloggio a breve termine.

Sentendo che l'intera faccenda fosse un altro enorme errore di valutazione, riflettei sulla mia nuova sistemazione. Ricordare il mio proposito di portare la biancheria in lavanderia, prendere un microonde e tenere rifornito il piccolo frigo mi calmò. Di cosa mi preoccupavo? Ho quarantadue anni, so come gestire le cose.

Mentre impilavo tre borsoni sotto la finestra, intravidi

Mary Ann entrare dalla porta della cabana. Teneva in mano due bicchieri di vino.

«Benvenuto nel vicinato.»

———

IL MIO TELEFONO emise il suo allarme, un «bip bip». Era la seconda volta che suonava. Buttai via le coperte e mi immobilizzai. Merda, che avevo fatto? Mandato tutto a puttane la prima stramaledetta notte? Sgusciando fuori dal letto, cercai di non svegliare Mary Ann.

Seguendo la luce notturna, mi sedetti sulla tazza. Che ti prende, Luca? Avevi vomitato tutte quelle stronzate sul mantenere le cose com'erano ma non sei riuscito a controllare i tuoi istinti per una sola notte. Peggio ancora, domani era una giornata importante e dovevamo essere la stessa squadra di sempre.

La pipì arrivò più in fretta del solito. Lei aveva uno di quei water più nuovi, con il coperchio che nascondeva l'asse, diverso da quello nella cabana. Era più alto e mi chiesi se questo mi facilitasse le cose.

Mary Ann si girò, toccandomi il braccio quando tornai a letto. Smisi di tormentarmi e passai a pensare alla nostra riunione di domani. Lo sceriffo Chester voleva vederci di prima mattina. Cercai di riaddormentarmi, ma il pensiero che potessero togliermi il caso mi agitava. Cos'altro avrebbe potuto essere per spingere il suo ufficio a chiamarmi dopo le nove di sera?

Mary Ann disse che mi stavo facendo troppi castelli in aria, che probabilmente non era niente. Era un'inguaribile ottimista. Provai a considerare altre possibilità, ma potevo fiutare le cattive notizie come un artritico prevede la pioggia.

Ci stavamo avvicinando alla soluzione. Non mi sarei lasciato togliere il caso senza combattere. Tre dei quattro sospettati erano collegati alla chiesa dello Spirito di Fratellanza. Un collegamento del genere non poteva essere ignorato. Quanti membri c'erano, comunque? Quali erano le probabilità che tre di loro finissero assassinati?

Pensai di trovare una scusa per saltare la riunione e, un attimo dopo, la sveglia suonò e Mary Ann si alzò dal letto.

19

Quando ci fecero entrare nell'ufficio dello sceriffo Chester, mi misi subito sulla difensiva. Era dietro la sua scrivania e parlava, con un po' troppa disinvoltura, con l'agente dell'FBI Haines. Chester si alzò e disse: «Qui ci conosciamo tutti.»

Io e Vargas stringemmo la mano a Haines, che sembrava a disagio.

Disse Chester: «Secondo me, non abbiamo collaborato abbastanza a stretto contatto. Potremmo fare veri progressi se sfruttassimo appieno le risorse che l'FBI ha a disposizione.»

Il viso prese a bruciarmi. Volevo mandarlo a fare in culo, ma avevo bisogno del mio lavoro e rimasi in silenzio. Lo sceriffo continuò: «A quanti casi di omicidi seriali ha lavorato, agente Haines?»

Lui si mosse a disagio. «Uhm, non so, una dozzina circa.»

«Be', sfortunatamente, noi non abbiamo nessuna esperienza, giusto?» Lo sceriffo guardò me e Mary Ann, e noi annuimmo.

«Sto assegnando all'agente Haines un ruolo più attivo nell'indagine.»

Dissi: «Con tutto il rispetto per l'agente Haines, non credo sia necessario in questa fase, signore.»

«In questa fase? Intende la fase con quattro cadaveri all'obitorio? Con la gente spaventata per la propria sicurezza? Con il governatore che mi sta col fiato sul collo?»

Mentre Haines fissava i propri piedi, dissi: «Mi rendo conto che la situazione è difficile, ma abbiamo una pista che crediamo ci condurrà all'assassino.»

«Mi fa piacere sentirlo. Ora, perché non andate tutti e tre nel vostro ufficio e non chiudete questo caso?»

Chester si voltò verso la scrivania e, così, su due piedi, fui degradato. Allentai il colletto. Con il viso in fiamme, mi diressi in bagno per calmarmi.

———

Il pastore Booth era in riunione con i membri del consiglio della chiesa, e si stava protraendo. Posai il *Christian Monthly* che stavo sfogliando e mi alzai.

«Vargas, torno subito. Vado a chiedere alla sua segretaria di Parker, per risparmiare un po' di tempo.»

Avvicinandomi alla segretaria della chiesa, chiesi: «Miriam, potrebbe farci un favore mentre aspettiamo il pastore Booth?»

«Certo, di cosa avete bisogno?»

«Può controllare se un certo Shaun Parker era un membro di questa chiesa?»

«Oh, sì. È stato terribile quello che gli è successo. È così spaventoso.»

«Era un membro?»

«Sì. Mi dispiace dirlo.»

«Okay. E per quanto riguarda Joseph Chapman? Era un membro?»

«Chapman? Hmm. Lasci che controlli.» Picchiettò sulla

tastiera. «Oh sì, eccolo, Joseph Chapman. Vive sulla 104ª Strada, non molto lontano da qui.»

«Grazie.»

Sussurrando, le dissi: «Parker era un membro e indovina chi altro? Chapman.»

«Chapman? Pensavo che la moglie del pastore avesse detto di no.»

«Infatti, e la domanda è: perché l'avrebbe detto? Cosa nasconde?»

La porta dell'ufficio del pastore si aprì di scatto. Due donne e un uomo si congedarono, lasciando un sorridente Gabriel Booth sulla soglia.

«Salve, detective, mi dispiace che la riunione si sia protratta più del previsto.»

«Nessun problema. Le presento la mia partner, la detective Vargas.»

«Piacere di conoscerla, signora Vargas, anche se avrei preferito che le circostanze fossero diverse. Entrate pure. Posso offrirvi qualcosa?»

Rifiutammo e ci sedemmo. La candela che bruciava quella volta era profumata alla cannella.

«Temo che abbiamo delle brutte notizie, pastore.»

Il sorriso di Booth svanì mentre si lasciava cadere sulla sedia.

«È stato trovato un altro corpo nei pressi di Santa Barbara e la vittima, un certo Shaun Parker, era anche lui un membro della sua congregazione.»

Il viso del pastore impallidì. «Oh, mio Dio. È una notizia terribile. Conoscevo Shaun. Povero ragazzo, era così pieno di vita. Aveva avuto qualche difficoltà, ma era sulla strada giusta.»

Difficoltà? È così che i fedeli chiamano l'essere un criminale?

«Forse saprà che il signor Parker aveva numerosi precedenti penali, come le altre vittime.»

«Come abbiamo discusso l'ultima volta, il nostro ministero serve molti che si sono allontanati dal piano di Dio, persone che non hanno seguito la sua parola ma che sono venute qui nel sincero tentativo di riconciliarsi con il Signore.»

Disse Vargas: «È un lavoro ammirevole, pastore Booth, ed è proprio in questa direzione che vorremmo indagare.»

«Io, io non capisco.»

«Considerati i trascorsi delle vittime e il loro legame con la sua chiesa, dovremo esaminare a fondo le relazioni...»

«Non starà suggerendo che l'assassino sia legato allo Spirito della Fratellanza, vero?»

Disse Vargas: «È una cosa che dobbiamo esaminare attentamente. Non c'è modo di ignorare la connessione.»

«Ma che immagine ne uscirà? Mi rendo conto che dobbiate indagare, ma sono preoccupato per come apparirà la cosa.»

Dissi: «Capisco le sue preoccupazioni, pastore. Lo faremo nel modo più discreto possibile. Le prometto che, se ci saranno fughe di notizie, non arriveranno da parte nostra. Tuttavia, la gente, be', le piace parlare. Il punto è che dobbiamo esaminare il legame con la chiesa e o scagionarla o...» Lasciai la frase in sospeso.

«Okay, okay, capisco. Come possiamo aiutarvi?»

Disse Vargas: «Abbiamo bisogno di sapere come funziona la chiesa: quali funzioni e servizi offrite, come reclutate i membri, l'organigramma, quel genere di cose.»

Dissi: «Dovremo parlare in privato con i suoi responsabili, con il consiglio, con sua moglie...»

«Hannah? Perché?»

Perché metteva in discussione la sua partecipazione? «È una parte importante dello Spirito della Fratellanza, non è vero?»

«Be', sì. Ma... mi lasci parlare prima con lei, okay?»

«Va bene, ma il tempo stringe: c'è un assassino a piede libero.»

Il volto di Booth divenne grigio come quello di un cadavere.

Disse Vargas: «Che ne dice se, per cominciare, ci racconta le attività in cui è coinvolta la chiesa?»

«Chiamiamo le nostre attività e i nostri programmi di sensibilizzazione 'ministeri'. Con la crescita della chiesa, sono cresciute anche la profondità e il numero di ministeri che gestiamo. Ma dietro a tutto c'è la fede. Il nucleo dello Spirito della Fratellanza è la fede.»

Booth muoveva le mani come se stesse dirigendo un'orchestra. «Diffondere la Buona Novella è centrale in ciò che facciamo qui ed è la funzione più grande della chiesa. Dividiamo il ministero della fede in due ampie categorie: interno, come educhiamo la nostra congregazione, e il nostro programma di sensibilizzazione, con cui ci rivolgiamo alla comunità in generale e diffondiamo il Vangelo.»

Chiese Vargas: «Dove andate, fisicamente, nella comunità?»

«Ovunque ci vogliano.» Booth rise. «Scherzi a parte, ci impegniamo molto nei programmi per i giovani, nell'assistenza agli anziani, contro la dipendenza, nelle carceri, con i lavoratori migranti, nella comunità latina.»

«Chi gestisce le varie iniziative comunitarie?»

Booth ci disse i nomi dei responsabili coinvolti e andammo avanti. La lista era lunga, e includeva assistenza al lutto, un banco alimentare, aiuto per l'impiego, raccolte di vestiti e un'iniziativa per aiutare a pagare le bollette di coloro che si trovavano in difficoltà.

Ci volle un'ora per esaminare tutto, e quando ce ne andammo ero convinto che avremmo dovuto concentrarci sulle persone coinvolte nelle loro attività di sensibilizzazione, oltre che su sua moglie, Hannah.

20

Io e Vargas aspettavamo a uno dei venti tavoli rotondi che riempivano la sala polifunzionale della chiesa. Stavo congetturando su cosa servisse il palco rialzato quando entrò un uomo con i capelli a spazzola. La sua maglietta attillata metteva in risalto i muscoli, facendomi istintivamente rientrare la pancia. Sfoderò un sorriso appena accennato e disse: «Sono Jeremy Stokes. Il reverendo Booth ha detto che volevate parlare con me?»

Vargas disse: «Grazie per il Suo tempo. Cercheremo di essere brevi».

Ci stringemmo la mano e lui si sedette a due posti di distanza da Vargas. Quando appoggiò un gomito sul tavolo, il suo bicipite, grande quanto un pompelmo, si gonfiò. Stava cercando di fare colpo su di lei?

«Allora, di che si tratta?»

Dissi: «Si tratta del fatto che abbiamo quattro cadaveri all'obitorio e tutti frequentavano questa chiesa».

«È una coincidenza. Abbiamo quasi quattromila membri, sa.»

«Coincidenza? Nel mio mestiere non esistono coincidenze. Le chiamiamo prove.»

«Prove? In che senso?»

Vargas disse: «Quello che io e il detective Luca siamo interessati a esplorare è qualsiasi legame che l'assassino possa avere con la chiesa».

Stokes si sporse in avanti. «Pensate davvero che questo personaggio, l'Assassino Acquatico, sia un membro della nostra chiesa?»

Vargas disse: «Lui o lei potrebbe essere un membro o potrebbe essere collegato tramite uno dei vostri ministeri».

Intervenni: «Non dimentichiamoci che sembra che attiriate un sacco di membri che paiono avere difficoltà a stare fuori dai guai».

Stokes strinse gli occhi. «Nel caso non lo sapesse, detective, siamo tutti peccatori. Lo Spirito di Fratellanza è qui per rialzare coloro che sono caduti e rafforzarli con la parola di Dio.» Batté le nocche sul tavolo. «Sa, le persone meritano una seconda possibilità.»

Questo tizio viveva a occhi chiusi. Non avevo problemi con le seconde possibilità, ma i cadaveri erano tutti delinquenti abituali. Alcuni con dieci o undici possibilità alle spalle.

Dissi: «Il reverendo Booth l'ha definito il suo braccio destro. Quali sono i suoi compiti nella chiesa?»

«Praticamente di tutto, anche se cerco di concentrarmi sul garantire che i membri che necessitano di sostegno ricevano ciò di cui hanno bisogno.»

Vargas disse: «Può spiegarsi meglio?»

Stokes sospirò. «Le persone finiscono nei guai, che sia con la legge, nella loro vita privata, con l'alcol, la droga e chi più ne ha più ne metta. Noi siamo qui come sistema di supporto per loro. In pratica, loro inciampano e noi siamo lì per rialzarli.»

Vargas disse: «Diciamo che qualcuno è sulla via della guarigione ma ha una ricaduta... voi siete lì per aiutarlo?»

Stokes annuì. «La via della guarigione non è mai una linea retta.»

Dissi: «Considerando che le vittime erano tutte, uhm, delinquenti incalliti, se qualcuno come loro venisse arrestato di nuovo, cosa fareste, paghereste loro la cauzione?»

Una vena sulla tempia di Stokes iniziò a pulsare. «Ci assicureremmo che avessero un tetto sopra la testa, qualcosa da mangiare e cercheremmo di trovare loro un lavoro.»

«Molto gentile. Mi chiedo perché uno come Lei faccia questo tipo di lavoro. È mai stato in prigione?»

Stokes esitò. «No, faccio quello che faccio per Dio. In Matteo 25:40, Gesù ci dice: "Tutto quello che avete fatto a uno solo di questi miei fratelli più piccoli, l'avete fatto a me".»

Come facevano a recitare questi passaggi senza esitazione? Erano come le persone che lavoravano al Ritz. Forse il Ritz reclutava dalla comunità evangelica. Ero impressionato perché la mia memoria era indebolita dalla chemio?

Sentii Vargas chiedere: «Data la Sua posizione, doveva conoscere tutte le vittime».

«Sì, le conoscevo. Uhm, be', tre di loro, comunque.»

«Quali?»

Un altro nanosecondo di esitazione. «Chapman, Tinder e Parker.»

«Quando ha visto Joseph Chapman per l'ultima volta?»

«Non so, un giorno o due prima che sparisse.»

«E Brett Tinder?»

«Probabilmente lo stesso.»

«E Dick Cornwall?»

Vargas era brava a infilare il nome di soppiatto, ma d'altronde aveva imparato dal migliore.

«Lo stesso.»

«Pensavo avesse detto di conoscerne solo tre.»

«E allora? L'ho visto qui in giro.»

«Sapeva chi era Dick Cornwall?»

«Certo.»

«Ma ha detto che non lo conosceva.»

«Sapevo chi era, ma non lo conoscevo.»

Bill Clinton sarebbe stato orgoglioso di Stokes.

Per essere un uomo di chiesa, era di certo presuntuoso. Continuammo a menare il can per l'aia finché non entrò un uomo con i capelli sale e pepe e il pizzetto.

«Oh, mi dispiace. Pensavo fosse il mio turno. Aspetto fuori.»

Dissi: «Va bene. Abbiamo finito con il signor Stokes».

Il volto di Stokes si rilassò ed egli lasciò la stanza senza salutare. Stokes non mi piaceva; andava tenuto d'occhio.

Sulla cinquantina, Nick Santangelo prese la stessa sedia di Stokes. Santangelo gestiva i programmi di beneficenza per la chiesa.

Disse: «Pensate davvero che qualcuno della chiesa abbia commesso gli omicidi?»

Vargas rispose: «Siamo qui per cercare di capirlo».

«È spaventoso.»

Dissi: «Ci risulta che Lei gestisca il lato caritatevole qui».

«Sì, più che altro i programmi di sensibilizzazione che gestiamo per la comunità latina e i lavoratori migranti. La gente tende a dimenticare che ad appena quindici minuti da Naples ci sono persone che tirano avanti a malapena. La nostra missione è sostenerle, migliorare le loro vite, in ogni modo possibile.»

«Portando loro cibo?»

«In realtà mangiano abbastanza bene, specialmente quelli che lavorano nell'agricoltura. Ma li aiutiamo a districarsi nel labirinto di programmi a cui possono attingere, ci assicuriamo che i loro figli siano iscritti e vadano bene a scuola. Cose di questo tipo.»

Chiesi: «Ha qualche interazione con le carceri o con chi è stato rilasciato da poco?»

«No, quello è il settore di Jeremy, il tizio che era qui un attimo fa. Condivido alcune delle nostre risorse con lui, ma è lui a occuparsi di quella fascia di popolazione.»

«Conosceva i quattro uomini che sono stati uccisi?»

«Li conoscevo, ma non bene. Come ho detto, Jeremy li conosceva piuttosto bene, suppongo.»

«Ha detto di non conoscere Dick Cornwall.»

«Ne è sicuro? Li ho visti andarsene insieme il giorno in cui Dick è stato ucciso.»

Mi sporsi verso Santangelo. «Ne è assolutamente sicuro?»

«Sì, Dick mi stava aiutando a rifornire la dispensa alimentare, e Jeremy è venuto a prenderlo e ha detto che avrebbero fatto tardi o qualcosa del genere.»

«Dove stavano andando?»

«Non lo so. Non l'hanno detto.»

Vargas chiese: «È sicuro che fosse Dick Cornwall e che fosse il giorno in cui è stato assassinato?»

«Sarebbe difficile dimenticare una cosa del genere.»

«Grazie per il suo tempo oggi, signor Santangelo.»

Vargas si chinò verso di me mentre lui se ne andava. «Dovremmo trascinare Stokes in centrale subito.»

«Niente mi darebbe più piacere, ma la prossima è la moglie del reverendo.»

«Andiamo, Frank. Solo perché è un'introversa non fa di lei una sospettata.»

Venti minuti dopo l'ora stabilita, Hannah Booth entrò nella stanza tenendo per mano suo marito, che disse: «Ci dispiace avervi fatto aspettare, ma è sorto un imprevisto e non potevo liberarmi.»

Vargas disse: «Nessun problema, ma vorremmo parlare con sua moglie da sola.»

«Da sola? Perché?»

«È la procedura standard quando si conduce un interrogatorio.»

«Hannah non si sente a suo agio a parlare con voi da sola.»

Dissi: «Non ha nulla da temere, se non ha nulla da nascondere.»

«Mia moglie è una sospettata?»

Vargas disse: «La prego, reverendo, questo è un semplice colloquio che usiamo per raccogliere informazioni. Ci aiuta a mettere insieme un quadro di come la chiesa si inserisca in tutto questo.»

Il reverendo si voltò verso Hannah, che scosse leggermente la testa. Il reverendo disse: «Se insistete per parlare con lei da sola, vi chiederemo di contattare il nostro avvocato.»

Sembravano nascondere qualcosa, e volevo ottenere tutto il possibile da loro prima che si trovassero un avvocato. Alzai le mani. «Ehi, si calmi, reverendo Booth. Non è un confronto. Faremo un'eccezione alla procedura come cortesia. Nessun problema. Si sieda e sbrighiamo questa faccenda. D'accordo?»

Hannah si appoggiò a suo marito mentre si calava su una sedia.

«Vuoi che ti prenda il cuscino?»

«Va bene così. La schiena va meglio ora che sono seduta.»

Il reverendo si sedette e cercò la mano di sua moglie mentre io chiedevo: «Da quanto tempo siete sposati?»

Il reverendo sorrise. «Io e Hannah abbiamo appena festeggiato il nostro settimo anniversario.»

«Congratulazioni. Figli?»

«Nessuno insieme. Ho una figlia con la mia prima moglie, che ho perso a causa di un cancro una dozzina di anni fa. È al secondo anno, alla Florida State.»

Cercare di rompere il ghiaccio con la regina delle nevi non portava da nessuna parte. «Buona università. Dunque, signora Booth, se ricorda, stavamo cercando di determinare se Joseph Chapman fosse un membro della chiesa, e lei ha detto che avrebbe controllato con Miriam.»

Hannah disse: «Non ricordo di averlo detto.»

«Reverendo Booth, lei era presente.»

«Non ricordo la discussione parola per parola, ma ricordo il vostro interesse a scoprire chi fosse un membro.»

«Il ricordo di suo marito l'aiuta in qualche modo?»

Hannah scosse la testa. «No. È stata una giornata intensa ed è stato sconvolgente vedere la polizia qui.»

«Perché la nostra presenza l'ha sconvolta?»

«Quando si presenta la polizia, non è mai un buon segno.»

Perché diavolo una persona innocente doveva sentirsi a disagio con la polizia nei paraggi? Abbiamo giurato di servire e proteggere, per l'amor di Dio.

Vargas disse: «Capisco, ma ciò che mi confonde è che lei ha detto che non era un membro di questa chiesa, e quando abbiamo controllato con Miriam, lei ha detto che non le ha nemmeno mai chiesto di Chapman.»

«Sta dicendo che mia moglie non dice la verità?»

«Stiamo cercando di chiarire perché ha detto quello che ha detto.»

Non so cosa mi confuse di più, il sorriso che fece o quello che disse dopo.

«Forse ero confusa. Questa è la casa di Dio, e il lavoro che facciamo qui è per conto dei suoi figli. Be'... è... è difficile conciliare l'uccisione di questi giovani uomini.»

«Sa chi potrebbe aver ucciso questi uomini?»

Il reverendo Booth disse: «Detective, se lo sapessimo, saremmo i primi a dirvelo.»

«Signora Booth, quando ha visto Brett Tinder per l'ultima volta?»

Le sue labbra ebbero un leggero tremito mentre diceva: «Non ricordo.»

«Non ricorda?»

Il reverendo Booth disse: «Mia moglie ha un forte mal di schiena e gli antidolorifici che prende a volte possono renderla smemorata.»

Guarda caso. «Quando ha visto Dick Cornwall per l'ultima volta?»

«Non ricordo.»

«C'è qualcosa che ricorda?»

Il reverendo Booth disse: «Detective, la prego, non c'è motivo di provocare Hannah. Siamo venuti qui volontariamente per offrire la nostra assistenza.»

Hannah tirò su col naso e si rivolse al marito. «Andiamocene. Voglio andarmene.»

L'ODORE DI SMALTO PER UNGHIE MI COLPÌ MENTRE TERMINAVO
una chiamata. Odiavo quando Vargas si ritoccava le unghie in
ufficio. Dissi: «Be', le cose si sono appena fatte un po' più interessanti. Hannah Booth, o Hannah Gilbey, com'era conosciuta
quando era sposata con un certo John Gilbey, ebbe un figlio
che morì dieci anni fa. La causa del decesso fu registrata come
overdose. Ma il coroner disse di non essere sicuro che fosse
un'overdose e volle eseguire un'autopsia. C'erano dei segni sul
volto del ragazzo che, secondo lui, potevano essere stati causati
da un soffocamento.»

«Cosa? Chi l'ha trovato?»

«Hannah. Ha detto che era morto quando è tornata a casa
dopo aver fatto la spesa.»

«Perché non hanno fatto l'autopsia, se c'era un sospetto?»

«Nessuno sembra saperlo, ma il ragazzo era un tossicodipendente che era andato in overdose tre volte prima.»

«Forse ha messo fine alle sue sofferenze.»

«È esattamente quello che penso. Se è così, ha già ucciso.»

«Sarebbe un bel colpo di scena se si scoprisse che è lei l'as-
sassina.»

«Sai, Vargas, niente mi sorprende più.»

«Non è un modo sano di vedere il mondo, Frank. Il cinismo è come l'acido.»

«Okay, okay. Cos'hai scoperto su Stokes?»

«Tanto per cominciare, si è fatto un periodo di prigione, per gentile concessione della contea di Lee, per aggressione a mano armata. Ha ridotto un tizio in fin di vita spaccandogli la testa con una bottiglia.»

«Lo sapevo! È ancora in libertà vigilata?»

«No, è finita un anno fa.»

«Cos'altro?»

«Stokes e Cornwall si conoscevano abbastanza bene da pranzare insieme quasi tutti i giorni.»

«Porca puttana. Quindi, la domanda è: perché Stokes avrebbe mentito su questo e sulla prigione?»

«Forse ha scommesso che non avremmo fatto controlli su di lui.»

«Se è su questo che scommetteva, avrebbe dovuto essere più collaborativo.»

«Come vuoi procedere? Li portiamo dentro?»

«Mi piacerebbe, ma probabilmente chiederanno degli avvocati.»

«Senza dubbio.»

«Andiamo da loro.»

Ci dirigemmo lungo il corridoio verso il parcheggio. Vargas mi finì addosso quando mi fermai di colpo. Il reverendo Booth stava salutando il sergente di servizio mentre usciva.

«Che diavolo ci faceva qui?»

Prima che Vargas potesse dire qualcosa, ebbi la risposta dalla segretaria dello sceriffo.

«Sono contenta di avervi beccato. Lo sceriffo vuole vedervi.»

«Non può aspettare? Stiamo uscendo.»

«Ha detto adesso.»

Fissai la cravatta gialla di Chester mentre lo sceriffo ci diceva di lasciar perdere la moglie del reverendo. Era ingiusto, ma avrei tenuto da parte la mia battaglia per quando avessi avuto più di qualche straccio di informazione. Non mi dispiacque tenere la bocca chiusa, dato che ci era stato permesso di continuare a indagare su altre persone legate alla chiesa.

———

POTEVA ESSERE UN'ILLUSIONE, ma i muscoli di Stokes sembrarono essersi rimpiccioliti come la sua arroganza quando ci presentammo nel suo ufficio. Stokes sapeva che l'equilibrio di potere si era spostato con la sua scommessa persa. Scattò in piedi quando ci vide.

«Può aspettare? Stavo per andarmene.»

Scommetto. «No. Si sieda.»

«Ma...» Ricadde sulla sedia.

Vargas disse: «Quando il detective Luca Le ha chiesto se fosse mai stato in prigione, Lei ha detto di no. Perché ha mentito?»

Stokes si strinse nelle spalle. «Mi vergognavo. È successo molto tempo fa. Ho fatto uno sbaglio e ne ho pagato le conseguenze.»

Dissi: «Cosa pensava, che non avremmo controllato? Crede che siamo stupidi?»

«No, certo che no. Come ho detto, non mi piace parlarne.»

«Mentire a un agente è intralcio alla giustizia. Vuole tornarci dentro?»

«Andiamo, amico. Mi dia un po' di tregua, avrei dovuto essere onesto, ma...»

Vargas disse: «Ha anche affermato di non conoscere Dick Cornwall.»

Le spalle di Stokes si afflosciarono. «Lo conoscevo. Molte volte pranzavamo insieme.»

«Perché ha mentito?»

«Avevo paura. Sa, con i miei precedenti e conoscendo tutti i ragazzi a cui hanno sparato, pensavo che mi avreste considerato un sospettato.»

«E cosa pensa che pensiamo adesso? Crede di essere meno sospettato, ora?»

«Dovete credermi. Non c'entro niente con tutto questo.»

«Signor Stokes, possiede un'arma da fuoco?»

Ancora quell'esitazione.

«Sono un ex detenuto. È contro la legge per me avere una pistola.»

La sua arroganza poteva anche essere svanita, ma il suo arrampicarsi sugli specchi alla Bill Clinton era in piena fioritura.

Sbattei un palmo sulla scrivania. «Finiamola con le cazzate, okay? Non mi interessa se Lei ha il diritto di avere un'arma da fuoco o no. La domanda è: ne possiede una?»

Stokes si accigliò mentre annuiva. «Ci sono stati un paio di furti con scasso dove vivo. Ho sentito di avere bisogno di protezione.»

«Che tipo di arma da fuoco?»

«Una Bodyguard, con la guida laser.»

«Di che colore è il laser?»

«Rosso.»

Per la prima volta sembrava dire la verità, a meno che non avesse altre pistole.

«Dov'era la notte del venticinque giugno? La notte in cui Joseph Chapman è stato assassinato.»

«Ero qui fino a quasi le dieci di sera.»

Vargas disse: «È piuttosto tardi. Cosa faceva qui a quell'ora?»

«Avevamo una cerimonia di guarigione verso le sette quella sera.»

Vargas chiese: «A che ora è finita?»

«È durata circa un'ora. Non c'è stata l'affluenza che il reverendo Booth sperava, altrimenti possono andare avanti per ore, se molte persone vogliono una sessione con il gruppo di preghiera.»

La maggior parte della gente, inclusa Mary Ann, penserebbe che fossi scettico riguardo a un potere di guarigione proveniente da Dio attraverso un reverendo o un prete, ma il fatto era che mia madre mi aveva portato a una di quelle cerimonie quando avevo sei anni. Avevo continue otiti, così gravi che avevano iniziato a influire sul mio modo di parlare. I bambini a scuola mi prendevano in giro per questo.

Mia zia disse a mamma che un prete indiano, con una reputazione da guaritore, sarebbe venuto nella nostra diocesi.

Nevicava la notte della messa. Mamma mi imbacuccò e mi portò a St. Mary, a Middletown, nel New Jersey. Ricordai tutte le sedie a rotelle che fiancheggiavano la navata fino all'altare. A parte un paio di neonati, ero il più giovane lì.

Sentii Vargas dire: «Questo lascia due ore scoperte»

«Abbiamo cenato e siamo rimasti a chiacchierare.»

«Chi, "noi"?»

«Io e Dick Cornwall.»

Vorrei venti dollari per ogni volta che un sospettato si crea un alibi che include un morto.

«Qualcun altro?»

«No, solo noi.»

Dissi: «Cosa avete mangiato?»

«Mangiato?»

«Sì, cosa avete mangiato?»

«Abbiamo preso del cibo cubano da Roma in Havana.»

«Ma ha detto che avete mangiato qui.»

«L'abbiamo preso da asporto.»

«Avete guidato fin lì per prendere cibo da asporto?»

«Non è un problema. Non è così lontano.»

«Come avete pagato?»

«In contanti. Erano tipo quindici dollari a testa.»

«Dopo aver lasciato la chiesa, dove è andato?»

«A casa. Si stava facendo tardi.»

«Ha visto Joseph Chapman alla funzione di guarigione?»

«No, non c'era.»

«Il reverendo Booth e sua moglie c'erano?»

«Il reverendo c'era, ma Hannah no.»

Interessante. «Mi risulta che anche la signora Booth conoscesse tutte le vittime. Era in rapporti stretti con qualcuna di loro?»

«Stretti? Che intende dire?»

«Ho scelto male le parole, intendevo amichevoli.»

«È una che sta molto sulle sue, ma ha litigato con Chapman un paio di settimane fa.»

«Riguardo a cosa?»

«Non conosco bene i dettagli, ma Hannah e un altro paio di persone volevano dei cambiamenti nel modo in cui veniva gestito il posto, e credo che Chapman non fosse d'accordo, ma non ne sono sicuro. Ma, cavolo, era furiosa. Gli urlava contro e gli ha lanciato un innario.»

«Qualcun altro ha visto la lite?»

«C'erano il reverendo Booth e anche Nicky Santangelo.»

«La signora Booth ha avuto discussioni con qualcuna delle altre vittime?»

«Non starà... no, non può essere coinvolta, lei è...»

«Non sto dicendo niente, Le sto solo chiedendo se abbia avuto dei disaccordi con loro.»

«Non saprei, davvero.»

Il mio allarme-pipì ronzò di nuovo. Sentivo una pressione all'addome. Era ora di andare. Inoltre, per il momento avevamo finito con Stokes. Gli dissi di assicurarsi di sbarazzarsi della pistola e ce ne andammo.

Sapevo che c'era un bagno fuori dall'ufficio del reverendo. Prima di dirigermici, chiesi a Vargas di vedere se il ristorante cubano dove Stokes aveva detto di essere andato avesse delle telecamere di sorveglianza.

————

«Hai fatto cosa?»

«Quando sono andato in bagno, ero seduto lì e ho visto una spazzola per capelli su una mensola vicino al lavandino. Doveva essere la sua. Così ho preso due capelli dalla spazzola.»

Tirai fuori di tasca una busta di plastica per le prove e la mostrai a Vargas.

«Frank, lo sceriffo ti ha detto di starle alla larga.»

Sorrisi. «Non c'era da nessuna parte.»

«Cosa hai intenzione di farci?»

«La farò analizzare dalla scientifica per vedere se corrisponde ai capelli trovati su Shaun Parker.»

«E se corrisponde?»

«La porterò a Chester.»

«Ti sanzionerà, Frank. Hai ignorato un ordine diretto. Perché non la diamo a Haines?»

«Cosa, e lasciare che si prenda lui il merito?»

«Ecco che ricominci con la tua sindrome dell'eroe.»

«Non è una sindrome. È solo che non è giusto, tutto qui.»

Vargas espirò. «Prima vediamo se corrispondono.»

«Okay. Ehi, quel ristorante dove Stokes ha detto di essere andato, ha dei video?»

«Sì, ho mandato un messaggio a Boyle e gli ho detto di andare a prenderli.»

«Vedi se hanno una ripresa del parcheggio. Stokes potrebbe non essere entrato.»

«Ce l'hanno. Sai, Frank, a volte ho la sensazione che tu pensi che io non sappia cosa sto facendo.»

«No, no. Non è vero. Sei un'ottima detective.» La chemio aveva intaccato la mia memoria, e stavo cercando un modo per dimostrare che non era così male come in realtà era.

«Grazie. Non metterti sulla difensiva, ma ti sei un po' assentato prima, quando Stokes parlava della messa di guarigione.»

«Mi ha fatto tornare in mente un ricordo, tutto qui.»

«Vuoi parlarne?»

«Quando avevo circa sei anni, avevo problemi alle orecchie, e la cosa aveva iniziato a rovinare il mio modo di parlare.»

«Qual era il problema?»

«Otiti che non passavano mai. Prendevo ogni tipo di antibiotico, ma non funzionava niente. Ero diventato resistente. Comunque, mia zia ha detto a mia madre di un prete che aveva guarito un sacco di gente. E questo prete stava per venire a St. Mary's, che non era lontano. Non capivo bene di cosa si trattasse, lei ha detto solo che era in grado di incanalare il potere di Dio per aiutare le persone malate.»

«Come mai non me l'hai mai detto?»

«Non lo so. L'ho un po' seppellito, quel ricordo. Crescendo, immagino di aver pensato che fosse una cosa un po' da ignoranti o giù di lì.»

«Io credo nel potere di Dio. Non sono mai andata a una messa di guarigione, ma ho sempre voluto. Che è successo?»

«La notte in cui siamo andati nevicava da pazzi e si gelava. Ricordo che mia madre guidava molto lentamente, ma questo non ha impedito a nessuno di venire. St. Mary's era strapiena. Le sedie a rotelle fiancheggiavano la navata fino all'altare, ma a parte un paio di neonati che piangevano, non c'era nessuno della mia età.»

«Devi aver avuto paura.»

«Le chiese mi hanno sempre inquietato da bambino, ma quella notte c'era un'atmosfera quasi festosa. La gente parlava e pregava in gruppo. Poi le campane hanno suonato e tutti si sono seduti. È iniziata come una messa normale, con la Comunione, ma poi il prete ha cominciato a pregare ad alta voce e la gente ha iniziato a gridare i nomi di persone che, secondo mia mamma, avevano bisogno di aiuto. È andata avanti per un po', e lui ha percorso le navate in su e in giù spruzzandoci addosso l'acqua santa.»

«Dev'essere stato spaventoso per te. Vorrei essere stata lì.»

«Sai una cosa? Non lo è stato, be', non tutto il tempo. Non sapevo bene cosa stesse succedendo. Ma poi il prete è sceso dall'altare e ha iniziato a pregare in cerchio sopra ciascuna delle persone sulle sedie a rotelle. Quando ho visto le lacrime sul viso di mia madre, però, mi sono spaventato. Mia madre mi ha afferrato la mano e ha aspettato il prete. Gli ha parlato e un attimo dopo mi sono ritrovato con il prete in mezzo a un gruppo di persone che pregavano. Sembra pazzesco, ma ho cominciato a sentirmi stordito, come se stessi per cadere. Il prete mi ha messo le dita nelle orecchie e ha continuato a pregare, e un istante dopo stavo piangendo.»

«Che esperienza emozionante. Che è successo?»

«Ce ne siamo andati. Aveva smesso di nevicare, e mia mamma ha detto che era un miracolo. Continuava a chiedermi se il mio udito fosse cambiato. Non riuscivo a notare la differenza. Ha acceso la radio e io ho detto che mi sembrava un po' meglio, perché mi sentivo in colpa. Per il resto del viaggio verso casa abbiamo detto il Rosario. La mattina dopo, quando mi sono svegliato, il mio udito era notevolmente migliorato.»

«Davvero? Mi stai prendendo in giro, Frank?»

«No. Giuro che è vero. Da quel giorno il mio udito è migliorato. Ho avuto un altro paio di infezioni, dopo, ma sono passate in fretta con gli antibiotici.»

«Oh mio Dio. Hai vissuto un miracolo, Frank.» Vargas mi strinse la mano.

«Credo di sì.»

Era una cosa difficile da ammettere. Non c'erano prove reali. I dottori dissero che ero guarito con la crescita, ma mamma era convinta che fosse stato Dio a rispondere alle sue preghiere. Andò a messa ogni giorno per il resto della sua breve vita. Avrei dovuto provare una messa di guarigione per il mio cancro, ma quando ricevetti la notizia non riuscii a ragionare lucidamente.

Il mio telefono vibrò; era di nuovo l'agente immobiliare. Il suo ultimo messaggio si dilungava sulla casa perfetta che aveva trovato per me, implorandomi di andarla a vedere prima che venisse soffiata da un altro acquirente. Sebbene fosse incline a esagerare, come tutti i venditori, era una signora gentile che aveva sopportato le mie disdette e le mie particolari preferenze. Meritava una telefonata.

Mi ero davvero sistemato bene nella cabana di Mary Ann. Era piccola, ma quel difetto era un pregio. Per pulire ci volevano pochi minuti e non c'era spazio per accumulare roba. Forse c'era del buono in quello stile di vita minimalista. Con un frigo di piccole dimensioni, non dovevo mai buttare via il cibo.

Era una vita senza pensieri e i costi erano bassi. In più, non c'era manutenzione che mi prosciugasse quel poco tempo libero che avevo. Nessun senso di colpa per aver passato una giornata sulla sabbia invece che a verniciare qualcosa.

L'idea di separarmi dai miei risparmi e di restare imbrigliato con un mutuo e una lista di cose da fare aveva perso il suo fascino. Perché non investire i soldi in borsa, invece? Non c'erano forse tonnellate di milionari che avevano fatto fortuna a Wall Street? I miei risparmi avrebbero dovuto crescere invece che tentare di riempire quel pozzo senza fondo che è una casa.

«Marilyn, sono Frank Luca. Tutto bene, ma sono stato sommerso di lavoro. Sono sicuro che avrà visto le notizie sul serial killer. Sì, sono io il responsabile del caso.» Anche se chi poteva dire per quanto? «A Pelican Perch? Sembra davvero bella. Come sono le spese condominiali da quelle parti? Ok, nel suo messaggio diceva che erano venditori motivati. Quanto sono motivati, esattamente? Se ne sono già andati? Se traslocano la settimana prossima, la pressione aumenterà. Pensa che dovremmo aspettare una settimana o due?»

Odiavo quando un agente diceva che c'erano altri acquirenti interessati alla casa. In un mercato vivace, c'era da aspettarselo. «La richiamo appena finisco qui e vedo come sono messo con la settimana.»

Era una casa con tre camere da letto che, se l'agente era sincera, sembrava davvero fare al caso mio. Buona posizione, cucina e bagni nuovi. Avrei dovuto strappare via la moquette, magari mettere del parquet, ma questo era tutto. Aveva un prezzo giusto, 635.000 dollari, dopo una riduzione di cinquantamila. Eppure erano un sacco di soldi da spendere e c'erano cinquecento dollari al mese di spese condominiali da pagare. Avevo davvero bisogno di trasferirmi? Le cose andavano piuttosto bene con Mary Ann e avevo un po' di spazio per me. Perché avrei dovuto volermi accollare una casa?

23

Vargas inserì il DVD della sorveglianza del ristorante cubano e fece scorrere il video fino alle otto in punto.

Dissi: «Inizio a pensare che con Stokes siamo fuori strada. Sarebbe potuto essere con Cornwall al ristorante e averlo ucciso dopo che avevano mangiato. Questo non ci aiuta».

«Diamoci un'occhiata prima di saltare a conclusioni affrettate».

«Andiamo, Vargas, lo sai che per me saltare alle conclusioni è uno sport olimpico».

«Quello al bancone adesso è Cornwall. Sono le otto e ventisei».

Il filmato era nitido. «Sì, è lui, ma dov'è Stokes?»

«Sta pagando in contanti, come ha detto Stokes. E ci sono due sacchetti».

Quando Cornwall uscì, Vargas cambiò DVD. Il filmato dell'esterno era buio e sgranato. Vargas lo rallentò e vedemmo Cornwall lasciare il ristorante, dirigendosi verso un'utilitaria di colore rossastro che si trovava all'estrema destra dell'ingresso.

«Cornwall aveva una Ford Focus, no?»

«Credo di sì». Frugai nel fascicolo del caso. «Sì, una Focus rossa del 2012».

Aprì la portiera e mise i sacchetti sul sedile posteriore, poi salì al posto di guida.

«Non riesco a capire se ci sia qualcuno sul sedile del passeggero».

«Forse quando uscirà dal parcheggio avremo una visuale migliore».

L'auto fece retromarcia e lasciò il parcheggio senza dare alcun indizio sul fatto che fosse solo o meno.

«Te l'avevo detto che era una perdita di tempo. Non posso credere che la chiesa non abbia telecamere».

«È una chiesa, Frank. Ci pensa Dio a proteggerla».

«Davvero? E allora, mi puoi spiegare com'è sparito il crocifisso dell'Ave Maria?»

Vargas parlò in un sussurro: «Ascensione».

«Ascensione. Ci credi davvero?»

«Il tuo udito è piuttosto buono, no?»

«Non ci casco. Vado a trovare Stokes. Vieni?»

Vargas controllò l'orologio. «Ho un'udienza in tribunale alle undici».

«Processo McCuskey?»

«Sì».

«Allora ti mando un messaggio».

«Ok, e ricordati di stare lontano da Hannah».

«Che c'è, sei gelosa?»

———

OGNI VOLTA che passava un rapido temporale, controllavo l'orologio. Forse dipendeva dall'errata convinzione che piovesse alle tre in punto ogni giorno d'estate. Notando che erano solo le dieci e quarantacinque, entrai nel parcheggio della chiesa. Il sole splendeva in tutta la sua forza e il vapore si alzava dall'asfalto mentre mi dirigevo verso la porta dell'ufficio della chiesa.

Quando mi dissero che Stokes era a casa per un virus intestinale, chiesi di vedere Nick Santangelo.

L'ufficio di Santangelo era uno dei quattro che si affacciavano su un corridoio che terminava con l'ufficio del ministro. La scrivania di Santangelo era piena di cornici e sulla sua credenza ardeva una grossa candela che emanava un profumo speziato.

Con un sorriso e una camicia bianca, Santangelo aggirò una pila di scatoloni contenenti Bibbie per venirmi incontro.

«Detective...»

«Luca, Frank Luca».

«È un piacere rivederla. Come vanno le indagini?»

«Vorrei farle alcune domande su un litigio tra Hannah Booth e Joseph Chapman».

Il volto di Santangelo si contrasse in un'espressione corrucciata. «Se sta insinuando che un semplice disaccordo abbia portato la signora Booth a uccidere Joe, è fuori strada».

Scartare la possibilità così, su due piedi, dimostrava quanto fosse ignorante del mondo in cui lavoravo. Immaginai che non leggesse neanche i giornali. «Non sto insinuando nulla. Il signor Stokes ha affermato che lei e il ministro Booth erano presenti quando è scoppiata una lite tra la signora Booth e Chapman. È vero?»

«Sì. Ma non è stato niente di che, detective. Ci sono molti disaccordi in qualsiasi organizzazione».

«Qual era l'oggetto della lite?»

«Alcuni programmi e l'impiego delle risorse della chiesa».

«Può essere più specifico?»

«Ci sono alcune persone nel consiglio direttivo che ritengono che alcuni dei nostri sforzi siano, diciamo, una distrazione, e spingono per eliminare certi programmi di assistenza.

Joe Chapman e Hannah ne stavano parlando e la discussione si è un po' accesa».

«Direi che lanciare un libro a qualcuno si qualifica come più di "un po' accesa"».

«Tutti perdiamo la calma a volte».

«Hannah Booth era a favore dei cambiamenti?»

«Sì, sta spingendo da un po' per ridefinire i nostri sforzi».

«Ha menzionato un consiglio direttivo. Chi ne fa parte?»

«Il ministro e la signora Booth, io, Stokes, Carol Black, Ester Pasquale, Ronnie Sales e Marty Corbin».

Annotai i nomi. «Qual era la natura del cambiamento che ha provocato la lite?»

«Non è stata una lite. La signora Booth era preoccupata, così come altri nel consiglio, che ci stessimo disperdendo troppo. Che dovessimo ridurre alcuni programmi, ridefinire la nostra missione».

Disse la stessa cosa due volte. Cosa nascondeva? «Quali programmi sarebbero stati tagliati?»

«Il sostegno finanziario che offriamo a chi lotta contro le dipendenze e a chi viene rilasciato dal carcere».

Secondo me aveva senso. Hannah e gli altri erano stanchi di un lavoro improbo. Era anche naturale che Chapman, un ex detenuto, si opponesse. Probabilmente non c'era nient'altro dietro alla lite.

«Dato che Hannah è la moglie del ministro, sarà in grado di ottenere i cambiamenti che vuole».

Scosse la testa. «Non proprio. Il ministro Booth è un uomo molto compassionevole. Ha l'ultima parola su ciò che facciamo qui e posso dirle che si sta opponendo ai tentativi di ridurre la nostra assistenza».

«Come la pensavano gli altri riguardo ai tagli proposti?»

«Io ero d'accordo con il ministro, e anche Carol ed Ester».

«Immagino che la frustrazione della signora Booth abbia avuto la meglio su di lei».

«Sì, ma posso dirle che non era la sola. Ronnie e Marty si sono fatti sentire parecchio con il ministro».

«Nessun lancio di Bibbie?»

Sorrise. «Fortunatamente no».

«Mi dica qualcosa sugli altri uomini del consiglio».

«Marty è un po' più grande, ma è un uomo eccezionale con una storia che è d'ispirazione. Il ministro Booth teneva corsi biblici in prigione e Marty ha studiato come un matto, cambiando completamente vita. È stato il primo ragazzo che il ministro Booth ha aiutato quando è uscito di prigione, e così è nato il programma di assistenza ai carcerati».

Ogni tanto se ne vince una, ma in quanto beneficiario di un programma, perché avrebbe voluto chiuderlo?

«Che età ha?»

«Credo che sia sulla sessantina, o giù di lì».

Controllando i miei appunti, chiesi: «E per quanto riguarda Ronnie Sales?»

Santangelo si strinse nelle spalle. «Non c'è molto da dire. È un tipo piuttosto silenzioso. Devo essere onesto con lei, non ha una gran personalità».

Rabbrividii a quel "Devo essere onesto con lei". Quindi, tutto ciò che la gente diceva prima di usare quella stupida espressione era una cazzata?

«Qual è il suo ruolo nella chiesa?»

«Si occupa della contabilità della chiesa e aiuta con l'assistenza».

C'era un movente finanziario dietro a quella serie di omicidi? Forse un piano di appropriazione indebita che era stato scoperto e che doveva essere messo a tacere?

«Come vanno le finanze della chiesa?»

«Credo bene, ma non saprei dirlo con certezza».

«Perché non dovrebbe saperlo? Il consiglio non ha accesso alle finanze della chiesa?»

«Il ministro Booth e Ronnie gestiscono tutto da soli».

24

Distratto dalle voci dell'appello, chiusi la porta del nostro ufficio.

«Sai, Vargas, più ci penso e più mi convinco che dobbiamo scavare a fondo nei registri della chiesa. Forse Booth nasconde qualcosa.»

«Pensi?»

«Sai come dico io: «Si uccide più per soldi che per amore».»

Vargas appallottolò un pezzo di carta e me lo lanciò. «Grazie per avermelo ricordato. Lo sai che il ministro Booth andrà probabilmente dallo sceriffo se inizi a fare domande sulle loro finanze.»

«Perché? È una linea d'indagine legittima.»

«Andiamo, Frank, nel migliore dei casi è una prova indiziaria. Come colleghi eventuali problemi finanziari agli omicidi? Ammesso che la chiesa abbia davvero un problema di soldi.»

«Queste chiese sono organizzazioni senza scopo di lucro, quindi non vedo come possano cercare di nascondere qualcosa. Non devono presentare una dichiarazione o un rapporto all'IRS?»

«Direi di sì, ma conosci McDonald, dell'UCF. Perché non vai a parlargli?»

«Siamo sulla stessa lunghezza d'onda, Vargas.»

Imbarazzato dal mio infantile rifiuto di riconoscerle il merito, mi diressi all'Unità Crimini Finanziari.

Nella stanza in cui operava l'UCF c'era un tale silenzio che non sembrava nemmeno di essere in una stazione di polizia. Avevo sempre pensato che un'unità di sette persone fosse grande per un posto con la popolazione della contea di Collier. Ma a Naples c'erano un bel po' di pezzi grossi e non mancavano certo i truffatori che cercavano di spillar loro dei soldi.

Gli agenti dell'UCF erano più simili a contabili che a poliziotti, e a separarli da quelli in prima linea non c'erano solo i loro fogli di calcolo. A parte McDonald, nei quattro anni che avevo passato qui, avevo a malapena parlato con qualcun altro in quella stanza.

McDonald aveva una decina d'anni più di me e pesava una decina di chili in più. Come me, anche lui era andato al John Jay, ma era molto più ambizioso, e si era laureato con una doppia specializzazione in legge e contabilità forense. Forse era il fatto che fosse originario del Queens a creare un certo legame. Mi fece cenno di avvicinarmi alla sua scrivania.

«Come va, Frank?»

«Bene, tu?»

«Tutto a posto. Che succede?»

«È presto, ma sto seguendo una pista sul caso dell'Assassino Acquatico. Sembra che ci sia un collegamento con una chiesa chiamata Lo Spirito della Fratellanza, e ho la sensazione che ci sia qualcosa che non quadra con i loro registri. Vorrei mettere le mani su qualsiasi rapporto finanziario abbiano pubblicato.»

«Beh, ti servirebbe un mandato di comparizione e, a meno che tu non abbia più di quanto mi stai dicendo, non c'è un giudice disposto a firmarlo. Hai qualcosa di concreto?»

Il mio telefono trillò e diedi un'occhiata di nascosto. Era un messaggio di Vargas: «Dove sei?». Dove sono? Sapeva che ero qui.

«Magari. Qualche suggerimento?»

«Se hanno chiesto un prestito e il creditore ha depositato un'ipoteca, dovrebbe essere di dominio pubblico.»

Abbassai la voce. «Potresti fare una ricerca per un collega del John Jay?»

«Nessun problema.»

«Ti devo una birra.»

Ritornai nel trambusto della stazione e, prima di chiudermi la porta alle spalle, il telefono squillò.

«Vargas, che c'è? Stai perdendo colpi o cosa?»

«Torna in ufficio. C'è una corrispondenza dei capelli.»

Salii le scale a due a due e corsi nel mio ufficio. Vargas prese un referto della scientifica e me lo porse.

«Porca miseria, Vargas. È una cosa enorme. Te lo dico io: quando Luca ha un'intuizione, è oro colato.»

«Come dirai a Chester che hai preso i campioni?»

Il mio sorriso si spense. «Glielo dirò e basta.»

«Non credo che la prenderà bene.»

«Perché no? L'abbiamo in pugno. Chester non potrà dire niente.»

«Frena. Abbiamo i suoi capelli su un cadavere, niente di più, niente di meno.»

«Che sia lei a spiegare come ci sono finiti, allora.»

«Sto solo dicendo che Chester è un fanatico delle regole. Ti ha dato un ordine diretto che hai ignorato. Forse vincerai questa, ma te la farà pagare cara. Non mi stupirei se ti sanzionasse.»

«Questa è una stronzata, e lo sai.»

«Ti dico solo come la vedo, Frank. Non voglio che tu paghi un prezzo per questo.»

Sbattei la sedia contro la scrivania. «Quindi abbiamo una prova solida e devo tenerla nel cassetto?»

«Perché non chiediamo a Haines di aiutarci?»

«Haines? Che c'è, sei pazza? Sei matta se pensi che ci aiuterebbe. Farebbe la parte dell'eroe.»

Vargas espirò rumorosamente e si diresse verso la porta. «Ma ti senti? Sembri un bambino di cinque anni. Fa' come vuoi, ok?»

«Aspetta un attimo. Vacci piano, va bene? Se pensi che dovremmo parlare con Haines, allora lo faremo.»

Haines lavorava presso l'ufficio dell'FBI sul Gateway Boulevard a Fort Myers. Non ci sarei mai andato di mia iniziativa. Vargas mi lesse come un libro aperto e disse: «Lo chiamo io e gli dico che dobbiamo vederlo.»

———

HAINES SCESE da Fort Myers un'ora dopo la chiamata di Vargas. Fu più rapido di quanto mi aspettassi, il che aumentò la mia diffidenza. Indossava un sorriso e un abito blu scuro e ci salutò come vecchi amici.

«Come state, ragazzi?»

Dissi: «Tiriamo avanti. Come vanno le cose nella torre d'avorio?»

Vargas rise nervosamente e strinse la mano a Haines, che disse: «A dire il vero, è stato noioso. Ho esaminato le immagini satellitari delle scene del crimine, ma non ne ho ricavato nulla. In più, mio figlio comincia a mancarmi davvero.»

«Beh, forse abbiamo qualcosa che ti farà tornare a casa.»

«Che avete?»

Gli porsi il referto della scientifica. «I capelli trovati sul quarto corpo, Shaun Parker, corrispondono a quelli di Hannah Booth.»

«La moglie del ministro?»

Vargas disse: «Già. Difficile da credere, ma potrebbero esserci diverse ragioni. Magari aveva una relazione con lui.»

«Andiamo, Vargas. Ti stai arrampicando sugli specchi.»

Haines disse: «Non sembra esserci alcun dubbio che siano suoi. La maggior parte delle volte, i campioni di capelli possono essere problematici, ma entrambi avevano abbastanza follicoli intatti ed è stato raccolto sufficiente DNA. Volete che i ragazzi del Bureau ci diano un'occhiata?»

Vargas disse: «No, il laboratorio qui è di prima categoria. Avremo bisogno di aiuto con Chester.»

«Lo sceriffo?»

«Sì. Vedi, quando abbiamo iniziato a dare un'occhiata alla chiesa, Frank si è concentrato su Hannah. Il ministro ha ritenuto che fosse ingiusto e si è lamentato con Chester.»

«E quello ha fatto marcia indietro?»

«Sì, all'epoca. Non era altro che l'intuizione di Frank.»

Dissi: «Chester mi ha detto di starle alla larga.»

«È stato un ordine diretto.»

«Come hai ottenuto un campione dei suoi capelli?»

«Vedi, ero in chiesa per interrogare un'altra persona e ho usato il bagno. Ho notato una spazzola e sopra c'erano capelli dello stesso colore.»

Vargas disse: «Chester è un brav'uomo, ma regolerà i conti una volta chiuso il caso. Frank pagherà un prezzo per aver ignorato un ordine diretto.»

Haines si prese il mento nel palmo della mano. «Prima di tutto, dobbiamo stabilire senza ombra di dubbio che i capelli siano suoi. Ci serve una fonte indipendente del suo DNA. Io non so se lei sia intoccabile. Lasciate che vada a trovarla con la scusa di verificare il profilo che abbiamo stilato. Troverò un modo per ottenere qualcosa con il suo DNA.»

Non volevo che si avvicinasse a Hannah, ma prima che potessi obiettare, Vargas disse: «Perfetto. Te ne saremmo davvero grati.»

«Nessun problema. Sono qui per aiutarvi a incastrare questo figlio di puttana, o figlia di puttana, a seconda dei casi.

Una volta che potremo confermare la corrispondenza del DNA con i capelli sulla vittima, andrò a parlare con Chester.»

«Saresti un eroe ai suoi occhi.»

«Non si risolverà nulla con la sola corrispondenza, Frank. Inoltre, gli dirò che hai continuato a sussurrarmi il suo nome all'orecchio e che ho agito basandomi sul tuo istinto che, tra l'altro, è dannatamente buono.»

25

HAINES INFORMÒ LO SCERIFFO CHESTER CHE IL DNA PRELEVATO da una bottiglietta d'acqua da cui aveva bevuto Hannah Booth corrispondeva ai capelli trovati sul quarto cadavere.

Chester giunse le dita a cuspide. «Interessante. Se non le dispiace, vorrei sapere cosa l'ha spinta a considerare di analizzare proprio lei?»

«È l'addestramento, signore. Non ci piace dirlo in pubblico, ma al bureau piace trattare chiunque sia vicino a un crimine come un sospetto, finché non viene scagionato.»

«È al corrente del fatto che avevo specificamente ordinato di non toccare Hannah Booth?»

«Sì, signore. Il detective Luca mi aveva consigliato di chiedere prima la sua autorizzazione, e avevo tutta l'intenzione di farlo, ma mentre cercavo informazioni su alcuni soci della chiesa si è presentata l'occasione perfetta per ottenere un campione senza disturbare nessuno.»

La stanza si stava surriscaldando e allungai la mano per allentare il colletto mentre Chester puntava i suoi occhi su di me.

«Qualcuno di voi due ha istigato l'agente Haines a fare questo?»

«No, signore», rispondemmo all'unisono.

«Bene. Il mio ordine era un tentativo di focalizzare le indagini, e non stavo in alcun modo cercando di proteggerla. A questo punto, la direttiva è revocata e la signora Booth ha qualcosa da spiegare.»

«Andremo a fondo della questione, signore.»

«Non devo dirvi quanto sia urgente la cosa, vero?»

Haines disse: «Tutti sono consapevoli dell'urgenza, signore, e se posso permettermi, lei ha due detective molto qualificati.»

———

Io e Mary Ann occupammo lo stesso separé di sempre quando andavamo da Naples Flatbread. Non ero un grande fan del cibo, ma lei adorava la loro insalata Southwestern. Ordinò il suo solito e io tentai la sorte con una focaccia con i fichi.

Sorseggiando un Brunello economico, dissi: «Dobbiamo andare con i piedi di piombo con la moglie del ministro. Non c'è dubbio che ci sia un legame tra la chiesa e gli omicidi. Ma se si scopre che non è Hannah la colpevole, avremo bisogno di alleati all'interno della chiesa.»

«Il fascicolo che Haines ha mandato solleva un sacco di domande, specialmente i sospetti sulla morte di suo figlio.»

«Mi dispiace un po' per lei. Deve essere un inferno avere un figlio tossicodipendente.»

«Guardati. Ti stai intenerendo, eh?»

«No, sul serio, riesci a immaginare cosa devono passare questi genitori? Come diavolo fanno a dormire?»

«Un disastro totale: deve consumarli.»

«Forse ha fatto fuori lei il figlio. Per risparmiare a entrambi un mare di sofferenze.»

«Non so, Frank. Una madre che uccide il proprio figlio è una cosa molto rara.»

«Rara nell'età adulta, ma non inaudita.»

Una cameriera con una maglietta con la scritta "What the Flatbread?" ci portò da mangiare.

Presi un pezzo di focaccia e, dopo aver cercato un fico, dissi: «Ti ricordi quella donna della Contea di Charlotte la cui figlia era una prostituta? Finì per sparare a lei e al suo pappone con un fucile a pompa.»

Mary Ann posò la forchetta. «Possiamo non parlare di questo mentre mangiamo?»

«Scusa.» Sorrisi e finii la mia fetta. Alla ricerca del mio primo fico, presi un altro pezzo. «Pensi che questo prestito da un milione di dollari che la chiesa ha contratto c'entri qualcosa?»

Mary Ann finì una forchettata di insalata e disse: «Posso chiederti una cosa?»

«Certo.»

«Questo è un appuntamento o no? Perché se è un appuntamento, non voglio parlare di lavoro.»

Non fu facile, ma riuscii a superare la cena senza menzionare il caso. Divenne più semplice una volta che iniziammo a passeggiare per Mercato, dove c'erano molte distrazioni per occupare la mia mente.

————

FU UNA DECISIONE DIFFICILE, ma decisi di affrontare Hannah sul suo stesso terreno. Anche se suo marito sarebbe stato sicuramente presente, speravo di ottenere qualcosa prima di portarla dentro, cosa che l'avrebbe spinta a trovarsi un avvocato. Haines chiamò il ministro chiedendo un incontro con il pretesto di volere informazioni su due persone legate alla chiesa, insinuando che corrispondessero al suo profilo.

Il ministro Booth si alzò, ebbe un attimo di esitazione e guardò alle mie spalle quando fecero entrare me e Vargas. Ritrovò il sorriso e ci strinse la mano.

«Avevo l'impressione che sarebbe venuto l'agente Haines.»

«Avrebbe dovuto, ma è sorto un imprevisto a DC. È dovuto partire stamattina.» Sembrava una cazzata, anche se capitava che fosse la verità.

«Oh, spero non sia nulla di grave.»

Scrutai la sua scrivania e notai dei documenti con il logo della Fifth Third Bank. McDonald aveva detto che il prestito era della Wells Fargo, che roba era quella?

Vargas posò la sua valigetta accanto alla sedia e disse: «Ha menzionato qualcosa riguardo a un caso a cui stava lavorando, e ha detto che stava arrivando al culmine.»

Booth sorrise. «L'FBI prende sempre il suo uomo.»

Prima di entrare nelle forze dell'ordine, pensavo che i federali fossero invincibili. La verità è che hanno le loro magagne come qualsiasi altra organizzazione.

Vargas disse: «Sta arrivando sua moglie, Hannah?»

«Sì, sarà qui a momenti.»

Dissi: «Non ho potuto fare a meno di notare le carte della Fifth Third Bank. La uso anch'io. Secondo me, ha il miglior servizio clienti.»

«Abbiamo il nostro conto corrente con loro. Oh, eccola.»

I jeans neri di Hannah avvolgevano le sue curve, e lei completava il tutto con una camicetta grigia di chiffon. Portava un cuscino da sedia blu e i suoi capelli biondi erano raccolti in una coda di cavallo, rivelando lobi senza orecchini. Poteva essere la mancanza di trucco, ma il suo viso sembrava gonfio e segnato da rughe.

Ci alzammo e lei annuì in segno di saluto, facendosi strada verso una sedia accanto a suo marito.

Vargas disse: «Prima di iniziare, vorrei ringraziarvi entrambi per aver trovato il tempo per noi.»

Il ministro Booth prese la mano di sua moglie, dicendo: «Siamo sempre felici di aiutare.»

Dissi: «Un legame con la vostra chiesa sembra molto probabile. A tal proposito, l'agente Haines crede che potrebbe esserci un movente finanziario dietro l'assassinio.»

Booth disse: «Non capisco. Può spiegarsi meglio?»

Vargas disse: «Come sono le finanze della chiesa, ministro?»

«Stiamo andando bene. È sempre una sfida raccogliere i fondi di cui abbiamo bisogno per realizzare la nostra missione, ma Dio provvede sempre a ciò di cui abbiamo bisogno.»

Volevo chiedergli se ci fosse un funzionario ai prestiti della Wells Fargo di cognome Dio, ma dissi: «È consuetudine per la chiesa chiedere prestiti?»

Booth si mosse sulla sedia. «Di tanto in tanto potremmo aver bisogno di accendere un piccolo prestito.»

«Considera un milione di dollari una cifra piccola?»

Hannah sussultò, scattando in avanti. «Non avete il diritto di fare questo tipo di domande.»

«Mia moglie ha ragione. Non ne vedo il motivo, detective. Cosa sta insinuando?»

Vargas disse: «L'agente Haines ha pensato che fosse possibile che qualcuno stesse sottraendo denaro alla chiesa. Il piano potrebbe essere stato scoperto e, per coprirlo, l'interessato ha dovuto ricorrere all'omicidio.»

Hannah socchiuse gli occhi mentre Booth diceva: «Sembra un film di Hollywood.»

Dissi: «Chi gestisce le finanze della chiesa?»

Booth disse: «È mia responsabilità salvaguardare le risorse che riceviamo, e la prendo molto sul serio. L'idea che qualcuno possa rubare a noi, rubare a Dio, è impossibile da concepire.»

Era davvero così ingenuo o stava succedendo qualcosa? Avremmo dovuto indagare un po' prima di spingerlo oltre. «Qualcuno la aiuta a gestire le risorse; forse sua moglie?»

«Hannah ha già abbastanza da fare qui, ma grazie a Dio c'è Ronnie Sales. È molto bravo con i numeri.»

Avevo arrestato parecchi prestigiatori dei numeri quando ero nel New Jersey e chiesi: «Chi riceve gli estratti conto dalla banca?»

«Arrivano qui, in ufficio.»

«Li controlla prima di chiunque altro, prima che li veda il signor Sales?»

«In seminario ci hanno sottolineato, anzi, inculcato l'importanza della verifica indipendente. Infatti, controllo le movimentazioni del nostro conto quasi ogni giorno online.»

Vargas disse: «Bene. Non si è mai abbastanza prudenti di questi tempi.»

Stavamo facendo domande da dieci minuti e Hannah aveva a malapena parlato. Era ora di cambiare le cose. Annuii a Vargas e dissi: «Signora Booth, vorrei che mi spiegasse una cosa. La scientifica ha recuperato un paio di ciocche di capelli dal corpo di Shaun Parker la notte in cui è stato trovato morto.» Mentre allungavo la mano verso il rapporto che Vargas aveva tirato fuori dalla sua cartella, Hannah accavallò le sue belle gambe.

Sfogliai il rapporto con la punta del dito e dissi: «Questo referto di laboratorio identifica in modo conclusivo i capelli trovati sul corpo di Parker come appartenenti a Hannah Booth.»

Gli occhi del ministro Booth si sgranarono. «Cosa? Ne siete certi?»

«Assolutamente certi. Signora Booth, può spiegare come sia successo?»

«Non ne ho idea.»

«Dovrà trovare di meglio.»

Hannah incrociò le braccia. «Onestamente non lo so. Forse ha raccolto una mia ciocca di capelli lavorando qui.»

Vargas disse: «Stava lavorando con Shaun Parker il giorno in cui è stato trovato morto?»

Hannah esitò e scosse la testa. «No, no, non credo.»

«E nei giorni immediatamente precedenti la sua morte?»

«Potrebbe essere, ma non credo.»

«Si è seduta sulla sua sedia, o lui sulla sua?»

«Non so se si sia seduto sulla mia, ma io non mi sono seduta sulla sua.»

«È salita sulla sua macchina?»

«No.»

«Lui è salito sulla sua?»

«No.»

Dissi: «È andata a casa di Shaun Parker?»

«No.»

«Mi dispiace doverlo chiedere, ministro, ma Hannah, lei aveva una relazione con Shaun Parker?»

«È impazzito?»

Il ministro Booth si alzò. «Temo di non poter permettere che questo vada oltre, detective. Se avete altre domande, dovrò rimandarvi al nostro avvocato, Marcus Knight.»

26

LA PORTA DELL'UFFICIO DELLO SCERIFFO SI APRÌ FINALMENTE E, dopo che un fiume di funzionari dai volti austeri uscì, si richiuse con un tonfo. Odiavo arrivare dopo una brutta notizia e desiderai che Vargas fosse lì. Stavo per correre in bagno quando la sua segretaria mi disse che potevo entrare.

Bussai alla porta con una nocca ed entrai. Chester era dietro la sua scrivania, con le maniche rimboccate e la cravatta rossa allentata. Era una mia impressione o lì dentro faceva di nuovo afa? Non ero un fan dell'aria condizionata al minimo, ma di quel passo sarebbe cresciuta la muffa.

«Signore?»

«Si accomodi, Luca.»

«Mi dispiace per i furti a Grey Oaks. C'è qualcosa che possa fare per aiutarla?»

Scosse la testa. «Lei si concentri solo su questi omicidi, nient'altro. Mi ha capito? Stamattina, presentando il mio rapporto alla commissione, l'unica cosa di cui mi hanno chiesto è stato questo maledetto caso. Quindi, si assicuri di rimanere concentrato su questo.»

«Assolutamente. Ma prima di andare avanti, penso che

debba considerare questi furti come un lavoro dall'interno. Insomma, sette case, e a quanto ho capito questi si sono presi il loro tempo. Estrarre una cassaforte dal cemento non è una cosa rapida.»

«È esattamente quello che penso. O sono le guardie al cancello o i giardinieri.»

«Probabile. Non si dimentichi di controllare le ditte di disinfestazione; loro sanno chi c'è in giro.»

«Non andranno lontano. Dove pensano di ricettare tutti questi gioielli di lusso?»

«Sarà dura.» Non volli deprimerlo, quindi non parlai di una banda in cui mi ero imbattuto nel Jersey che ricettava merce attraverso una rete oltreoceano. Per una volta gli esperti avevano ragione: il mondo in cui vivevamo era davvero globale.

«Sono contento che abbia avuto il buon senso di chiamare. Come può immaginare, ha telefonato il ministro Booth e poi il suo avvocato.» Chester prese un Post-it blu. «Un certo Marcus Knight, con un accento britannico. Che cosa è successo?»

«Ci siamo andati piano con loro, cercando di esplorare l'aspetto economico del caso. Sappiamo che hanno chiesto un prestito di un milione di dollari e che solo in due, ministro compreso, gestiscono le finanze della chiesa. Non abbiamo insistito troppo. Senza altri dati sulle loro finanze, sarà difficile proseguire su quella linea d'indagine.»

«E lei cosa vorrebbe che facessi?»

«Sinceramente, signore.» Mi interruppi quando mi resi conto di aver usato la parola con la S. «Non sono venuto qui per chiedere nulla, ma forse lei potrebbe chiedere all'Unità Crimini Finanziari di indagare.»

Chester prese un appunto, ma disse solo: «E i capelli?»

«Quando l'abbiamo messa di fronte al fatto che il capello trovato su Shaun Parker era suo, ha sostenuto di non sapere come ci fosse finito. Ha detto che non era con Parker il giorno in cui è stato trovato, bla, bla, bla. Il ministro è andato su tutte le furie quando le ho chiesto se avesse una relazione con Parker.»

«Cosa le dice il suo istinto?»

Non volevo dirgli che ultimamente il mio istinto era affidabile quanto un Rolex comprato per le strade di Shanghai. «Sarò sincero, sceriffo.» Cavolo, dovevo essere fuori di me... di nuovo la parola con la S. «C'è qualcosa che non mi convince in questa Hannah Booth. Era strana il giorno in cui ci siamo incontrati la prima volta, e questo capello su una vittima è una prova schiacciante, ma potrebbe anche essere che avesse una relazione con Parker. A parte il fatto che ci ha sviati riguardo a Chapman, non abbiamo molto su cui basarci.»

«Forse aveva una relazione con tutte le vittime.»

Era un punto di vista interessante e, sebbene avesse delle belle curve, non riuscivo a immaginarlo, o forse sì. «È una possibilità e spiegherebbe una relazione più profonda con le vittime che va al di là del legame con la chiesa.»

«È l'unica con una prova fisica che la collega a un cadavere.»

«Abbiamo bisogno di più informazioni, ma procediamo a rilento. L'unico modo per accelerare le cose sarebbe interrogare altre persone che lavorano in chiesa e vedere se rivelano qualche tradimento. Oppure potremmo effettuare una perquisizione fisica e vedere cosa salta fuori.»

«Una perquisizione di casa sua e del suo ufficio?»

«Penso che se si tratta di una relazione, dobbiamo vedere se possiamo collegarla alle altre vittime.»

«Se possiamo limitarla a una perquisizione dell'ufficio della chiesa e delle aree ricreative o sociali, prenderò in considerazione di andare dal procuratore distrettuale. Dobbiamo rispettare tutti i loro spazi religiosi o saremo massacrati dalla stampa. Se troviamo qualcosa su di lei lì, non dovremo preoccuparci delle reazioni dell'opinione pubblica.»

Era una mossa audace. Quasi troppo scioccato per parlare, riuscii a dire: «Uhm, uh, certo, nessun problema. Una perquisizione aiuterebbe certamente a... chiarire le cose.»

«Dovrò pensarci su prima di decidere. È una questione delicata. Le istituzioni religiose hanno un ruolo enorme nel Sud. Lo Spirito della Fratellanza ha una vasta comunità di parrocchiani e, a quanto mi dicono, svolge un buon lavoro.»

«Capisco, signore, agiremmo con delicatezza e con una piccola squadra...»

«Smetta di cercare di convincermi, Luca. Ho detto che ci penserò. Nel frattempo, mi aspetto che mantenga la massima riservatezza. Nessuno, nemmeno il suo partner, deve esserne informato.»

27

ALTRO CHE RAGAZZA MAYBELLINE: LA MIA EX MOGLIE SI FACEVA un'ora di macchina fino al North Jersey per comprare i suoi trucchi. I suoi cosmetici svizzeri erano costosi, perciò accompagnare Mary Ann da Waterside per i suoi prodotti di bellezza era una passeggiata.

Quello era un altro aspetto che mi piaceva di Mary Ann. Faceva shopping come un uomo: andava in un negozio per ciò che le serviva, lo comprava e se ne andava, senza perdere tempo a curiosare tra scaffali di vestiti che non le servivano né era venuta a comprare.

Dopo il suo acquisto, prendemmo posto al bancone del Brio, che era afoso e vuoto. Una sfilza di ventilatori mi scompigliava il tovagliolo, ma rendeva l'ambiente confortevole. Ordinammo due calici di Riesling da accompagnare all'insalata di cavolo nero di Mary Ann e al mio mahi-mahi alla griglia. Dopo aver fatto cin cin, presi un sorso di vino. Era ghiacciato e rinfrescante. Le diedi un bacetto sulla guancia e facemmo quattro chiacchiere.

Un barista che ci portò da mangiare interruppe il mio studio della scollatura di Mary Ann.

Ingoiata la prima forchettata di mahi-mahi, Mary Ann indicò un televisore. «Uh-oh. Dai un'occhiata là.»

Diverse dozzine di persone, alcune con dei cartelli, stavano cantando slogan davanti alla chiesa dello Spirito della Fratellanza. Un giornalista di WINK News stava parlando con Nick Santangelo. In sovrimpressione scorreva la trascrizione della conversazione: «Crediamo che la nostra chiesa e la sua guida siano state ingiustamente prese di mira dal dipartimento dello sceriffo. Non è stata prodotta una singola prova che implichi qualcuno. Eppure, continuano a perseguitare il ministro Booth e sua moglie».

La forchetta mi cadde sul bancone con un rumore metallico. «Merda, adesso sarà impossibile.»

«Cos'è impossibile?»

Tenni gli occhi fissi sul televisore. «Uh, niente. Sai già tutto.»

«Frank, di cosa stai parlando?»

Il servizio era ancora in onda. Quanto tempo gli avrebbero dedicato? «Niente. Intendevo, sai, indagare su chiunque nella chiesa.»

«Frank, ti ricordi quello che ci siamo detti sull'essere sinceri l'uno con l'altra?»

All'improvviso, mi parve di rivedere mia madre, china su di me con il dito puntato in faccia. «Io... lo sceriffo ha detto di non dire niente a nessuno.»

«Spero proprio di non essere "nessuno".»

Amico, quanto avrei voluto tornare al mio mahi-mahi. «Certo che non lo sei. Senti, perché non finiamo di cenare e ne parliamo più tardi.»

Lei allontanò il piatto. «Non ho fame.»

Gesù Cristo! Mi sta prendendo in giro? «Ma non hai mangiato niente.»

«Senti, se non possiamo fidarci l'uno dell'altra, non abbiamo niente.»

«Senza dubbio, e io mi fido di te, è solo che lo sceriffo...»

«Intendi il tizio al cui ordine diretto hai disobbedito? Risparmiami la stronzata sulla lealtà, Frank.»

Avrebbe dovuto fare l'avvocato. Le riavvicinai il piatto e dissi: «Okay, okay. Hai ragione. Te lo dirò, ma non aveva niente a che fare con te. Stavo cercando di...»

«Sputa il rospo, Frank.»

Abbassando la voce, le parlai della possibilità che Chester ci procurasse un mandato di comparizione.

«Non riesco a immaginare che Chester lo faccia.» Indicò il televisore.

«Forse, ma abbiamo identificato i suoi capelli e so che la pressione su di lui sta aumentando.»

«Continuo a pensare che non lo farà.»

Volevo dirle che si sbagliava, ma la mia serata dipendeva da quello, quindi mi limitai a un'alzata di spalle. Volendo un lieto fine per il nostro appuntamento, dissi al barista di portarci un altro bicchiere di vino a testa.

———

SPAPARANZATO SUL DIVANO DI VARGAS, mi lamentai che il film in onda fosse troppo prevedibile e afferrai il telecomando. Mentre facevo zapping, un servizio del telegiornale su WINK attirò la mia attenzione. Era la notizia sulla chiesa dello Spirito della Fratellanza. Guardai quella che era praticamente una replica di ciò che avevamo visto da Brio e stavo per cambiare canale quando il mezzobusto cominciò a leggere una dichiarazione dell'ufficio dello sceriffo:

«L'ufficio dello sceriffo nega di aver preso di mira la chiesa o il ministro Booth e sua moglie. Sebbene rispettiamo la privacy della chiesa dello Spirito della Fratellanza e il diritto di tutte le istituzioni religiose di praticare il proprio credo, abbiamo il compito di proteggere la sicurezza di tutti i cittadini della Contea di Collier. Se non seguissimo le prove che collegano i membri della chiesa al cosiddetto Assassino Acquatico, verremmo meno ai nostri doveri».

Mi misi a sedere. «Vedi, Mary Ann, te l'avevo detto, otterrà il mandato. Chester si è finalmente fatto crescere le palle.»

«Doveva rilasciare quella dichiarazione. Non può assolutamente lasciare che una protesta lo intimidisca.»

«Credo sia più di questo. Chester pensa che Hannah sia coinvolta.»

«L'ha detto?»

«Non direttamente, ma era quella la sensazione che mi dava.»

«Un'altra intuizione, Frank?»

«Solo una sensazione, tutto qui. Forse lo scopriremo domani.»

«Metti *American Idol*. Voglio vedere se la ragazza con i tatuaggi ce l'ha fatta.»

«Sì, certo, vuoi solo vedere quel campagnolo che ti piace, Luke Bryan.»

Vargas mi diede un calcio a piedi nudi mentre mi arrivava un messaggio sul telefono. Misi *Idol* e controllai il cellulare. Era un SMS da parte di Kayla.

«Dove vai?»

«Devo fare una pisciatina.»

Mi sedetti sulla tazza e aprii il messaggio: «Ciao, Frank. Spero che ti vada tutto bene. Scusa se non mi sono fatta sentire, ma ho avuto un sacco di cose da fare. Te le racconterò quando ci vedremo. Vengo a Naples tra due settimane e mi piacerebbe molto vederti».

Il cuore non mi sobbalzò, ma qualcosa mi salì su per il petto. Lo rilessi e valutai se cancellarlo.

28

Sfilandomi l'abito, mi stesi sul letto della cabana, sapendo di dover rispondere al messaggio di Kayla. Be', in realtà non dovevo... volevo. Era pericoloso, ma Kayla era diversa e non avevamo mai avuto l'occasione di vedere come sarebbe andata a finire. Come sarebbe andata a finire? Che ti prende, Luca? Siete usciti due volte, tutto qui.

Mentre mi vestivo, la pioggia prese a battere sulla finestra. Dovevo incontrarmi con un amico per un hamburger e, senza garage, mi sarei inzuppato per arrivare alla macchina. In ginocchio, tirai fuori da sotto il letto un contenitore di plastica e ci frugai dentro in cerca della mia polo viola. Sbattendo il ginocchio, imprecai contro le dimensioni della cabana. Per quanto tempo sarei potuto rimanere in questo buco?

Devo chiamare quell'agente immobiliare e dare un'occhiata alla casa che mi ha proposto. Non volevo dare fondo ai miei risparmi, ma che diavolo? Investirli in borsa non era una cosa sicura.

Sbirciai attraverso le veneziane: la pioggia si era intensificata. Tirai fuori il telefono e scrissi un messaggio a Kayla, dicendole di farmi sapere quando sarebbe arrivata in città. Poi lasciai un messaggio all'agente immobiliare per vedere se potevo visitare quella casa.

———

ERO SEDUTO al bar del La Moraga quando arrivò una chiamata dallo sceriffo Chester. Lanciai dieci dollari sul bancone e risposi alla chiamata mentre mi dirigevo verso la porta.

«Sono il detective Luca.»

«Ha un minuto, Frank?»

Spingendo le porte per uscire, dissi: «Certo. Che succede, signore?»

«Ho appena ricevuto una chiamata dall'agente Haines; ha detto che era una telefonata di cortesia. Stanno eseguendo un mandato di perquisizione alla chiesa dello Spirito di Fratellanza.»

«Cosa? Quando?»

«Sono già alla chiesa. Si sono rivolti al tribunale federale del distretto centrale di Fort Myers.»

Uscii sotto la pioggia e mi voltai. «In base a cosa?»

«Hanno ricevuto una chiamata sulla loro linea diretta riguardo a una pistola nell'ufficio di Hannah Booth. Era anonima; un tizio ha detto che lavorava alla chiesa.»

«Mi chiedo perché abbia chiamato l'FBI invece di noi. Crede che i federali siano sinceri con noi?»

«Francamente, a questo punto non ne sono sicuro. Almeno non dobbiamo preoccuparci di una reazione negativa da parte dell'opinione pubblica. Se torneranno a mani vuote, farò in modo che tutti sappiano che sono stati i federali a condurre la perquisizione.»

«Hanno intenzione di portarci via il caso?»

«Non lo so. Vediamo cosa trovano, se trovano qualcosa.»

«Vado a fare un salto lì, a vedere cosa succede.»

«No, Frank. Non voglio che una nostra foto finisca sui giornali. Haines ha detto che chiamerà quando avranno finito.»

«Sto andando in ufficio.»

«Non è necessario. Le farò sapere quando avranno finito.»

«Ci vado lo stesso. Non riuscirei a fare nient'altro con questa storia in sospeso.»

«Come vuole, Frank.»

«E, signore, La ringrazio per la dritta.»

Mi coprii la testa con le mani e corsi verso la mia macchina.

————

VARGAS MI AVEVA PORTATO un panino e lo stavo divorando quando chiamò Chester. Ascoltando, lasciai cadere il panino sul suo incarto e riattaccai.

«Chester ha detto che i federali hanno trovato una pistola nell'ufficio di Hannah. Sta venendo qui. Haines sta portando l'arma.»

«Ce la consegneranno?»

«Non l'ha detto, ma forse vogliono analizzarla qui invece di portarla fino a Fort Myers.»

«Non so. Non ha senso. Non si fidano mai dei laboratori locali, e il loro è a sola mezz'ora di distanza.»

«Abbiamo un buon laboratorio qui, e Haines lo sa. Chissà, forse ci stanno davvero solo dando una mano.»

«Penso che Chester abbia orchestrato tutto quanto, Frank.»

«Pensi?»

«Aveva bisogno di copertura e, usando i federali, se l'è procurata. Non dimenticare che viene eletto pubblicamente.»

«Cosa ne pensi della chiamata alla loro linea diretta?»

«Non credo che l'abbiano inventata. Probabilmente è arrivata davvero, e Haines lo ha detto a Chester, che ha suggerito l'intervento dei federali.»

Aveva senso, ma Chester mi avrebbe davvero mentito? Ci

rimuginai un secondo, quando quello che aveva detto Vargas mi risuonò nelle orecchie: «viene eletto pubblicamente». Chester era un politico. Certo che aveva mentito.

———

HAINES PORSE la Colt .45 a un tecnico. «Spero che questo vi aiuti a risolvere il caso, Frank.»

Aiutarmi? Avrei voluto scaraventare Haines a terra.

Vargas si mise tra me e Haines, dicendo: «Vediamo dove ci porta questa pista.»

Lo schiocco del guanto del tecnico, mentre se lo infilava, mi riportò alla realtà. Mise la pistola in una cappa speciale e riempì un contenitore con della supercolla liquida. Lo specialista chiuse lo sportello della cappa e aumentò la temperatura.

Mi avvicinai all'unità, cercando eventuali macchie bianche che si sarebbero formate a causa degli oli lasciati da un'impronta digitale. Mi portai le mani a coppa intorno agli occhi e mi chinai in avanti. Non sembrava che si stesse formando nulla di bianco.

Il tecnico disse: «Sembra che sia stata ripulita.»

«Può fare qualcos'altro?»

«È sempre difficile recuperare buone impronte da un'arma da fuoco, data la superficie testurizzata dell'impugnatura. Vede quella macchia sul lato destro della canna?»

Strizzando gli occhi, vidi un minuscolo puntino bianco. «A malapena.»

«Proverò a spolverarla per vedere se si può migliorare, ma credo sia una perdita di tempo.»

Haines disse: «Lasci stare. Il meglio che otterrà è un'impronta parziale, e un buon avvocato difensore la farà a pezzi. Passiamo alla balistica.»

Aveva ragione, ma non l'avrebbe saputo da me.

Il tecnico spense la macchina e ispezionò la pistola con una lente d'ingrandimento. «Niente su cui lavorare. Andiamo alla vasca.»

Il seminterrato aveva un odore di muffa. Mi avvicinai a Vargas, sperando che il suo profumo potesse fare da contrappeso. Una vasca d'acciaio lunga sei metri, che brillava sotto le luci fluorescenti, era l'unica cosa nella stanza. Il coperchio del recipiente, largo quasi un metro, era sollevato e l'acqua all'interno era limpida.

C'erano solo due paia di cuffie antirumore sul muro, e ne afferrai un paio, seguito dal tecnico. Haines disse: «Noi aspetteremo fuori.»

Quando la porta d'acciaio si chiuse con un tonfo dietro Vargas e Haines, il tecnico inserì la canna della pistola in un condotto angolato.

Uno spruzzo d'acqua si sollevò mentre la pistola sparò con un secco schiocco. Il tecnico recuperò il proiettile con un cestello e, dopo aver riappeso le nostre protezioni acustiche al muro, uscimmo.

———

VARGAS MI TIRÒ INDIETRO e sussurrò: «Non so perché stiamo perdendo tempo a guardare tutto questo. Dovremmo preparare gli atti per l'arresto.»

«Di che stai parlando? Non possiamo lasciare che si prenda tutto il merito.»

«Ha detto che si sarebbe fatto da parte.»

«Sì, e tu gli credi?»

«È quello che mi ha detto.»

«Già, e cos'altro ti ha detto?»

«Niente.»

«Ho visto come ti guardava.»

«Di che stai parlando, Frank?»

«Lascia perdere, okay? Lascia perdere e basta.»

«Vuoi perdere tempo, fai pure. Io torno in ufficio.»

Cominciava a farmi incazzare. Non vedevo l'ora che Kayla arrivasse in città. Per smuovere un po' le acque. Non avevo bisogno di queste stronzate.

———

NON ERO in laboratorio quando i medici esaminavano i vetrini del mio cancro, ma non riuscivo a immaginare che ci stessero mettendo più impegno di questo tizio. Si muoveva tra due grandi microscopi e un tablet su cui annotava degli appunti.

Lo sgabello d'acciaio inossidabile mi stava distruggendo il culo, e qui dentro faceva freddo. L'unica cosa buona era che Haines aveva rinunciato a me ed era andato a mangiare un boccone.

Finalmente, il tecnico spinse indietro lo sgabello e si alzò, annuendo. «Senza dubbio, corrisponde. Questi proiettili provengono dalla stessa pistola.»

«È sicuro che ci siano abbastanza corrispondenze consecutive?»

«Ho detto: senza dubbio.»

«Mi assecondi, okay? Questo è un caso importante. Cosa la rende così sicuro?»

«Prima di tutto, c'è la rigatura sinistrorsa, che hanno solo le Colt. E ci sono abbastanza striature che corrispondono. Sono nette, e c'è un minimo di sei serie di corrispondenze consecutive.»

Era più che sufficiente per resistere a un attacco di F. Lee Bailey. «Quanto ci vuole per avere un rapporto?»

«Posso farle avere un rapporto preliminare tra un'ora. Ma quello completo non sarà pronto prima di, diciamo, mezzogiorno di domani.»

«Grazie. Me lo mandi via email non appena il preliminare è pronto.»

Era quasi mezzanotte quando mandai un messaggio a Vargas per dirle che la pistola corrispondeva.

29

SEDEMMO ATTORNO AL TAVOLO DI FINTA PIETRA NELL'UFFICIO DI
Chester. Lo sceriffo, in jeans e polo rossa, sembrava più fresco
di tutti noi. Haines, con le maniche bianche rimboccate e gli
abiti stropicciati, non aveva detto molto prima che arrivasse il
procuratore Thume.

Quando il procuratore distrettuale si sedette tra me e
Chester, Haines cominciò a insistere per l'arresto di Hannah
Booth, sostenendo che le prove fornivano una base solida per
accusarla della morte di Joseph Chapman.

Il procuratore Thume domandò: «State considerando di
presentare accuse federali?»

«No, no. Questo è un caso dello sceriffo. Offriamo soltanto
assistenza.»

Il procuratore disse: «Abbiamo abbastanza elementi per
incriminare per l'omicidio di Chapman, ma lascerò la decisione
di procedere allo sceriffo»

Chester mi guardò. «Lei che ne pensa?»

«Non credo che arrestarla sia il modo giusto di gestire la
cosa. Abbiamo quattro omicidi da risolvere e, al momento, solo

un collegamento con Hannah per uno di essi. Ci serve di più. Dovremmo parlarle prima di procedere con l'arresto.»

Haines disse: «Non otterrà niente di più da lei senza sporgere denuncia. In ogni caso, avrà un rappresentante legale»

«Forse, o forse no.»

«Si è dimenticato che abbiamo eseguito una perquisizione? Si metteranno sulla difensiva.»

Che rivelazione. Parlare con la legge metteva tutti sulla difensiva. «Con la copertura mediatica della perquisizione, potrebbe arrivare una soffiata. È possibile che la stiano incastrando.»

Haines soffocò una risatina. «Sono certo che dirà così. Perché non arrestarla, metterla sotto pressione e vedere se crolla? Se non è colpevole, alla fine verrà fuori.»

L'immagine del ragazzo Barrow che penzolava dalla sua cella mi fece rabbrividire e spinse Thume a dire: «Fa freddo qui dentro»

Dissi: «Signore, non ho bisogno di ricordare a tutti come apparirà la cosa se la moglie del pastore verrà arrestata e non ci saranno prove sufficienti»

Haines disse: «Un momento. Siamo assolutamente in linea col protocollo. L'arma del delitto è stata trovata nel suo ufficio ed è stato trovato un suo capello sul corpo della vittima»

Guardando lo sceriffo, dissi: «Se sta davvero a noi gestire il caso, la mia decisione è di aspettare. Mi lasci interrogare la donna»

Lo sceriffo disse: «Guardate, è tardi. Apprezzo davvero il contributo e la dedizione di tutti. Hannah è sotto sorveglianza. Non cambierà nulla stanotte. Dico di dormirci su, aspettare fino a domattina prima di decidere come procedere»

———

Vargas disse che sarebbe arrivata più tardi; lo stomaco le dava ancora fastidio. Di tutti i giorni in cui poteva stare male. Avevo bisogno di fare il punto della situazione, e ora dovevo cavarmela da solo. Afferrando il caffè e il bagel, uscii nell'umidità, sperando che ce l'avrebbe fatta ad arrivare prima di mezzogiorno.

Tenendo in equilibrio il caffè, aprii la porta del nostro ufficio quando sentii chiamare il mio nome.

«Luca, ieri sera ho ricevuto una strana telefonata sul caso Aquatic.»

«Strana? Non mi piace come suona, Tommy.»

«Ieri sera ha chiamato un tizio sostenendo che Hannah avesse una relazione sia con Chapman che con Cornwall.»

«Merda!» Mi versai del caffè bollente sulla mano.

«Hai le mani che tremano?»

«Sì, certo. Parlami della telefonata.»

«Verso le undici e un quarto questo tizio ha chiamato. Montgomery ha detto che sembrava che avesse un panno sul microfono. Ha detto che la moglie del pastore se la faceva con due dei tizi che erano stati uccisi, Joe Chapman e Dick Cornwall.»

«Anonima?»

«Già.»

«Montgomery ha qualche idea sull'età di chi ha chiamato?»

«La sua ipotesi migliore è dai venticinque ai cinquanta.»

«Digli grazie per avermi ristretto il campo. Altro?»

«Niente.»

Le carte in tavola erano appena state rimescolate. Avevo bisogno di qualcuno con cui confrontarmi.

«Mary Ann, come ti senti?»

Disse: «Più o meno come prima. Non sei se ce la faccio a venire».

«Allora forse dovresti andare dal dottore.»

«Vedrò se oggi va meglio.»

«Non aspettare che sia troppo tardi, come me. Potrebbe essere...»

«Cosa, pensi che sia qualcosa di serio, tipo un cancro?»

«No, no. Niente del genere. Vai dal dottore e basta, vuoi?»

«Probabilmente passerà. Che succede con il caso? Chester ha già preso una decisione?»

«No, e la faccenda si è appena complicata. Dopo la perquisizione, ieri sera è arrivata una chiamata alla linea delle soffiate. Questo tizio ha detto a Montgomery che Hannah aveva delle relazioni sia con Chapman che con Cornwall.»

«Oh, mio Dio.»

«È pazzesco. Non so se me la bevo, ma se è vero, si apre un intero mondo di possibilità.»

«Non penserai che il pastore Booth l'abbia scoperto e...»

Accidenti, non mi era mai passato per la testa. «Non credo, ma non posso escluderlo. Più probabile che se la spassasse non solo con questi due ma anche con altri, e che qualcuno sia diventato geloso.»

«Non so, più probabilmente è stata Hannah a ucciderli per evitare che le relazioni diventassero pubbliche.»

«Conosco le donne e non ci credo.»

«Oh, quindi conosci le donne?»

«Sai cosa intendo.»

«No, non lo so. Perché non me lo dici?»

«Andiamo, sto solo dicendo che qualcosa mi dice che non è stata lei.»

«Dato che sai così tanto sulle donne, allora devi avere ragione.»

«Possiamo evitare? Possiamo parlare del caso?»

«Dobbiamo verificare la telefonata, vedere se c'è qualcosa di vero sull'infedeltà di Hannah. Potrebbe dire qualcosa se le promettiamo riservatezza.»

«Vuoi chiederglielo tu?»

«So che pensi di conoscere le donne, ma io sono una donna

e noi ragazze ci diciamo cose che non diremmo mai a un uomo. Devo correre in bagno.»

Avevo detto una cosetta per sottolineare un concetto e Mary Ann ne faceva tutta una questione di stato. Ma che le prendeva? Cavolo, forse stava prendendo troppa confidenza con me. Se le cose dovevano andare così, non sapevo se facesse per me.

Sarebbe venuta in ufficio oggi? Forse era lo stomaco a renderla così irritabile. Quando non stavo bene, probabilmente neanch'io ero una compagnia piacevole. Il telefono della mia scrivania squillò.

«Frank, ho deciso di rimandare l'arresto di Hannah Booth. Le darò più tempo per costruire un caso più solido contro di lei. Dobbiamo esserne certi.»

Solo su questo? Se non fosse stata la moglie di un pastore, a quest'ora sarebbe in gattabuia. «Credo sia la decisione giusta, sceriffo. Abbiamo un paio di informazioni appena arrivate che devono essere verificate.»

«Bene. Mi tenga aggiornato.»

Presi la giacca dallo schienale della sedia. «Certamente.»

«Conto su di lei, Frank. Non ho bisogno di dirle la pressione sotto cui si trova questo ufficio.»

«Non si preoccupi, signore. Ci penso io.»

Fermatomi a un semaforo su Livingston Road, richiamai Mary Ann per sapere come si sentisse. Stava ancora male e promise di andare da un dottore. Le dissi che Chester stava rimandando l'arresto e che stavo andando da Hannah.

30

Nella sala polivalente risuonava "Ha tutto il mondo nelle sue mani". Una mezza dozzina di persone, tra cui il reverendo Booth, erano al lavoro. Stavano tirando fuori barattoli di cibo da grandi carrelli da biancheria per poi imbustarli. Il reverendo Booth stava portando una borsa carica a un tavolo coperto di sacchetti di carta marrone quando incrociò il mio sguardo. Serrò le labbra, posò il carico e si diresse verso di me.

«Salve, detective Luca.» Mi tese la mano. «È un piacere vederla, ma credo di essere stato chiaro sul fatto che le conversazioni future dovranno passare attraverso il nostro avvocato, Marcus Knight.»

Gli strinsi la mano. «Capisco, ma se mi concedesse un minuto, potrei spiegarle.»

«Quello di ieri sera è stato un episodio molto spiacevole. La congregazione è turbata.»

«Non siamo stati noi. È stato l'FBI e non si è mai consultato con noi.»

«Davvero? Sta dicendo che non era affatto a conoscenza del mandato?»

«Assolutamente no.»

«Lo accetterò sulla parola.»

«Grazie. È la verità.»

Booth si guardò alle spalle e disse: «Come vede, siamo molto impegnati. Parecchi parrocchiani si tengono alla larga, data la controversia, perciò devo trovare aiuto, ancora più del solito. Cosa ha in mente?»

«Spero che possa ascoltarmi fino in fondo.»

«Prego, detective.»

«Come ha dimostrato la perquisizione di ieri sera, sua moglie è una sospettata e ora, il ritrovamento della pistola la rende una sospettata ancora più forte. Francamente, l'unica. Ammetto di aver avuto i miei sospetti su di lei, ma ora non penso più che c'entri qualcosa.»

«E cosa ha causato questo cambiamento di opinione?»

«Potrà sembrarle strano, reverendo, ma prima di tutto il mio istinto. Qualcosa non quadra e ho qualche idea in proposito, ma è ancora presto.»

«Non è strano per un uomo di Dio. Molti dei nostri sentimenti sono in realtà comunicazioni da parte di Dio. La gente li chiama in altri modi, come la voce della coscienza o coincidenze, ma è Dio. Cos'altro voleva dire?»

«Sono emerse un paio di nuove informazioni.»

«Che chiariranno la confusione su Hannah?»

«Lo spero. Ma vorrei parlare con lei, da solo.»

«Non accetterà di parlare senza la mia presenza.»

«Può convincere Hannah che è nel suo migliore interesse parlare con me. Lo è davvero, reverendo. Non sto giocando.»

«Sono un uomo di Dio e un uomo di parola. Presumo che anche lei sia un uomo che mantiene la parola data.»

———

INCORNICIATO da orecchini a forma di croce, il viso di Hannah Booth aveva un'espressione acida.

«Non so perché abbiamo accettato, specialmente dopo ieri sera.»

«Noi non c'entriamo niente.»

Alzò al cielo gli occhi azzurri, che non apparivano sfolgoranti come al solito. Forse era lo chignon da zitella in cui erano raccolti i suoi capelli biondi ad averli spenti.

«È vero. È stato l'FBI.»

«Come vuole.»

Mi domandai se mentire alla moglie di un reverendo aggravasse il peccato della menzogna. «Nonostante ciò che possa credere, non l'ho mai considerata una sospettata valida.»

Hannah grugnì mentre si muoveva sulla sedia, ma non disse altro.

«Senta, forse non siamo partiti con il piede giusto, ma sono qui per aiutarla.»

Un'altra alzata d'occhi al cielo, silenziosa, anche se più breve.

«Sarò diretto con lei, e lei deve essere diretta con me, altrimenti non posso aiutarla. Capito?»

Fece spallucce e si guardò le unghie. Avrei voluto strangolare quella stronza.

«Ieri sera è arrivata una soffiata alla linea diretta.» La studiai attentamente. «Chi ha chiamato sosteneva che lei avesse avuto delle relazioni con Joseph Chapman e Dick Cornwall.»

Lei sbatté le palpebre e scosse la testa. «È ridicolo.»

«Lo è?»

«Certo che lo è. Non ho mai avuto una relazione con nessuno dei due, né con nessun altro, a dire il vero. È contro la parola di Dio. Una violazione dei suoi comandamenti.»

«Ha mai flirtato con uno dei due?»

«Che tipo di donna pensa che io sia, detective? Libro dell'Esodo, capitolo venti: "Non desiderare la donna d'altri".» Hannah si sporse in avanti. «Non mi comporto in modo civettuolo. E, per la cronaca, amo mio marito.»

Su una scala da uno a dieci, la sua negazione era vicina al dieci, ma avevo visto uomini con i pantaloni alle caviglie negare di aver tradito le mogli. Aveva snocciolato quel versetto della Bibbia come se fosse una conferma indipendente.

«Signora Booth, sono un detective dell'Omicidi. Ne ho viste di tutti i colori e non mi interessa cosa fa la gente, purché non crei cadaveri. Voglio solo aiutarla e risolvere questo caso, quindi glielo chiederò di nuovo. Ha mai avuto una relazione o rapporti sessuali di qualsiasi tipo, anche del tipo di Bill Clinton, con Chapman o Cornwall?»

«A sentirla, sembra che ammettere una relazione aiuterebbe a riabilitare il mio nome. Be', se anche fosse, non potrei ammettere qualcosa che non ho mai fatto.»

Okay, la sua negazione era da dieci. «Capisco. Ora, riguardo alla pistola, la Colt .45 sequestrata in questo ufficio ieri sera. Era sua?»

Inarcò la schiena. «No. Non ho mai posseduto una pistola e non ne ho mai nemmeno sparata una.»

Interessante. Chi spara di solito dice "usato" una pistola, non "sparata" una pistola. «Mai? Nemmeno al poligono di tiro, da bambina? Qualche zio che le ha fatto provare un brivido?»

«Mai. Le armi uccidono. Il mondo sarebbe un posto migliore se non avessimo le pistole.»

Avrei voluto chiederle perché Dio non fosse intervenuto per impedire agli umani di inventare le armi da fuoco, ma avevo un interrogatorio da condurre. Le chiesi: «Ha idea di come questa pistola sia finita nel suo ufficio?»

«Non lo so. Ieri sera ero sconvolta. Ancora non riesco a crederci.»

«Qualche possibilità che riesca a immaginare?»

«Solo una che abbia senso: per qualche motivo, mi stanno incastrando.»

«È una possibilità. Chi pensa che potrebbe esserci dietro una cosa del genere?»

«Non lo so. Qualcuno sta cercando di rovinare la mia reputazione.»

«Lei o suo marito ha dei nemici?»

«No, no. Gabriel è il tipo di uomo che non si potrebbe mai detestare.»

Aveva ragione. Se avesse detto a qualcuno di andare all'inferno, quello gli avrebbe chiesto le indicazioni.

«So che è un argomento delicato, ma potrebbe essere legato a un disaccordo sul modo in cui era gestita la chiesa?»

Scosse la testa. «Non riesco a immaginare che un disaccordo sulla nostra missione possa portare a una cosa del genere. Sarebbe da pazzi.»

Aveva bisogno di una maggiore esposizione alla condizione umana. «Le persone possono essere passionali, perdere il controllo e razionalizzare le cose più strane.»

«Immagino che tutto sia possibile, ma non ho la più pallida idea di chi possa essere.»

«Pensi più indietro nel tempo. C'è qualcosa che è successo, o qualcuno con cui ha litigato... qualcosa del genere? La gente si è tenuta dentro sgarbi, percepiti o reali, per decenni prima di agire. Le viene in mente qualcuno?»

Appoggiò una guancia sul palmo della mano. «Non mi viene in mente niente. Ho attraversato momenti molto difficili nella mia vita. Mio figlio: era dipendente dalla droga ed è morto di overdose.» Prese un respiro brusco dal naso. «La gente ha fatto ogni tipo di accusa che equivaleva a calunnia. All'epoca pensavo che non mi sarei mai ripresa, ma per grazia di Dio ce l'ho fatta. Ora, devo superare anche questa.»

«Dev'essere stato terribile. Mi dispiace per la sua perdita.»

Si morse il labbro e sussurrò: «È stato devastante. Lo è ancora. Penso a lui ogni singolo giorno.»

L'emozione era una buona cosa in un interrogatorio, ma non nella direzione in cui stava andando quello. Mi schiarii la gola.

«Potrebbe essere qualcuno del passato che ce l'ha con lei. Potrebbe non avere niente a che fare con suo figlio. Perché non ci pensa ancora un po' e mi faccia sapere se le torna in mente qualcosa?»

Annuì. «D'accordo.»

«Ora, di recente la chiesa ha contratto un grosso prestito: un milione di dollari.» Lo lasciai in sospeso per un secondo. «Potrebbe esserci sotto qualcosa? Forse un furto o un'appropriazione indebita di qualche tipo?»

«Abbiamo chiesto il prestito per espandere la nostra missione e le nostre attività di assistenza. C'erano alcuni, me compresa, che non erano d'accordo, ma il reverendo Booth ha l'ultima parola e ha proceduto.»

«Perché era contraria a prendere in prestito il denaro?»

«Sentivo che stavamo aggiungendo troppo rischio e che espandendoci avremmo rischiato di fare il passo più lungo della gamba. Mio marito lavora senza sosta e abbiamo a malapena tempo per stare insieme.»

«Sembra davvero devoto. Più che altro sembra sposato con la chiesa, giusto?»

Annuì in silenzio.

«Allora sta molto a casa da sola.»

«Quasi tutte le sere, ma la domenica, dopo le funzioni, siamo sempre a casa insieme.»

«È molto tempo da sola.»

«Lavoriamo insieme. Non è che non lo veda.»

Abbassai la voce. «Hannah, deve essere completamente onesta con me. Non mi interessa com'è il matrimonio di nessuno. Dio sa che il mio non è stato una passeggiata, ed è stata colpa mia. Può contare su di me per mantenere il segreto, ma ho bisogno di sapere se ha avuto qualche coinvolgimento, al di fuori del lavoro, con Chapman o Cornwall.»

La sua credibilità crollò mentre esitava, dicendo debolmente: «Non sono stata io.»

31

FACEVA CALDO. DIEDI UN CALCIO PER LIBERARMI I PIEDI DA sotto le lenzuola, provocando una fitta di dolore alla parte bassa della schiena. *Chi andrà per noi?* continuava a ronzarmi in testa. Non riuscivo a riaddormentarmi. Ogni volta che controllavo l'orologio, i suoi numeri rossi avanzavano solo di un paio di minuti.

Chiudendo gli occhi, non riuscivo a scrollarmi di dosso quella voce. Sapevo che non era un sogno; era Dio che parlava. Lui sapeva che avevo paura e che avevo smesso di compiere la sua opera. La polizia stava impiegando molte risorse per trovarmi, e io dovevo mantenere un basso profilo per non essere tolto dal campo di battaglia.

Le sue parole furono cristalline: «Chi manderò? Chi andrà per noi?» Ripetei più e più volte la sua chiamata all'azione. Era un'opera pericolosa, ma la ricompensa era eterna. Nella Lettera ai Romani 2, versetti 6-7, era scritto: «Dio renderà a ogni uomo secondo le sue opere. Coloro che perseverano e compiono la sua opera ricevono onore e vita eterna».

Come avrei potuto dire di no? Chi avrebbe mai detto di no? Gettai via le coperte e, prima ancora che i miei piedi toccassero le piastrelle, dissi: «Eccomi, Signore. Manda me». C'era del male da estirpare, e io avrei ripreso la battaglia, cominciando da uno dei serpenti più malvagi che strisciassero sulla terra di Dio.

Ero stato attento a non pareggiare i conti. Sapevo di non poter nascondere le mie motivazioni a Dio. Lui sapeva tutto, perciò attesi, sbarazzandomi di altri criminali peccatori e immorali prima di dare la caccia a quel depravato di Bobby.

Quel pezzo di merda non era migliore del suo diabolico padre, Paul. Che farsa che Paul, il diavolo incarnato, portasse il nome di un apostolo. A quel bastardo erano state concesse almeno tre cosiddette seconde possibilità. Se Paul fosse rimasto dietro le sbarre come avrebbe dovuto, mia madre sarebbe ancora viva.

La testa cominciò a martellarmi e la vista mi si offuscò. Allungai un braccio e avanzai a tentoni verso il bagno. Non accesi la luce e afferrai le medicine. Svitato il tappo, ci infilai un dito, ne tirai su tre pillole e aprii il rubinetto per mandarle giù. Mi sedetti con delicatezza sul water e aspettai che il dolore lancinante si attenuasse. Mentre il dolore scemava, si insinuò il ricordo della morte di mia madre.

Quel giorno tardava a tornare a casa, cosa che ogni tanto succedeva quando il supermercato era affollato verso la fine del suo turno. Ma un'ora dopo, la sensazione era diversa. Uscii e mi sedetti sui gradini d'ingresso ad aspettare.

Il crepuscolo si trasformò in notte, e stavo piangendo quando tornò a casa la mia vicina, la signora Hawley. Mi accolse in casa sua, mi scaldò una ciotola di zuppa e fece qualche telefonata. Sorbendo la zuppa, la sentii dire: «Non si trova. Ha finito di lavorare due ore fa». La signora Hawley si mise una mano sul fianco. «No, non lo farebbe. Suo figlio di otto anni è a casa da solo, seduto sui gradini ad aspettarla».

Ascoltavo, e la mia preoccupazione crebbe quando disse: «Le dico che le è successo qualcosa. È una donna responsabile.

Non mi importa niente del vostro protocollo. Dovete fare qualcosa».

Quando il signor Hawley tornò a casa, andammo alla stazione di polizia. Era un posto spaventoso. I poliziotti furono molto gentili con me, ma dissero che dovevo rimanere lì e aspettare una signora che sarebbe venuta a prendermi. Mi sedetti su una panca di legno mentre il signor Hawley mi diceva che sarebbe andato tutto bene. Mentre spariva lungo un corridoio, cominciai a piangere. Nessuno stava aiutando a trovare mia madre.

Mi parve che passasse molto tempo prima che una signora venisse a sedersi accanto a me. Profumava di arancia e indossava degli zoccoli e una gonna lunga. Mi disse che dovevo andare con lei finché mia madre non fosse tornata a casa. Era la legge, e non c'era niente di cui avere paura. La sua bocca si muoveva, ma non riuscivo a sentire nulla di quello che diceva. Poi ricordai che prese la mia mano nella sua, sudata, e mi condusse a un furgone.

Nel furgone c'era un altro bambino, più piccolo di me, che singhiozzava disperatamente. Scoppiai in lacrime e cominciai a chiamare la mamma mentre ci allontanavamo. Ci portarono in un posto che sembrava una scuola ma che aveva le sbarre alle finestre. C'era un odore che in seguito capii essere candeggina, che a quasi trent'anni di distanza sento ancora in fondo alla gola. Mi dissero che avrei visto mia madre la mattina dopo, ma io sapevo che non l'avrei mai più rivista.

Dopo avermi costretto a fare la doccia con un sapone che odorava di latte andato a male, mi diedero un pigiama che prudeva e mi portarono in una stanza con due file di letti. Mi raggomitolai su un materasso duro, fissando il muro finché non mi addormentai.

La mattina dopo, dissi che non meritavo di stare in prigione e che volevo andare a casa, ma mi dissero di stare zitto e di seguire le regole. Fu subito dopo aver vomitato il pranzo che mi portarono in un ufficio. Ero spaventato e dissi loro che mi dispiaceva di aver vomitato, ma che non avevo potuto farne a meno. Non era colpa mia.

Un uomo calvo, con degli occhiali alla John Lennon, era seduto dietro una scrivania. Il suo pomo d'Adamo ondeggiò prima che dicesse: «Ho delle brutte notizie riguardo a tua madre. È stata uccisa da un uomo molto cattivo».

Quell'uomo molto cattivo era Paul Hagan. Contavo su ciò che suo figlio Bobby aveva detto sul loro essere molto uniti, anche se Paul era dietro le sbarre. Fu solo a venticinque anni che venni a sapere i dettagli di ciò che era successo a mia madre. Legata come un animale nello scantinato di una casa abbandonata, era stata violentata brutalmente da Hagan. Mentre era ancora viva, questo mostro le aveva mutilato i genitali. Quella notizia spaventosa mi fece stare male fisicamente per settimane, e quando seppi che Hagan era stato scarcerato solo tre settimane prima, caddi in una depressione che durò due anni.

Suo figlio Bobby, un altro bastardo irredimibile, ne avrebbe pagato il prezzo, e io speravo che suo padre avrebbe sofferto come avevo sofferto io.

Gli idioti che pensano che il male si possa redimere non capiscono. Queste persone sono dalla parte del diavolo. Questa è una guerra; devono essere massacrate.

32

Dopo quindici minuti della sua nuotata quotidiana, Jay McDaniel trovò il suo ritmo. Faceva quattro lunghe bracciate con la testa sott'acqua e, girandola a sinistra, prendeva un respiro profondo. Ripeteva la routine, dirigendosi dalla South Beach di Pelican Bay verso Clam Pass.

McDaniel stava valutando dove portare a pranzo la sua nuova ragazza quando la sua mano urtò qualcosa. Preoccupato che la tavola da wakeboard che trainava per le emergenze si fosse sganciata, tirò fuori la testa dall'acqua.

Con il cuore a mille, McDaniel si tirò su gli occhialini e boccheggiò. Era un corpo. McDaniel lo spinse via e afferrò la sua tavola. Gridò verso la riva, ma i bagnanti che passeggiavano sulla spiaggia continuarono la loro sfilata.

McDaniel si sistemò la tavola da wakeboard sotto il petto e remò con le braccia verso la spiaggia.

Mi era sempre piaciuta la conformazione di Pelican Bay. Il complesso residenziale era un misto di grattacieli sul lungomare e venti diversi quartieri che si estendevano lungo la costa da Vanderbilt Beach Road a Pine Ridge. I prezzi andavano da quattrocentomila a dieci milioni di dollari, ma tutti avevano un sovrapprezzo dovuto alla posizione e all'accesso alla spiaggia.

La maggior parte delle case non era sulla spiaggia. Una vasta baia separava quasi tutte le abitazioni dalla sabbia, ma Pelican Bay gestiva un servizio navetta continuo con golf cart, trasportando i residenti alle spiagge nord e sud. Ogni spiaggia aveva ristoranti con viste mozzafiato. Mary Ann aveva un'amica che viveva lì, e avevamo cenato con loro due volte.

Il ticchettio del nostro cart rallentò mentre arrivavamo alla fine della passerella lunga un miglio. Il cart ci lasciò vicino a una scalinata dove del nastro giallo della polizia tagliava le scale a metà. Mentre scendevo i gradini, mi chiesi se si trattasse di un innocente annegamento o se fosse parte dell'ondata di omicidi che minacciava la mia carriera.

Il Golfo luccicava al sole del mattino, senza riverberi. Gruppi di bagnanti e curiosi si erano radunati vicino a una striscia di nastro che andava dalle mangrovie a un paletto piantato sulla battigia.

Mostrai il mio distintivo all'agente che faceva da guardiano.

«Detective, l'uomo che ha trovato il corpo è laggiù».

Indicò una terrazza coperta dove si tenevano lezioni di yoga al mattino e concerti alla sera. Un paio di agenti stavano parlando con un uomo sulla sessantina, in forma, in costume da bagno.

«Grazie. Magari dopo».

Volevo prima vedere il corpo. Non riuscivo a immaginare che il nuotatore avvolto in un asciugamano potesse dirmi qualcosa di utile. Mi chinai sotto il nastro, rendendomi conto che era la prima volta che lavoravo sulla spiaggia.

Quando ero arrivato qui, avevo provato un pizzico d'invidia per gli agenti che pattugliavano la spiaggia. Andare su e giù per la spiaggia su un ATV non solo era un lavoro facile, ma sembrava anche un modo astuto per incontrare donne.

Rendendomi conto che ogni passo che facevo sulla sabbia poteva avvicinarmi alla perdita della mia carriera, mi fermai, mascherando le mie preoccupazioni con una lenta ispezione dell'area. Inspirando profondamente, mi diressi verso il corpo.

Un agente su un ATV, parcheggiato in modo da nascondere il corpo, scese dal veicolo. Mi si strinse il cuore quando vidi che il cadavere era un uomo sulla trentina.

«Come va, Luca?»

«Tutto bene». Non riuscivo a ricordare il nome di quel tipo. Il suo tesserino diceva Brewster, ma il nome di battesimo non mi veniva neanche lontanamente in mente. Mi inginocchiai accanto al corpo, ingoiando la bile che mi risaliva in gola. C'erano due fori di proiettile nel petto.

La testa era riversa all'indietro, e la bocca formava una O perfetta. Era un'espressione di sorpresa?

«Qual è la tempistica?»

«Ero vicino al Ritz quando è arrivata la chiamata, verso le otto e venti. Ho chiesto una barca per recuperare il corpo, ma quando sono arrivato qui quindici minuti dopo, il corpo era già sulla spiaggia».

«Chi ha recuperato il corpo?»

«Il tizio che ha trovato il corpo è su al club. Questo qui esce ogni mattina e ci è finito contro mentre nuotava. È tornato di corsa a riva e un paio di ragazzi della spiaggia del club sono usciti con le loro tavole e hanno trascinato il corpo a riva».

«Ha dei guanti?»

«Sì». Sollevò il sedile dell'ATV e prese dei guanti dal vano.

«Lo giri un po'. Voglio controllargli le tasche posteriori».

L'unica cosa che aveva in tasca era granelli di sabbia: niente portafoglio, niente telefono, niente di niente. Stavo cercando di convincermi che questa differenza sarebbe bastata a mettere in dubbio che si trattasse dello stesso assassino.

«Pazzesco, eh? Essere fuori a nuotare e imbattersi in un cadavere... farebbe impressione a chiunque».

Studiando il corpo dai capelli rossi, cercai di immaginare se fosse un altro teppista la cui clessidra criminale era giunta al termine. Jeans e maglietta sembravano essere il loro codice di abbigliamento. Questo tizio era robusto, ma non abbastanza da respingere un proiettile.

L'assassino stava vincendo; la prova giaceva ai miei piedi. Avrei dovuto cambiare completamente tattica per prenderlo, sempre che Chester non mi togliesse il caso. Tirando fuori il telefono per controllare quando sarebbe arrivato il medico legale, vidi un altro messaggio di Kayla. Coprendo lo schermo con la mano per bloccare il sole, lo lessi:

«Ciao, Frank. Spero che vada tutto bene. Forse ti è sfuggito il mio messaggio, ma sarò in città la prossima settimana.»

———

ENTRANDO nel mio ufficio sventolando un rapporto, dissi: «Abbiamo una corrispondenza balistica con Parker.»

Vargas disse: «E abbiamo un nome per la vittima numero cinque. Bobby Hagan, trentacinque anni e un altro delinquente abituale. Viveva a Golden Gate.»

«O abbiamo due assassini, o qualcuno che cerca di depistarci.»

«Inoltre, mi spiace dirtelo, ma Chester ha deciso di non procedere con la perquisizione.»

«Cosa? Perché?»

«Probabilmente per la pressione. Hai visto il *Daily News*?»

Vargas sollevò il giornale. Una foto della protesta in prima pagina campeggiava sotto un titolo: «Libertà religiosa sotto attacco?»

«Che stronzata colossale! Non c'è da meravigliarsi se nessuno si fida dei media.»

«Hanno messo la dichiarazione dello sceriffo alla fine dell'articolo, a pagina nove.»

«Non posso ancora credere che si sia tirato indietro. C'è qualcosa che non quadra. Abbiamo prove solide. Deve seguirle.»

«Forse aspetterà che le acque si calmino.»

«Cosa? Aspetterà finché non troveremo un altro corpo che galleggia da qualche parte?»

«Siediti, Frank. Concentriamoci su questo tizio, Hagan.»

Vargas aveva preparato un fascicolo con la fedina penale di Hagan e i contatti dei familiari. Sua madre viveva a Estero ed era stata informata della morte del figlio. Era il punto di partenza naturale.

————

IL TAHITI MOBILE VILLAGE si trovava subito dopo Koreshan Park, sulla Broadway. Il complesso di case mobili non avrebbe ispirato nessuno a visitare Tahiti, e scommetto che l'Ente del Turismo di Tahiti avrebbe protestato se avesse saputo dell'esistenza di questo posto.

Lynn Hagan viveva in una casa mobile rosa su Polynesian Loop. Per quanto ne sapessi, a Tahiti non c'erano fenicotteri, ma una mezza dozzina di fenicotteri rosa punteggiava il suo ingresso. Vargas aprì la strada, salendo tre gradini per bussare a una porta a lamelle di vetro.

Un paio di occhiali le pendeva dal collo da sessantenne. Con un rossetto di tre tonalità troppo rosse, Lynn Hagan sembrava una che lavorava in una tavola calda del Jersey. Vargas le disse perché eravamo lì, e lei si fece da parte.

Prima di arrivare all'ultimo gradino potei sentire odore di fumo di sigaretta. Girai la testa, presi una boccata d'aria fresca ed entrai nella casa mobile. Era più grande di quanto mi aspettassi. Un divano di pelle consumata era il fulcro del soggiorno, e un tavolo di quercia con quattro sedie riempiva la zona pranzo.

«Signora Hagan, vorremmo porgerle le nostre condoglianze per la sua perdita.» Vargas fece una smorfia e si strofinò l'addome.

Hagan allungò la mano verso un pacchetto di Lucky Strike. «Ho perso Bobby molto tempo fa.» Prese una sigaretta, se la mise in bocca e l'accese con un accendino blu.

«Può dirci qualcosa che possa aiutarci a capire chi ha fatto questo a suo figlio?»

La punta della sua sigaretta divenne arancione brillante. Espirando, disse: «È iniziato presto, sì. Bobby aveva problemi agli occhi, una cosa chiamata coloboma uveale. Il ragazzo doveva portare degli occhiali speciali. Mi dispiaceva per lui. Lo prendevano in giro senza sosta per questo. Non poteva fare sport e cose del genere. Suo padre, quello stronzo buono a nulla, ha cercato di temprarlo... è andato troppo oltre, ecco cosa ha fatto.»

«Siamo a conoscenza dei problemi di suo figlio con la legge.»

Lei rise. «Bel modo di dirlo, ma suo padre lo ha trasformato in un delinquente prima che potesse guidare. E quando quello stronzo buono a nulla è finito dentro per sempre, Bobby è peggiorato... continuava a farsi arrestare. Pensavo che trasferirci sarebbe servito, e quando ho sentito parlare di una chiesa che aiutava le persone come lui, siamo venuti qui. Ci ho provato, ma...» La sua voce si spense e tirò una boccata di fumo.

«Era la Chiesa dello Spirito di Fratellanza?»

Mi allontanai dal fumo che mi soffiò addosso mentre annuiva.

Dissi: «E i suoi amici? C'è qualcuno che lei sappia gli fosse vicino, con cui dovremmo parlare?»

Scosse la testa. «Non ci vedevamo molto. L'ultima volta che l'ho visto è stato tipo un anno fa, forse di più.»

«Non le viene in mente nessuno?»

Scosse la testa.

Appena fummo fuori, dissi: «Che succede? Ti dà di nuovo fastidio lo stomaco?»

«No, il fianco. Forse è il rene.»

33

LA STAGIONE DELLE PIOGGE STAVA ROVESCIANDO GLI ULTIMI nubifragi, rallentando il traffico fino a renderlo a passo d'uomo su Airport Polling Road. Preoccupato per Mary Ann, tagliai per Orange Blossom, svoltai a destra su Goodlette Frank e mi diressi verso l'NCH. Il tempo e il traffico rispecchiavano la mia giornata: era cominciata con il sole, poi era spuntato il quinto cadavere ed era andato tutto a puttane.

Il traffico era bloccato all'incrocio di Immokalee e, mentre cercavo di vedere oltre un pick-up, la notai: una Honda Accord con una delle luci di retromarcia accesa, anche se era ferma al semaforo. La stessa auto di cui aveva parlato Kelp, che abitava ad Aqua.

Avanzando a fatica verso l'auto di fronte a me, cercai di ricordare se Kelp avesse detto da che lato dell'auto era accesa la luce di retromarcia. Su questa era a sinistra. Il semaforo scattò e il pagliaccio davanti a me stava guardando quel dannato telefono. La Honda era sparita dalla mia vista quando finalmente ripartimmo. Accesi i lampeggianti e la sirena.

Le auto si fecero da parte. Mi feci strada a zig zag, mettendomi dietro la Honda, che rallentò e accostò. Diedi un colpo secco al volante, superai l'Accord, rendendomi conto che non era una luce di retromarcia ma un riflesso. Avvicinandomi ad Airport Polling, spensi la sirena e i lampeggianti e feci un'inversione a U.

C'erano dieci persone in fila per le visite. Mostrai il distintivo e aggirai la barriera. Capii il tentativo di sicurezza dell'ospedale, ma avere un volontario che chiede di vedere la patente prima di farti entrare era sicurezza pari a zero.

Mary Ann si mosse, sorridendo quando entrai nella sua stanza. Nel letto sembrava pallida e minuta. Aveva una flebo nel braccio, collegata a una sacca trasparente su un'asta.

«Bello. Te ne stai qui a riposare e lasci a me il compito di acciuffare tutti i cattivi?»

Lei si mise a sedere. «Ciao, Frank. Che bello vederti.»

Le diedi un bacio sulla guancia. «Come ti senti?»

«Abbastanza bene. È un po' che non devo chiedere antidolorifici.»

«Che dicono i dottori?»

«Hanno escluso un'infezione. Domani faranno qualche esame. Spero di evitare una colonscopia.»

«Se devi farla, non è un grosso problema. L'importante è che scoprano cos'hai.»

«Probabilmente uscirò domani. Uno dei dottori ha detto che pensava potesse essere qualcosa legato alle mie ovaie.»

«Una cisti o qualcosa del genere?»

«Forse. Tu come stai, ora che abbiamo un quinto cadavere?»

«Haines insiste ancora per un arresto.»

«Sì, lo so. Me l'ha detto.»

«Ti ha chiamata?»

«No, è passato stamattina.»

Mi guardai intorno nella stanza in cerca di fiori. «Perché è venuto qui?»

«Per vedere come stavo. Era preoccupato per me.»

«Ci scommetto. Non mi fido di quel tipo.»

«Non sembri fidarti di nessun uomo, Frank.»

Aveva ragione? «Non è vero. Semplicemente non lo voglio intorno a te. Sta cercando di insinuarsi per portarci via il caso. Pensa che sia stata Hannah e ora, con il nuovo cadavere, sta aumentando la pressione.»

«È ridicolo. Ha detto che era il nostro caso, e lo è. Non ha fatto nulla che provi che non fosse sincero.»

Sincero? Perché aveva usato quella parola? «Se riuscirà a convincere tutti ad arrestare Hannah, manderà a monte le nostre possibilità di risolvere il caso.»

«Non pensi davvero che sia stata lei? Questo è un bel volta-faccia, Frank.»

«È strana, inquietante, ma sai, ha perso un figlio, ed è una cosa da cui non ti riprendi mai del tutto.»

«Questa è la cosa più sensata che hai detto da quando sei arrivato.»

A volte mi dava davvero sui nervi. «Ah ah. Non credo sia stata lei, e se Haines si fa da parte, prenderemo il vero bastardo che sta facendo questo.»

«Spero tu abbia ragione, Frank. Ma Hannah Booth è tutto quello che abbiamo al momento.»

«Stiamo ancora controllando tutte le Honda Accord. Forse finalmente avremo una maledetta svolta.»

Il telefono vibrò. «È Chester. Merda, probabilmente sta per agire contro Hannah.»

Feci a Mary Ann il gesto del pollice in su mentre Chester parlava e, quando riattaccai, tirai un pugno in aria. «Sì!»

«Cos'è successo?»

«Indovina chi era in una cella della contea di Lee ieri sera? Hannah Booth.»

«Cos'è successo?»

«L'hanno fermata per guida in stato di ebbrezza verso le sette di ieri sera e ha passato la notte in cella di sicurezza.»

«Oh mio Dio.»

«Chester ha ricevuto una chiamata dal loro avvocato, quel tipo, Knight, che sosteneva che questo scagionasse la sua cliente dagli omicidi.»

«Abbiamo già l'ora del decesso per Hagan?»

«Niente di definitivo, ma sembra intorno alle otto di ieri sera. Impossibile che sia stata Hannah.»

34

UNO DEGLI ULTIMI POSTI AL MONDO SENZA TELECAMERE A circuito chiuso era il mio ufficio e, cavolo, me ne pentii amaramente quando entrò Haines.

«Ehi, Frank, volevo solo ammettere di aver avuto torto, torto marcio, su Hannah Booth.»

Tutto ciò che riuscii a dire fu: «Succede».

Lui appoggiò entrambe le mani sullo schienale della sedia di fronte alla mia scrivania. «Mi sento malissimo. Davvero. Ti ho fatto perdere un sacco di tempo.»

«Sembra che la stiano incastrando.»

«Pensi che possa essere suo marito, il pastore?»

«Dovrei riconsegnare il distintivo se si scoprisse che è lui. Dovrebbe essere un attore migliore di Nicholson per riuscirci.»

«Vorrei poter rimediare in qualche modo. Non ti sarò d'intralcio, ma se hai bisogno di qualcosa, l'FBI ha risorse illimitate e sono tutte a tua disposizione... basta chiedere.»

«Grazie. Lo apprezzo.»

«Beh, allora ti lascio al tuo lavoro. Buona fortuna.»

«Grazie.»

Haines era quasi sulla porta quando dissi: «Aspetta un

secondo. È un tiro azzardato, ma sto seguendo una pista su un'auto che potrebbe essere stata vista su una o due delle scene del crimine. La sorte ha voluto che fosse una Honda Accord. Ce ne sono circa ventimila in questa maledetta contea. Le stiamo controllando il più velocemente possibile, ma c'è qualcosa che pensi di poter fare?»

«Mmm, forse potremmo fare un controllo incrociato dei proprietari e ottenere i loro numeri di cellulare. Poi potremmo chiedere alle compagnie telefoniche di fornirci i dati sulla posizione e fare un riscontro con le scene del crimine.»

«Puoi farlo?»

Haines sorrise. «Ufficialmente non potremmo, ma fammi vedere cosa posso fare. Potrei dover dire una bugia per ottenere ciò di cui hai bisogno. Spero che la cosa possa restare tra noi.»

Haines si stava esponendo per me? «Certo.»

«Lo immaginavo. Con quale lista stai lavorando?»

Gli dissi che avevamo fatto un controllo incrociato su chiunque avesse dei precedenti e condivisi ciò che avevamo sulle Honda Accord immatricolate a Collier.

Haines disse: «Per risparmiare un po' di tempo, ti dispiace se uso la scrivania di Mary Ann per un secondo?»

Mi dispiaceva. «Certo, puoi usare la sua scrivania.»

«Ok, mandami quella lista via email.»

Inviai la lista e finsi di lavorare mentre Haines convinceva qualcuno a fare un controllo incrociato tra il database della motorizzazione e i proprietari di cellulari.

«Vado a Fort Myers. Ha detto di dar loro un paio d'ore.»

———

ERANO QUASI le cinque quando Haines chiamò.

«Controlla la tua posta in arrivo, Frank. Ti ho appena inoltrato una lista con i dati incrociati.»

Scorsi le prime due colonne di un foglio di calcolo Excel. Una conteneva un elenco di proprietari di Accord, e in una seconda colonna c'erano i numeri di cellulare per la maggior parte di loro. Poi c'erano altre cinque colonne per ciascuna delle scene del crimine, vuote o contrassegnate da una X.

«Devo dire che è impressionante, Tom. Immagino che ormai non ci sia più nulla di veramente privato.»

«E la situazione sta peggiorando. Stanno sviluppando strumenti che manderanno in pensione i medici che fanno le colonscopie.»

Risi. «Questa è divertente, amico.»

«Purtroppo, è quasi la verità. Abbiamo così tanti dati che è difficile gestirli.»

Volevo chiedergli se poteva dirmi quali auto avessero le luci della retromarcia malfunzionanti, ma dovevo trattenere qualche informazione. «Posso immaginare.»

«Allora, questa lista... noterai che ce ne sono circa venticinque senza numero di cellulare associato, e la cosa importante da ricordare è che le posizioni dipendono, primo, dal fatto che abbiano il telefono acceso e, secondo, da quale cella aggancino. Inoltre, nulla impedisce all'assassino di avere il telefono con sé certe notti e non altre. Se è intelligente come pensiamo, probabilmente spegnerebbe il telefono per confondere le acque. Oppure potrebbe aver semplicemente usato un'altra auto.»

Ero sicuro che Haines avesse percepito il mio scoramento. Poi mi ricordai che tutti, prima o poi, commettono errori. «Questo è d'aiuto, amico. Lo apprezzo davvero.»

«Quando vuoi. Se ti serve qualcosa, non devi fare altro che chiedere.»

Ordinando la lista, trovai quattordici auto con una X in quattro delle cinque caselle e altre ventinove che ne avevano tre su cinque. Passai i quarantotto nomi tramite l'interfaccia della motorizzazione, eliminandone nove che avevano più di settantacinque anni.

La stanza si oscurò mentre scorrevo i trentanove nomi rimasti. Sapevo di dovermi concentrare sui primi quattordici quando un'idea mi folgorò. Un rombo di tuono risuonò mentre prendevo il telefono.

«Tom, sono Frank Luca.»

«Sei stato veloce. Che succede?»

«C'è un modo in cui voi ragazzi possiate vedere se qualcuno in questa lista possiede una barca?»

«Non è una cattiva idea, ma non ci sono prove che l'assassino abbia usato una barca.»

«Forse, ma non dimenticare il corpo in cui si è imbattuto quel nuotatore. Ho un presentimento.»

«E va bene, allora, sono sicuro che ci sia un database a cui possiamo attingere e, finché la barca è registrata, la troveremo.»

«Grazie ancora, Tom.»

«Quando vuoi.»

————

LESSI IL BOLLETTINO emesso dallo sceriffo, che chiedeva a tutte le pattuglie di prestare attenzione ai veicoli le cui luci di retromarcia erano accese mentre l'auto avanzava. Ruotando sulla sedia, studiai la mappa appesa al muro dietro di me. Cinque puntine rosse segnavano i punti in cui erano stati trovati i corpi. Ogni luogo era abbastanza isolato, tranne quello vicino a Palm River, che pensavo fosse comunque andato alla deriva verso ovest.

I miei occhi continuavano a spostarsi verso la sezione della mappa che mostrava il Gordon River. L'area, appena a ovest dell'aeroporto di Naples, era il luogo perfetto per scaricare un corpo. Era relativamente poco edificata e di notte praticamente deserta. Perché l'assassino non aveva ancora usato quel posto? Lo stava tenendo da parte? O ci viveva vicino?

Mappando gli indirizzi, mi rimasero quattro persone che vivevano entro un miglio dal fiume. Una, praticamente sulla riva del fiume. Invece di lasciare che una pattuglia si appropriasse della mia intuizione, annotai l'indirizzo e mi diressi fuori sotto la pioggia.

35

Svoltando da Goodlette per entrare a Mangrove Bay, le mie aspettative crollarono. Ethan Dwyer viveva in un quartiere di recente costruzione caratterizzato da case in stile Key West, bianche, con rivestimento in legno e costruite una a ridosso dell'altra. Sapere che quelle case, architettonicamente ricercate, erano in vendita a più di due milioni di dollari mi fece quasi fare dietrofront. Ma mi ricordai che non si conosce mai veramente nessuno.

Un paio di luci ambrate filtravano dalle finestre, ma non si vedeva alcun movimento. Mi chiesi se la Honda Accord fosse parcheggiata dietro la porta marrone del garage per due auto. Palpata la fondina, tirai su il colletto e mi diressi a passo svelto verso la porta d'ingresso.

Una bella tettoia proteggeva la porta d'ingresso, la quale aveva una finestra a vetri. Cercando di scorgere del movimento attraverso la finestra, suonai il campanello. Niente. Mi avvicinai ancora alla porta e suonai di nuovo. Il campanello suonò, ma nessuno rispose. Tornai a passo svelto verso la macchina.

Odiavo usare l'ombrello. Entrando e uscendo dalla macchina ci si bagnava un po' senza, ma usandolo ci si bagnava lo stesso per aprirlo e chiuderlo. E quella stupida cosa, una volta finito di usarla, gocciolava acqua dappertutto.

Facendo un giro nel piccolo quartiere, parcheggiai in diagonale, di fronte a casa di Dwyer. Mentre fissavo l'abitazione, valutai se provare con la casa successiva sulla lista quando un'auto svoltò nel quartiere. Mi rannicchiai sul sedile. Sembrava una Honda, ma modello Civic. Rallentò passando davanti a casa di Dwyer e al volante sembrava esserci un uomo.

Mi abbassai mentre l'auto mi passava accanto, poi mi tirai su di scatto sperando di vedere una luce di retromarcia difettosa. Niente, solo una targa per disabili. Annotai il numero. Un minuto dopo, l'auto tornò indietro e svoltò su Goodlette. Dopo aver fatto controllare la targa, mi confermarono che il proprietario aveva una gamba protesica. Un ficcanaso con una gamba sola fuori sotto la pioggia battente?

Avevo gli occhi annebbiati e il sibilo dei tergicristalli mi stava cullando verso il sonno. Bisognoso di caffè, guidai fino allo Starbucks vicino a Rosedale Pizza. Stavo per usare il drive-through, ma decisi invece che bagnarmi un po' valeva il prezzo di una porzione di nodini all'aglio.

Mi lanciai attraverso la pioggia e spalancai la porta di Rosedale, ricompensato dal confortante odore di pizza e aglio. Dopo aver considerato se prendere una pizza piccola, ordinai un sacchetto di nodini da asporto e corsi di fianco a prendere un caffè mentre li preparavano.

Mentre mi preparavano il caffè, guardando l'incrocio tra Pine Ridge e Goodlette, vidi una Honda Accord con la luce di retromarcia destra accesa. Con gli occhi fissi sull'Accord, mi precipitai fuori dalla porta. La barista mi urlò dietro mentre mi facevo strada a suon di schizzi verso la macchina.

Accesa la sirena, uscii dal parcheggio con una sgommata. La Honda aveva svoltato a destra su Goodlette. La inseguii a tutta velocità mentre la pioggia si intensificava. Mentre mi avvicinavo a Vanderbilt Beach Road, l'Accord era in mezzo all'incrocio. Il semaforo divenne giallo e io affondai il piede sull'acceleratore.

All'improvviso le luci rosse dell'auto davanti a me si accesero. Sterzando a sinistra per evitare la macchina che stava rallentando, notai un pick-up nero che passava con il rosso. Strattonai il volante a destra e la mia auto cominciò a girare su se stessa, andando in aquaplaning verso un palo della luce.

Mi ritrovai la bocca piena di airbag, con il collo che mi si spezzava all'indietro mentre l'auto si inclinava su due ruote. Quando rimbalzò a terra, mi trovai di fronte il muso del pick-up mentre slittavamo fino a fermarci.

L'unico suono che sentivo era il battito avanti e indietro dei tergicristalli. Con una smorfia di dolore, allungai la mano verso la radio, diramando un avviso di ricerca per l'Accord. Mossi lentamente ogni arto. A parte un dolore alla parte esterna di un ginocchio e un mal di testa lancinante, stavo bene.

Sopra il suono delle sirene in avvicinamento, un tizio con il pizzetto aprì la portiera del conducente e mi chiese se stavo bene. Mi aiutò a slacciare la cintura. Cercai di evitare di andare in ospedale, ma vedendo lo stato della mia auto e conoscendo il protocollo, mi arresi in fretta.

L'ospedale mi fece perdere tre ore per dirmi una cosa che sapevo già: non c'era niente di rotto. Il dottore mi suggerì di indossare un collare per il colpo di frusta.

Chester mandò un agente di pattuglia di nome Esposito a prendermi. Parcheggiò sotto la tettoia a forma di pista per principianti. Salii in macchina, strappandomi il collare dal collo. Toccando lo schermo del cellulare, dissi: «Ho sentito che avete preso l'Accord».

«Già».

Haines rispose alla mia chiamata. «Tom, sono Frank. Sì, sto bene, solo un po' ammaccato. Senti, mi serve un favore, ok?»

Misi una mano sul ricevitore e dissi a Esposito: «Questa conversazione non l'hai mai sentita, chiaro?»

Esposito disse: «Quale conversazione?»

«Tom, credo che abbiamo preso il tizio: si chiama Ethan Dwyer. Puoi fare qualcosa per collegare la sua posizione alle scene del crimine? Mi servirà qualcosa per giustificare una perquisizione. Grazie, amico. Ti devo un favore».

La pioggia batteva sul parabrezza mentre Esposito guidava. Gli chiesi: «Dove tengono Dwyer?»

«Dwyer? È un uomo d'affari di nome Delaney».

«Delaney?»

«Credo di sì. Vuole che controlli?»

«No. Sei sicuro che non sia Dwyer?»

«Potrebbe essere. Mi era sembrato di sentire Delaney».

«Dov'è?»

«In cella in centrale, lo tengono per resistenza all'arresto».

36

Mentre parlavo con lo sceriffo, il cuore mi batteva all'impazzata e il collo mi faceva un male cane. Disse che il sospettato non aveva precedenti. Quando cominciò a bombardarmi di domande, iniziai a smorzare i toni.

Quel tizio, Delaney, era detenuto in una cella nel seminterrato e dissi a Chester che lo avrei aggiornato dopo averlo interrogato.

L'ascensore sobbalzò scendendo e una strana agitazione mi prese allo stomaco. Doveva essere fame. Luca non si innervosiva, no? Le porte si aprirono e misi piede su un pavimento di cemento grigio. Sentii un agente dire: «Se lo tenga per il giudice. Ora, circolare».

Un agente seduto a una scrivania dietro un cancello disse: «Ehi, Luca, ho saputo cos'è successo, amico. Tutto bene?»

«Un po' ammaccato, tutto qui. Direi che sono stato piuttosto fortunato»

«Grazie a Dio. Avevo sentito che era un pick-up»

Annuii mentre firmavo il registro, posando la pistola sul bancone.

«Cazzo, li fanno come carri armati questi stramaledetti pick-up»

«Delaney è già fuori?»

«L'hanno appena messo nella sala interrogatori due»

«Grazie»

«Amico, se fossi in te mi prenderei un paio di settimane di ferie»

Feci spallucce. «Ci vediamo, Tommy»

Guardando attraverso la piccola finestra di vetro retinato, studiai Thomas Delaney e l'agitazione nel mio stomaco divampò. I suoi capelli corvini erano pettinati all'indietro e formavano un'attaccatura a V. Le maniche della camicia bianca erano arrotolate e teneva le mani intrecciate. Sembrava uno di Wall Street, alla Gordon Gekko, non un serial killer.

Inspirando profondamente, aprii la porta. Delaney accennò a un debole sorriso mentre zoppicavo verso la sedia di fronte a lui.

«Detective Luca. Quello che ha quasi ucciso»

«Io... io non sapevo nemmeno che Lei avesse avuto un incidente. Mi dispiace, ma non avevo idea che stesse cercando di fermarmi»

Perché ci volevano sempre diverse smentite prima che la verità cominciasse a trapelare?

«Dove stava andando, signor Delaney?»

«A casa di un amico»

«E da dove veniva?»

«Ah, dal lavoro. Lavoro alla Wells Fargo, vicino a Neapolitan»

«Di cosa si occupa lì?»

«Sono un analista, sa, esamino i bilanci delle società che seguiamo. Vedo se si possono identificare delle tendenze, positive o negative»

«Sembra una cura per l'insonnia»

«Può essere monotono, ma a volte si trova una chicca d'informazione e la paga è piuttosto buona»

«Vive a Pelican Bay?»

«Sì, ho una villetta a schiera a Crestwood. Vivo lì da dieci anni»

Erano delle belle unità, poco meno di duecento metri quadrati e valevano sui seicentomila e passa. «È un uomo religioso, signor Delaney?»

«Religioso? Non mi definirei religioso, ma credo che ci sia una forza superiore, capisce cosa intendo?»

«Per me, nient'altro ha senso. Va in chiesa?»

Scosse la testa. «Ci andavo, ma ora solo per le feste. Vado a Saint Williams»

«È mai andato alla Spirit of Fellowship Church su a Immokalee?»

«No, perché?»

«Fa del volontariato?»

«Sono piuttosto impegnato, sa, ma mi interessa. Dono una discreta somma ogni anno a un sacco di posti, St. Matthews, il Children's Fund, Habitat»

Alzai una mano. «Okay»

Delaney si sporse in avanti. «Se devo fare dei lavori socialmente utili o qualcosa del genere per far sparire questa faccenda, nessun problema. Lo farò»

«Mi aiuti a capire una cosa, signor Delaney. Lei sta andando a casa di un amico, c'è un acquazzone torrenziale e passa a tutta velocità con il semaforo giallo. Lei sembra piuttosto posato, visto che lavora come analista. Perché aveva così tanta fretta?»

«Non sapevo che mi stesse seguendo. Onestamente, non lo sapevo»

«Andiamo, non mi piace quando la gente mi mente. È come se pensasse che io fossi stupido»

«No, no, non penso niente del genere»

«Allora perché non si è fermato?»

Le spalle di Delaney si afflosciarono. «Non voglio perdere il lavoro. Mi licenzieranno se lo scoprono»

«Finché non ha ucciso nessuno, non ha nulla di cui preoccuparsi»

«Beh, esco con questa ragazza. Andiamo molto d'accordo e a lei, ecco, a lei piace fumare marijuana. Io non la fumo, preferisco il bourbon. Comunque, mi ha chiesto di passare da una sua amica per prendere una bustina di quella roba»

«Questa roba è in macchina?»

«No, l'ho gettata dal finestrino»

Il dolore al collo mi divampò quando mi resi conto che era tutto per una bustina d'erba da quattro soldi.

«Okay. Ho notato che le luci della retromarcia della Sua Honda non sembravano funzionare bene»

«Sì, c'è una specie di avviso di richiamo al riguardo. La porto in officina la settimana prossima»

Avviso di richiamo? Cazzo, non avevo mai pensato di controllare.

«Acconsentirebbe volontariamente a una perquisizione della Sua auto?»

«Assolutamente, non ho niente da nascondere»

«Bene, farò preparare i moduli di consenso e, se è pulita, La rilasceremo»

«Lo sarà, glielo garantisco»

«Okay, e mi faccia un favore personale, visto che sono io quello che si è fatto male. Le sarei grato se volesse fare una donazione alla Naples EMS»

«Nessun problema. Sarei felice di fare quello che posso. Davvero, nessun problema»

Prima di andare da Chester, mi ritirai in bagno. Mentre cercavo di spingere fuori la pipì, non potevo credere alla situazione in cui mi trovavo. Non solo mi facevano male quel dannato collo e il ginocchio, ma avevo distrutto la mia macchina e la mia reputazione. Come diavolo potevo rigirare la frittata? Grazie a Dio Haines aveva fatto il passo più lungo della gamba con Hannah, altrimenti Chester mi avrebbe messo di guardia al tribunale.

Lavandomi le mani, mi resi conto che non esisteva una scusa plausibile e sensata per la mia sconsideratezza. Senza un modo per indorare la pillola, non avevo altra scelta che confessare il mio errore. Non so da dove mi venne, ma mi colpì il pensiero che, con Vargas in ospedale e con l'FBI che aveva perso il suo smalto, ero ancora io la migliore speranza di Chester per risolvere quel caso.

37

Nessuno mi avrebbe descritto come una persona cauta, ma dopo che Chester mi ricordò che avevamo fatto due buchi nell'acqua, era ora di andarci con i piedi di piombo. I registri fiscali indicavano un certo Robert DeBlasi come proprietario della casa di Mangrove Bay a cui Ethan Dwyer aveva intestato la sua Honda. O era ospite di un amico o si trattava di una tattica diversiva.

Haines aveva tracciato lo storico del cellulare di Dwyer, dal quale risultava che si trovava spesso nei dintorni della chiesa Spirito di Fratellanza. Avevamo la Honda, un collegamento con la chiesa e il suo cellulare nei paraggi di tre scene del crimine il giorno prima della scoperta dei corpi. In circostanze normali, avrei già messo Dwyer sotto torchio in una sala interrogatori, ma esitai a premere il grilletto. Sarebbe stato bello avere Vargas nei paraggi per coprirmi le spalle se avessi fatto un altro casino. Al terzo strike si è fuori, ma se nessuno guarda, puoi cavartela anche con un quarto.

Dicendomi che andare a trovare il proprietario della casa dove Dwyer aveva registrato l'auto non violava alcun protocollo, mi diressi a Mangrove Bay. Svoltato da Goodlette, rallentai. Il collo mi si infiammò quando inchiodai. Un uomo magro stava salendo su una Accord parcheggiata nel vialetto. Mentre valutavo se seguirlo, tolsi il piede dal freno, mi fermai dietro di lui e scesi.

La portiera del lato guida dell'Accord si aprì. Dwyer sporse la testa, alzò le mani e scese. Afferrandosi la parte bassa della schiena, si inarcò all'indietro, sollevando il mento verso un cielo che si stava oscurando. Sembrava uno spaventapasseri: la sua camicia verde pareva appesa a una gruccia e i pantaloni beige erano arricciati in vita. I capelli castani del mio sospettato avevano la riga in mezzo, come Johnny Depp, ma non erano così lunghi.

Era uno dei tizi che avevano aiutato il ministro Booth a preparare le borse con il cibo. «Signor Dwyer?»

Una raffica di vento soffiò mentre lui annuiva. «Sì.»

«Sono il detective Luca, dell'ufficio dello sceriffo. Ha un paio di minuti per parlare?»

«Certo, di cosa si tratta?»

Indicando una massa color carbone sopra il Gordon River, dissi: «Forse è meglio se entriamo».

«Va bene, entri pure.» Mentre allungava la mano in auto per usare il telecomando, sbirciai dal finestrino della Honda: sedili in tessuto e una croce di legno appesa allo specchietto retrovisore.

Il garage per due auto, con il pavimento grigio maculato, era completamente vuoto, a eccezione di due passatoie con le impronte degli pneumatici e una pila di piastrelle. Che anche Dwyer fosse un maniaco dell'ordine?

La casa aveva un odore di vernice fresca, ma nessun mobile a parte due sedie pieghevoli e un tavolo pieghevole in alluminio.

«Si è appena trasferito?»

Tenendosi allo schienale della sedia, si calò lentamente. «No, sono qui da circa dieci mesi. Non è mia. È la casa del mio fratellastro. Circa un mese prima del rogito, a sua moglie è scoppiata l'appendicite, ed è stato un problema dopo l'altro.»

«Mi dispiace sentirlo.»

«Al momento sta meglio. Vedremo come andrà. Comunque, non voleva che la casa restasse vuota e il mio contratto d'affitto era scaduto, quindi in pratica faccio da custode. Occupo la terza camera da letto.»

Occupo? «Se le piace l'acqua, questo è un ottimo posto.»

«La spiaggia non mi dispiace, ma può tenersi le barche e la pesca.»

«Le piace cacciare?»

«Un po', quando stavo nel Wisconsin.»

Interessante. Lo stato con le leggi più permissive d'America sulle armi. Per quanto ne sapevo, non serviva il porto d'armi né per un fucile né per una pistola.

«Io adoro cacciare: ho un sacco di fucili, un 30-06, un Ruger .308, un Savage Mk 11 e circa altri cinque.»

Risi.

«E lei? Ne possiede un paio?»

Gli lanciai uno sguardo impassibile.

«Di cosa voleva parlare?»

«Andrò dritto al punto. Lei frequenta la chiesa Spirito di Fratellanza, non è vero?»

«Faccio volontariato un paio di volte al mese. Il ministro Booth è una persona genuina, anche se permissiva.»

«Cosa intende dire?»

«La lettera di Giacomo 4:11 ci insegna: *Non sparlate gli uni degli altri, fratelli.*»

Come diavolo facevano a ricordarsi tutte quelle citazioni? «Probabilmente è una buona regola, ma nel mio mestiere faccio affidamento sulla gente che parla.» Risi.

«Il ministro Booth è un uomo buono e timorato di Dio. Fa un sacco di opere di bene. Si sta facendo tardi e devo andare.»

«Come si trova con la sua Accord? Stavo pensando di prenderne una anch'io.»

«È una buona macchina, mi piace, ma non mi interesso molto di auto.»

«La capisco. L'unica cosa che mi interessa è che parta.»

Lui sorrise. «La penso allo stesso modo.»

«Stavo parlando con un tizio mentre facevo benzina, e mi ha detto che c'era un problema con le luci di retromarcia, qualcosa riguardo a un richiamo.»

«Sì, la mia luce di retromarcia rimane accesa quasi sempre. Devo prendere appuntamento per farla sistemare.»

«Che strano. Un'auto vista su un paio di scene del crimine dell'Assassino Acquatico aveva lo stesso problema.»

«È per questo che si trova qui? Pensa che sia io quello che ha ucciso quegli... uomini?»

Fu una pausa curiosa. «Stiamo solo controllando tutti i proprietari di Accord della contea, e ce ne sono un sacco.»

Socchiudendo gli occhi, domandò: «È questo il momento in cui mi chiede dove fossi le notti in cui sono avvenuti tutti gli omicidi?»

«Non mi piace chiederlo, ma devo pur scrivere qualcosa nel rapporto per escluderla. Non mi serve molto, diciamo che uno o due alibi solidi sarebbero sufficienti per cancellarla dalla lista.»

«Probabilmente stavo lavorando. Lavoro quasi tutte le notti.»

«Dove lavora?»

«Guido per Uber per lo più, ma ogni tanto anche per Lyft.»

Merda. Ecco perché lo storico del suo cellulare lo localizzava nelle zone delle scene del crimine.

«Si riesce a guadagnare qualcosa così?»

«Dipende. È per questo che guido solo a tarda notte: meno autisti in giro, quindi le tariffe salgono.»

«Ha senso. Qui da noi le cose iniziano a calmarsi verso le otto.»

«Non esco mai prima delle nove, a volte delle dieci.»

Prima che potessi parlare, aggiunse: «Non sempre; molte volte esco per le sei, sa, per portare la gente a cena. Alcuni ci usano per tornare a casa dal lavoro.»

Qual era la verità? Mai prima delle nove o per le sei?

«Sembra una scienza. Allora mi dia solo un giorno, così posso togliere il disturbo. Che ne dice della notte del venticinque giugno?»

«Mi faccia pensare un momento. Ah sì, ero con il mio fratellastro. È venuto giù, c'era un problema con la pavimentazione. Un difetto. Hanno dovuto sostituirne una buona parte e lui doveva scegliere il ricambio.»

«Sembra un incubo. Ma con la moglie malata, è venuto fin qui? So che la mia ragazza sarebbe impazzita se l'avessi lasciata sola. Non potevano semplicemente mandargli dei campioni?»

«C'erano molti campioni. Sono in garage, ma sì, credo che avesse bisogno di una pausa e volesse venire qui. Ha un sacco di soldi investiti in questa casa.»

«Grazie per aver chiarito. Ehi, le dispiacerebbe farmi fare un rapido giro della casa? Non conosco nessuno che abbia una casa come questa.»

«Certo.» Girò le gambe di lato sulla sedia e fece una smorfia.

«La schiena le dà fastidio?»

«Sempre.»

«Ho degli esercizi che aiutano, sa, dello stretching. Funzionano davvero.»

Scosse la testa. «Ho una barra d'acciaio nella schiena, vertebre fuse, dischi schiacciati, di tutto e di più.»

«Caspita. Cos'è successo?»

«Sono stato investito da un maledetto ubriaco al volante.

Sono stato in ospedale due mesi. Ho dovuto imparare di nuovo a camminare e tutto il resto.»

«Spero che quel bastardo sia dietro le sbarre.»

«Aveva collezionato tre denunce per guida in stato di ebbrezza prima di colpire la mia auto, e tutto ciò che ha ricevuto è stata una misera condanna a diciotto mesi. Il sistema giudiziario ha fallito miseramente.»

Io facevo parte di quel sistema, e lui aveva ragione. A volte sembrava che ci fosse una mano a pesare sulla bilancia della giustizia.

«Questa è la suite padronale. Aspetti di vedere il bagno: è come una spa.»

Mi piacque la palette di grigi e bianchi del bagno, ma ciò che mi interessava davvero era la zona notte. Non c'era un solo mobile.

38

«Parlo con Robert DeBlasi?»

«Sì, chi parla?»

«Detective Frank Luca, dell'Ufficio dello Sceriffo della Contea di Collier.»

«È successo qualcosa a casa mia?»

«No, avrei solo un paio di domande sulla Sua recente visita.»

«Non vengo giù da quasi un anno.»

«Oh, forse c'è stato un malinteso.»

«Di cosa si tratta?»

«Mi risulta che il Suo fratellastro, Ethan Dwyer, si stia occupando della Sua casa.»

«Sì, è una lunga storia, ma mia moglie si è ammalata e abbiamo dovuto rimandare il nostro trasferimento a Naples.»

«Lei e il signor Dwyer siete fratellastri?»

«Non esattamente, i miei genitori lo hanno preso con loro tramite il programma di affido. Ha perso sua madre in tenera età. È stata assassinata, ed è finito nel sistema per circa cinque anni prima di venire a vivere con noi.»

«Un bel gesto da parte dei Suoi genitori. Come andava d'accordo con lui?»

«Ethan sta bene? Non ha combinato qualche guaio, vero?»

«È mai stato violento?»

«Violento? No. Era un ragazzo sveglio, più intelligente di me, ma era guardingo, un po' riservato. Non si è mai integrato del tutto. Ha cominciato a passare un sacco di tempo in una di quelle chiese evangeliche. Io pensavo che quel posto fosse esagerato, ma Ethan diceva che gli piaceva il fervore che avevano.»

«Si ricorda il nome della chiesa o del pastore?»

«Caspita, è passato tanto, tanto tempo. Non me lo ricordo. Senta, ha fatto qualcosa che potrebbe metterlo nei guai?»

«È un'indagine vasta e sto vagliando ogni tipo di possibilità. Cos'altro può dirmi?»

«Ethan ha avuto un inizio molto difficile, ma ha sprecato la sua intelligenza. Ha un QI follemente alto, qualcosa sopra il centotrenta, ma nonostante ciò, è saltato da un lavoro all'altro. Mai impiegato in qualcosa di significativo. Ethan è un bravo ragazzo, solo perso, immagino si potrebbe dire.»

«Nient'altro?»

«Come ho detto, la vita gli ha dato delle carte terribili fin da piccolo, poi è stato investito da un ubriaco e abbiamo quasi rischiato di perderlo. Era messo davvero male, ha avuto bisogno di un paio di interventi chirurgici. È stata una lotta per lui rimettersi in piedi.»

Dopo aver finito con DeBlasi, feci un'altra telefonata.

«Tommy boy, sono Frank.»

«Tommy boy?»

Colto in flagrante mentre cercavo di ingraziarmelo. «È come chiamavo un amico con cui sono cresciuto, tutto qui.»

«Com'è andata con... l'informazione?»

«È per questo che chiamo. È stata utile, ma mi servirebbe davvero una mano con un'altra cosa.»

«Nessun problema. Se posso aiutare, lo farò.»

«Riesci a ottenere informazioni da Uber e Lyft sull'attività di un autista? Sai, dove sono iniziate e finite le sue corse.»

«Queste aziende tecnologiche proteggono i loro dati in modo pazzesco.»

«A meno che non li vendano a qualche inserzionista.»

«Senza dubbio. Per quanti giorni di dati stai cercando?»

«Sto cercando di vedere se un sospetto era vicino alle scene del crimine, se stava trasportando qualcuno per caso, oppure no.»

«Se non ti servono i nomi dei passeggeri, sarà più facile.»

«Assolutamente no.»

«Mandami via e-mail il nome del sospetto e i dati della motorizzazione e vedrò cosa posso fare.»

«Grazie, amico. Mi salveresti la vita.»

39

Il mio senso di colpa stava soffocando la compassione. Mary Ann era stata ricoverata d'urgenza in ospedale. Mi dispiaceva per lei, davvero, ma il tempismo non poteva essere peggiore. Dovevo incontrarmi con Kayla per un drink al Wine Loft di Mercato. Era egoista e infantile, ma non riuscivo a scrollarmi di dosso il desiderio egocentrico di vederla.

Il mio orologio segnava le 17:50 quando spinsi la porta girevole dell'ospedale. Ero uscito dal lavoro prima del solito, con il piano di restare con Mary Ann per un'ora e mezza, sperando di riuscire a svignarsela per incontrare Kayla verso le sette e mezza, come programmato.

Mary Ann stava mangiando quando entrai nella sua stanza.

«Mi hai preso un vassoio?»

«Ciao, Frank. Sei qui presto.»

Le diedi un bacio sulla guancia. «Ero preoccupato per te. Hai un bell'aspetto e stai mangiando. Non devi stare troppo male.»

«Non ho nessun dolore. Mi hanno dato qualcosa non appena mi hanno ricoverata. Mi hanno fatto delle radiografie e il dottore pensa che sia una cisti all'ovaia destra.»

«È quello che avevano detto l'altra volta, giusto?»

«Non il dottore; era stata un'infermiera a dire di aver avuto lo stesso tipo di dolore.»

«Avrebbero dovuto controllare allora.»

«Lo so, ma comunque domani farò una risonanza magnetica e se confermano che è quello che mi dà problemi, mi opereranno il giorno dopo.»

«Allora è meglio che mangi bene. Potrei prendere una pizza da Rosedale, perché non potrai mangiare prima dell'intervento.»

La sbobba che aveva nel piatto mi fece venire il vomito. Non riuscivo nemmeno a guardarla.

«Tu non hai mangiato, vero?»

«No. Ma sto bene.»

«Vuoi la mia purea di mele?» Sollevò un contenitore grande come un dischetto da hockey.

«No. Magari dopo vedo cosa hanno in mensa.»

«Aggiornami su Dwyer.»

Quando finimmo di parlare del caso erano le sei e mezza. Guardammo il telegiornale e, a metà di *Jeopardy*, entrarono due sue amiche, cariche di palloncini e riviste. Dopo dieci minuti di saluti, presi due sedie per loro e controllai il telefono.

«Frank, perché non vai?»

«No, non ti preoccupare.» Dissi la cosa giusta, reprimendo l'impulso di esultare.

«Ma non hai ancora mangiato e sono quasi le sette e mezza. Vai a mangiare qualcosa e vai a casa. Io sto bene.»

«Sei sicura? Non voglio lasciarti da sola.»

«Abbiamo un sacco di cose da raccontarci.»

«Non parlerete di me, vero?»

Le ragazze ridacchiarono come cheerleader.

Mary Ann disse: «Vai pure. Mangia qualcosa e vai a casa. Ci vediamo domani, va bene?»

«Sei sicura?»

«Ciao, Frank.»

Diedi un bacio sulla guancia a tutte e tre e resistetti alla tentazione di uscire saltellando dalla stanza. Premetti il pulsante dell'ascensore alle 19:28. Perfetto.

L'ascensore e il mio umore crollarono nello stesso istante. Nella hall dell'ospedale un pianista stava suonando "The Girl Who Got Away". Misi da parte il senso di colpa, varcai la porta e mi diressi all'incontro con Kayla.

Guidando verso la 41, svoltai nel River Chase Plaza e mi fiondai in un supermercato Publix. Avevano sempre fiori. Afferrai due mazzi, pagai e tornai in macchina.

L'odore dei gigli mi intasò le narici. Un'altra svista, Luca. Amico, stai perdendo colpi. Ero indeciso se fosse meglio un mazzo per mano o unirli. Optando per l'impatto visivo di un unico grande bouquet, sfoderai un sorriso ed entrai.

«Frank! Pensavo fossi andato a casa.»

«Non potevo lasciarti qui con queste due.»

«È uno da tenersi stretto, Mary Ann.»

Dissi: «Vado a prendere qualcosa alla postazione delle infermiere per metterli dentro.» Feci un passo fuori e mandai un messaggio a Kayla per dirle che era sorto un imprevisto.

40

«Che hai per me, Tommy?»

«Dwyer guidava per Uber in ognuna delle notti in cui le vittime sono state uccise...»

«Cosa?»

«Un attimo, Frank. Sto arrivando alla parte interessante. Uber ha un paio di modalità per gli autisti. Una è la modalità normale, in cui gli autisti vengono avvisati della presenza di persone nelle vicinanze in cerca di una corsa. Dwyer usava quella modalità, che è l'opzione predefinita, quando iniziava a guidare in ognuno dei giorni in questione. Poi si è eclissato, non ha accettato corse per un po' e dopo è passato a quella che chiamano modalità "rientro a casa". Quando un autista è a fine giornata e vuole tornare a casa, inserisce la sua destinazione e l'app cerca persone che hanno bisogno di una corsa che vada in quella direzione.»

«Ha senso. Mi sono sempre chiesto come facessero gli autisti a tornare verso casa.»

«Beh, sembra che Dwyer mascherasse le sue mosse. Uber ha detto di avergli offerto, in ognuna delle notti in questione, corse che andavano nella direzione in cui Dwyer aveva detto di voler andare, ma Dwyer non le ha mai accettate.»

«Molto astuto da parte sua. Qual era la destinazione che Dwyer aveva detto a Uber di voler raggiungere?»

«La zona della Fifth Avenue, in centro.»

«È vicino a dove alloggia. Hai qualcosa di concreto da portare allo sceriffo Chester?»

«Era un'informazione ufficiosa, Frank.»

«Mi servirà qualcosa per ottenere un mandato. Dobbiamo perquisire la sua auto e la casa di Mangrove Bay.»

«Hm, questo sarà un problema. Se torniamo da Uber, si nasconderanno dietro quelle stronzate sulla privacy.»

«Perché non vieni qui e dici allo sceriffo quello che ti ha dato Uber?»

«Pensi che farà la differenza?»

«Non abbiamo nient'altro, e poi tu hai una certa credibilità con lui.»

«L'avevo, Frank, l'avevo. Dopo il casino che ho fatto con la faccenda di Hannah...»

«Stronzate. Sei dei federali, dell'FBI. Chester ci cascherà.»

«Non condivido il tuo ottimismo, ma se hai bisogno di me, vengo.»

«Incontriamoci nel mio ufficio. Voglio un fronte unito.»

———

HAINES ENTRÒ in ufficio indossando pantaloni blu e una camicia bianca a maniche corte.

«Dov'è la giacca?»

«In macchina. Ci sono trentadue gradi fuori.»

«Fammi un favore. Conosco Chester: farà una buona impressione su di lui. Va' a prenderla.»

Abbottonandomi l'ultimo bottone, strinsi la cravatta, pizzicai il nodo e indossai la giacca. Non avevo detto a Chester che Haines sarebbe venuto con me. I suoi occhi rimbalzarono tra Tom e me prima che lui sorridesse e si alzasse.

Ci stringemmo la mano. «È un piacere vedervi, Tom, Frank. Sedetevi. Accomodatevi. Frank non mi aveva detto che saresti venuto.»

Dissi: «Tom e io abbiamo lavorato a stretto contatto. È stato di grande aiuto.»

Chester inarcò le sopracciglia. «Bene.» Poi mi guardò dritto negli occhi. «È così che dovrebbe essere. C'è altra ammirazione reciproca che dobbiamo sorbirci prima che mi spieghiate perché avete indetto questa riunione?»

«Crediamo di aver identificato un sospetto responsabile degli omicidi seriali.» Chester si sporse in avanti mentre continuavo. «Un maschio caucasico di trentanove anni di nome Ethan Dwyer, un volontario della chiesa The Spirit of Fellowship.»

Chester scosse la testa. «Cosa avete su di lui?»

«Registrazioni dei cellulari che collocano Dwyer su ognuna delle scene del crimine nelle notti in questione.»

«Chiamate?»

«No, agganci alle celle telefoniche. Non sono precisi, ma non si può discutere un cinque su cinque.»

«Non è mio compito discutere, Luca. Lo lascio agli avvocati della difesa, e loro ci troverebbero fin troppi buchi. Spero non sia tutto quello che avete.»

Disse Haines: «Non metto in discussione il raggio d'azione delle antenne, ma siamo riusciti a stabilire una triangolazione per due delle scene del crimine che sarà difficile da smentire. Non sono un avvocato, ma questo livello di localizzazione è abbastanza preciso. Ha funzionato in più di un caso che abbiamo trattato a livello federale.»

«Okay, questo è un po' più solido.» Chester fece un cenno con la mano. «Datemi di più.»

«In un colloquio informale con Dwyer, gli ho chiesto dove

si trovasse la notte dell'omicidio di Chapman. Mi ha raccontato una storia secondo cui era con suo fratello, in realtà un fratellastro, che si è rivelata una balla.»

«Non devo certo dirlo a Lei, la gente mente di continuo per coprire cose che non vuole far venire a galla.»

Invece di chiedere a Chester se pensava fossi diventato il suo detective capo dell'Omicidi per idiozia, feci un respiro e continuai.

«Dopo aver presentato al signor Dwyer le informazioni sulla localizzazione del cellulare che noi, o meglio Tom e l'FBI, avevamo ottenuto, Dwyer ha detto di essere un autista di Uber e di aver guidato ogni notte. Nel tentativo di verificare i suoi spostamenti, ho contattato l'agente Haines. Tom, vuoi continuare tu da qui?»

Haines accavallò le gambe. «Il detective Luca era giustamente preoccupato di come controbattere all'affermazione del sospetto che stesse guidando in giro per lavoro. Ne abbiamo discusso, e ho alcuni contatti ufficiosi che smentiscono decisamente qualsiasi pretesa che stesse fornendo un servizio di trasporto per i clienti Uber.»

«Ufficiosi?»

«Il Bureau ha molte interazioni con Uber e altre aziende tecnologiche. Pubblicamente, queste aziende hanno politiche che richiedono di passare per una lunga battaglia legale prima di capitolare. In casi come questo, dove il tempo è essenziale e ci sono vite in gioco, il Bureau ha sviluppato un canale non ufficiale per ottenere le informazioni necessarie.»

«Dwyer ha mentito di nuovo. Non stava lavorando al momento degli omicidi.»

«Dovremo dimostrarlo. Riuscirete a farvelo confermare da Uber, ufficialmente?»

Haines disse: «Temo non in tempi brevi. Ci vorranno diverse settimane, se non mesi.»

«Sceriffo, se posso. Potrebbe non essere necessario. Vorremmo il suo aiuto per ottenere un mandato. Con una perquisizione dell'auto e della casa di Dwyer speriamo di scoprire prove concrete e incriminanti.»

Chester alzò un palmo. «Tutto si riduce al fatto che Dwyer ha mentito su un alibi, e Lei pensa che un giudice firmerà un mandato?»

Disse Haines: «La questione è un po' più profonda del semplice mentire su un alibi. Riguarda il fatto che lui si trovasse su ognuna delle scene del crimine nelle notti in questione.»

«Sulla scena o nelle vicinanze?»

«Vicino a diverse, e praticamente *sulla* scena per quanto riguarda sia Cornwall che Parker.»

«Non credo che abbiamo abbastanza.»

Disse Haines: «Capisco, e non contesto il diritto di operare con standard diversi, ma per quanto riguarda il Bureau, ne avremmo abbastanza.»

«Sceriffo, se posso, vorrei aggiungere qualcosa a quanto ha detto l'agente Haines. Questo è il caso più famigerato che abbiamo mai avuto nel sud-ovest della Florida. Non riesco a immaginare un giudice che rifiuti la nostra richiesta di perquisizione.»

Disse Chester: «Si è dimenticato di Levin? Quel vecchio caprone ostacola il mio dipartimento a ogni piè sospinto.»

«Possiamo portarla a Crown o Carr. Chiunque dei due la firmerà.»

Disse Haines: «Se ci fosse un giudice che fosse aperto a, uhm, una raccomandazione informale da parte del Bureau, potrebbe essere un fattore decisivo.»

«Sa come la pensano i giudici sulle interferenze. Potrebbe viziare il nostro lavoro. Lascerò al procuratore distrettuale il compito di redigere la richiesta.»

«Sceriffo, dobbiamo farlo ora. Crediamo che l'assassino abbia sparato dall'interno della sua auto. La presenza di qualsiasi residuo di sparo nella macchina si sta degradando mentre parliamo.»

41

Di solito adoro sbattere un mandato sul petto di un sospetto, ma sebbene credessi che Dwyer potesse essere l'assassino, non avevo sviluppato alcun odio nei suoi confronti. A quel punto, era solo un maledetto bugiardo. Sarebbe stato interessante vedere la sua reazione.

Due agenti corsero a coprire le porte sul retro mentre una luce si accese nella casa accanto.

Mentre una striscia di luce spaccava l'orizzonte, bussai alla porta e mi voltai.

«Collins! Aggancia la Honda e portala in centrale. Mulroney la sta aspettando.»

Sentii la porta aprirsi verso di me e spinsi il mandato verso Dwyer, che era a torso nudo e scosse la testa, incredulo.

«Cosa state facendo alla mia macchina?»

Fissando una grossa cicatrice che gli correva lungo la schiena, dissi: «Abbiamo un mandato per perquisire la proprietà e sequestrare il suo veicolo».

Dwyer uscì di casa, tirandosi su un paio di pantaloncini da ginnastica logori fino a una vita inesistente. «Che diavolo state cercando?»

Diavolo? Quando facciamo irruzione in casa sua alle sei del mattino? «Si faccia da parte, signor Dwyer.»

Con il petto incavato e le ginocchia ossute, assomigliava ad alcune persone nella sala d'attesa del mio oncologo.

«Si aspetta che io stia qui fuori senza maglietta né scarpe? Cos'è questa, la Russia?»

«Mi mostri la sua camera da letto. Può vestirsi e poi resterà fuori con l'agente Brown.»

«Questa è una stronzata. State solo perdendo tempo.»

Il suo tono era completamente sbagliato. Era forzato. Dwyer nascondeva qualcosa, ma cosa? Per quanto ne sapevo, non esisteva uno stereotipo del serial killer, ma lui sembrava quanto di più lontano ci potesse essere. Spacciava droga? Nascondeva una qualche refurtiva?

La camera da letto di Dwyer era un enigma. Lungo una parete c'erano scarpe allineate a intervalli regolari, che terminavano in una pila di infradito e scarpe da ginnastica alta fino al ginocchio. Dwyer spalancò un paio di ante a soffietto, rivelando un armadio organizzato per colore e altezza degli indumenti appesi.

Dwyer afferrò un paio di jeans e grugnì mentre frugava in una pila di magliette in un contenitore di plastica, tirandone fuori una con l'immagine di un sassofono. Andò a recuperare il telefono e il portafoglio da sopra un comò bianco su cui erano impilate monete in pile di uguale altezza.

Infilandomi un guanto, dissi: «Dovrà lasciare qui queste cose. Mi dia quei vestiti».

«Ma ha detto che potevo vestirmi.»

«Infatti, ma prima devo controllarli.»

Perquisii i vestiti e lo guardai vestirsi prima di affidarlo all'agente Brown.

Una pila di panni sporchi, ammucchiata in un angolo, non rivelò nulla, ma mi lasciò a chiedermi se in casa ci fosse una lavanderia funzionante. Sfogliai il suo portafoglio. Una carta

Visa, la patente di guida, la tessera della biblioteca e tre vecchie foto di una donna che supposi fosse sua madre. Lo rimisi a posto e imbustai il telefono, che aveva lo schermo rotto.

Una perquisizione, cassetto dopo cassetto, non portò a nulla se non a una dozzina di flaconi, perlopiù vuoti, di Tylenol PM e vestiti. Doveva esserci un posto in cui Dwyer teneva le sue carte, come il certificato di nascita, i diplomi, il passaporto.

Sopra un comodino che urlava IKEA c'erano una Bibbia di Re Giacomo, un *Comprendere il vero significato della Bibbia*, un libro di tre pollici contrassegnato da decine di foglietti adesivi, tre evidenziatori di colori diversi e blocchetti di Post-it coordinati. Aprii il libro di accompagnamento alla Bibbia a un foglietto rosa a circa metà.

Erano evidenziati in rosa due passaggi:

Isaia 43:10, 11: Voi siete i miei testimoni, dichiara il Signore, e il mio servo che ho scelto, affinché voi sappiate e mi crediate e comprendiate che io sono Lui.

E:

Salmi 143:10: Insegnami a fare la tua volontà, perché tu sei il mio Dio!

Rilessi i passaggi, sfogliai il resto del libro e lo rimisi giù delicatamente. Non appena aprii il cassetto del comodino, vidi una chiave di ottone opaco che urlava cassetta di sicurezza. Le scattai una foto e la imbustai.

Anche se la casa era vuota, ci volle comunque del tempo per controllare i nascondigli. Era presto, ma non c'era verso di salire in soffitta. Quello era un lavoro per uno dei poliziotti più giovani, come Soto. Era la nostra ultima possibilità di trovare qualcosa di concreto, altrimenti le mie speranze erano riposte nell'auto e nel telefono che avevamo sequestrato.

Soto abbassò la scala retrattile della soffitta del garage e scomparve nel buio, armato di una torcia al neon.

I suoi passi si fecero più deboli mentre perquisiva gli

angoli più remoti della soffitta. Volevo chiamarlo via radio per vedere cosa stava succedendo. Avevamo bisogno della pistola.

Finalmente, apparve una gamba in cerca di un gradino e un Soto scurito dal sudore scese.

«Nient'altro che un ratto delle palme morto, lassù. Tutto isolante in schiuma, ma niente, neanche sotto l'unità dell'aria condizionata.»

«Okay, grazie. Faceva un po' caldo lassù, eh?»

«Come un forno, amico.»

«Va bene, concludiamo. Boaz, dai una ricevuta a Dwyer e di' a Brown che qui abbiamo finito.»

———

VARGAS SI MUOVEVA con cautela quando entrò verso le dieci. I pantaloni le stavano larghi e mi chiesi se avesse perso anche una taglia di reggiseno.

«Era ora che ti facessi vedere, Vargas. Tipico tuo usare un piccolo intervento come scusa per prenderti tre giorni di ferie.»

«Stavo per dire che è bello essere tornata, ma ci sto ripensando.»

«Come ti senti?»

«Bene. Sento delle fitte qui.» Indicò il basso ventre.

«È dove si trova l'ovaia, giusto?»

«Già, hanno detto di aspettarmelo, ma questo non lo rende più piacevole. Non riuscivo a starmene seduta. Ho bisogno di qualcosa che mi distragga.»

«Beh, sei venuta nel posto giusto. Sono davvero contento che tu sia tornata.» Le tirai indietro la sedia. «Mi servirebbe una mano per discutere di questo Dwyer...»

Vargas si avvicinò lentamente. «Allora mettiamoci al lavoro.»

Mentre si calava sulla sedia, dissi: «Sono riusciti a rilevare tracce di residui di sparo sulla portiera del passeggero».

«Quindi ha sparato dal finestrino del passeggero.»

«Vediamo come se la caverà a spiegare questo. E il telefono di Dwyer è stato usato per chiamare tre delle cinque vittime. Due di loro, diverse volte.»

«Non so. Mi sembra debole. Niente messaggi?»

«Nada. Questo tizio è furbo. Perché avrebbe usato il suo telefono per contattarle?»

«Forse erano legate al suo volontariato in chiesa. Sarebbe stato meglio se ci fossero state tutte e cinque, ma non credo che significhi molto, Frank.»

«Ma due chiamate sono state fatte poche ore prima che Chapman e Cornwall finissero morti. Probabilmente li stava chiamando per fissare un incontro.»

«Ieri sera hai menzionato una chiave che sembrava quella di una cassetta di sicurezza.»

«Ho chiesto all'FCU di verificare se riescono a identificare la banca. Spero che sia lì che troveremo la pistola.»

«Se le banche sapessero quante armi sono nascoste nelle loro cassette, ci penserebbero due volte.»

«Ma chi vuoi prendere in giro? Pensi che non lo sappiano?»

Vargas scrollò le spalle. «Avremo bisogno di un mandato per la cassetta, se è a questo che serve la chiave. Hai detto che non c'erano documenti di alcun tipo in casa. È davvero strano.»

«Lo so, ma questo Dwyer è un tipo strano fin dall'inizio. Spero solo che non sia piena soltanto di scartoffie.»

«Pensi che dovremmo portare qui Dwyer o aspettare di vedere che si fa con la cassetta di sicurezza?»

«Vorrei aspettare un giorno, farlo sentire a suo agio, vedere se riusciamo a trovare la cassetta della banca.»

La mia casella di posta elettronica emise un suono. Dissi: «È arrivato il rapporto della scientifica. Te lo inoltro».

«Bene.»

«Porca miseria! Gli occhiali!»

«Cosa succede?»

«È stato trovato un paio di occhiali sotto il sedile del passeggero.»

«E allora?»

Presi il telefono. «Potrebbero essere di Bobby Hagan. Non vedeva un cazzo senza occhiali, aveva una qualche patologia, uvale o qualcosa del genere. Tira fuori il fascicolo Hagan.»

«Ma lo hanno trovato che galleggiava nel Golfo. È un po' difficile tenersi gli occhiali.»

«Sono il detective Luca, per il caso Dwyer. È stato trovato un paio di occhiali nell'auto del soggetto. Ho bisogno di una lettura della prescrizione delle lenti. E mi serve subito. Può farlo? In caso contrario, vengo a ritirare la prova e la porto da un ottico.»

42

Dwyer aveva un sorrisetto stampato in faccia quando entrammo nella stanza. Mentre seguivo Vargas che si dirigeva con cautela verso il tavolo, la voce di mio padre mi inondò la mente: «*Quel sorrisetto te lo faccio passare io, Frankie.*» Papà sapeva essere duro, ma gli durava al massimo un'ora. Allora non me ne rendevo conto, ma da lui imparai un sacco di cose sulla vita. Mi sentii tradito; gli venne un infarto a quarantott'anni e se ne andò.

Tirai avanti la mia sedia di plastica mentre Vargas recitava le formalità per la registrazione. Disse: «Signor Dwyer, è consapevole di avere diritto a essere rappresentato da un avvocato durante questo interrogatorio?»

«Sì, ne sono consapevole.»

«E rifiuta di esercitare tale diritto?»

«Sì.»

«È consapevole che, qualora non potesse permettersi un avvocato, l'ufficio del difensore d'ufficio Le fornirà la rappresentanza legale per tutelare i Suoi interessi?»

«Non ne ho bisogno. E poi, avere un avvocato mi farebbe sembrare colpevole.»

Dissi: «Signor Dwyer, Lei è il proprietario di una Honda Accord marrone del 2015, immatricolata in Florida con targa XLR309?»

Sollevò un dito ossuto. «Sì, ma ha sbagliato il numero di targa. È XRL, non XLR.»

Controllai i miei appunti. «Sì, è corretto, ho invertito le lettere. La Sua auto, l'Accord, è stata sequestrata e perquisita. Vorrei farLe qualche domanda su ciò che abbiamo trovato.»

«Faccia pure.»

«Sulla portiera, sul brancardo e sul bracciolo del lato passeggero c'erano tracce di residui di sparo.»

Dwyer si piegò a destra. «Residui di sparo? Come ci sono finiti lì?»

«È la nostra domanda. Appunto, come ci sono finiti lì? Lei ha sparato dall'interno dell'auto?»

«No.»

«Qualcun altro ha sparato dall'interno del veicolo?»

«Non che io sappia.»

«Come lo spiega, allora?»

Dwyer spostò il peso a sinistra. «Forse i vostri della scientifica si sono sbagliati, confondendo la sostanza che hanno trovato con dei residui di sparo.»

Facendo scivolare un foglio sul tavolo, dissi: «Questo è il referto del microscopio elettronico. Come specificato, la spettrometria a raggi X evidenzia la presenza di piombo, antimonio e bario in proporzioni compatibili con le caratteristiche dei residui di sparo.»

Dwyer studiò il referto. Era impossibile che riuscisse a leggerlo. Stava solo prendendo tempo.

«La conta delle particelle di bario e antimonio rientra a malapena nei limiti accettabili. È un referto discutibile.» Mi restituì il documento con un gesto secco. «A malapena o no, ci rientra. I residui provengono da un'arma da fuoco.»

«Ripeto, discutibile. Potrebbero semplicemente provenire

dalle guarnizioni dei freni della mia auto. A mio parere, questa è una conclusione più logica.»

Che cazzo? Le guarnizioni dei freni avevano profili simili, ma ciò non provava niente. «Non sono qui per discutere i risultati.»

«Credo sia stato Lei a tirare in ballo il referto.»

Vargas disse: «Il Suo telefono, sequestrato durante la perquisizione, ha registrato chiamate tra Lei e diverse delle vittime.»

«Definisca "diverse", prego.»

Vargas si schiarì la gola. «Chapman e Cornwall.»

«"Diverse" è il determinativo sbagliato. "Diverse" si usa solo quando sono più di due.»

«Grazie per la lezione d'inglese, amico mio. Risponda alla domanda della signora.»

«Mi dispiace, detective, ma non era una domanda, solo un'affermazione.»

Dwyer era un saputello, ma educato. «Lasci che riformuli. Lei ha fatto diverse chiamate a due delle vittime. Qual era la natura di quelle conversazioni?»

«Non ricordo con precisione, ma sono un volontario attivo presso la Spirit of Fellowship Church e ho conosciuto entrambi lì. Sono certo che le chiamate fossero relative alle attività parrocchiali in cui sono coinvolto.» «Quelle attività parrocchiali L'hanno messa in contatto anche con Shaun Parker, Brett Tinder e Bobby Hagan?» Dwyer si grattò un mento abbastanza affilato da tagliargli le dita. «Credo che lavorino in chiesa. Io sono solo un volontario. Li vedo in giro e a volte lavoriamo insieme.» «Lo prendo come un sì. Conosceva tutti e cinque gli uomini?»

«In misura diversa.»

«Conosceva Chapman e Cornwall abbastanza bene da parlarci al telefono. Quanto bene conosceva gli altri, per esempio Bobby Hagan?»

Dwyer corrugò la faccia e inarcò le spalle. «Non bene. Ci conoscevamo a malapena.»

«Hm. Interessante. Lei conosceva a malapena Bobby Hagan.»

«Corretto.»

«Come spiega che abbiamo trovato i Suoi occhiali nella Sua macchina?»

Dwyer fece una smorfia, mise le mani sul bordo della sedia e si mosse. «Mi si irrigidisce la schiena se sto seduto troppo a lungo nella stessa posizione.»

Vargas disse: «Vuole fare una pausa e sgranchirsi un po'?»

«Sarebbe magnifico.»

Dwyer si alzò, mise le mani sul tavolo e inarcò la schiena mentre Vargas parlava nel microfono: «L'interrogatorio di Ethan Dwyer viene messo in pausa.»

Vargas spense il registratore e io la seguii fuori dalla stanza.

«Questo stronzo crede di essere più furbo di noi.»

«Cos'era quella storia sul referto dei residui di sparo? Ha lavorato come scienziato o qualcosa del genere?»

«No, ma suo fratello ha detto che ha un QI elevato, sopra i centotrenta.»

«E fa l'autista per Uber?»

«Sai come si dice: "Tra genio e follia c'è un filo sottile".»

«Dwyer non è affatto pazzo, Frank. Anzi, non solo ha il controllo della situazione, ma sembra anche sicuro di sé.»

«Torniamo dentro e attacchiamolo duramente. Spiazziamolo.»

Vargas annuì. «Vuoi un caffè?»

«Sì. Ehi, come va la pancia?»

«Non so se sia la distrazione, ma mi sento meglio.»

«Fantastico. Vuoi chiedere a Mr. Ivy League se vuole qualcosa? Probabilmente chiederà una dannata Perrier.»

Vargas premette un interruttore e disse: «Si riprende l'interrogatorio di Ethan Dwyer da parte dei detective Vargas e Luca.» Rivolgendosi a Dwyer, disse: «Si sente meglio ora?»

«Sì, apprezzo l'opportunità di essermi sgranchito.»

Dissi: «Torniamo agli occhiali. Come sono finiti gli occhiali di Bobby Hagan sotto il sedile del passeggero della Sua auto?»

Una vena pulsò vicino alla tempia di Dwyer. «Non so. Potrei ipotizzare che probabilmente li abbia fatti cadere.»

«Bobby Hagan era un passeggero sulla Sua Honda Accord del 2015?»

«Gli ho dato uno o due passaggi.»

Vargas disse: «Dove ha portato il signor Hagan?»

«Non ricordo esattamente, ma aveva a che fare con faccende della chiesa.»

Dissi: «Hagan li ha fatti cadere mentre era nella Sua auto. È corretto?»

«È lo scenario più probabile.»

«E quando Lei lo ha accompagnato ovunque stesse andando, è sceso e ha lasciato lì i suoi occhiali?»

«È una spiegazione ragionevole.»

«Bobby Hagan aveva un disturbo della vista noto come coloboma uveale. Senza occhiali era quasi cieco. Non c'è modo che Hagan abbia lasciato lì i suoi occhiali. Oh, un modo ci sarebbe: se fosse stato costretto, diciamo con una pistola puntata alla testa, suppongo che avrebbe lasciato lì qualsiasi cosa.»

«Non posso rispondere delle azioni di nessuno tranne che di me stesso.»

«Ha visto Bobby Hagan far cadere o togliersi gli occhiali?»

«Se li toglieva continuamente, li puliva con un panno in microfibra.»

«Concorda sul fatto che sia insolito per qualcuno che è praticamente cieco senza occhiali lasciarseli dietro?»

«Le persone fanno ogni sorta di cose insolite. Forse ne aveva un secondo paio con sé.»

Ero un detective dell'Omicidi. Non avevo certo bisogno che me lo ricordassero. Giocammo a ping-pong verbale per un'altra mezz'ora, ma non arrivammo a nulla. Avevamo i residui di sparo, un paio di chiamate e gli occhiali di Hagan. Ci serviva di più. Quando gli dissi che per quel giorno avevamo finito, il sorrisetto di Dwyer si trasformò in un sorriso.

Scortammo Dwyer fuori dall'edificio, guardando quella figura scheletrica salire su un Uber, prima che dicessi: «Troviamo quella cassetta di sicurezza, e quel sorriso sparirà.»

43

Sentii che avevamo finalmente avuto un colpo di fortuna; i ragazzi dell'Unità Crimini Finanziari avevano identificato la chiave come il tipo usato dalla First Integrity Bank. Avevano solo quattro filiali a Naples. Dopo aver scartato una filiale su Pine Ridge, arrivammo alla loro sede di Anchor Rode Drive a Park Shore. Le teste si girarono e si levò un brusio di sussurri mentre io, Vargas e un agente in uniforme superavamo i cassieri per dirigerci verso la sezione amministrativa.

Gli occhi del direttore della filiale corsero per l'atrio principale della banca quando gli fu mostrato il mandato. Ci accompagnò rapidamente in una piccola area d'attesa, fuori dalla vista dei suoi clienti. Il direttore digitò qualcosa su un terminale. «Ethan Dwyer, cassetta 9012. Da questa parte.»

Inserì un codice su un tastierino, sbloccando una porta che conduceva a una stanza i cui tre lati erano rivestiti di cassette d'acciaio. Quella di Dwyer era sul lato sinistro della parete di fondo, la sesta a partire dal pavimento. Frugando in tasca, il direttore tirò fuori una chiave lucida che inserì e girò. Il piccolo sportello della cassetta si aprì di scatto e lui estrasse uno scomparto quadrato di dieci pollici con una serratura propria, posandolo sullo stretto tavolo della stanza.

«Devo aspettare fuori?»

Vargas disse: «No, la prego di rimanere e osservare.»

L'agente tirò fuori dalla sua borsa un trapano a mano, controllò la serratura e vi applicò una punta adeguata. Ci mise meno di trenta secondi a far saltare la serratura. Poi l'agente si fece da parte.

Io e Vargas ci scambiammo un'occhiata prima che io sollevassi lentamente il coperchio. Un passaporto in un sacchetto di plastica era posato sopra una pila di documenti. Non sembrava esserci nessuna pistola o arma di alcun tipo. Raccogliendo il contenuto, lo sparsi sul tavolo, sussurrando: «Nessuna maledetta pistola.»

I documenti del prestito e del titolo di proprietà dell'auto di Dwyer erano in una busta di plastica. Passandoli a Vargas, frugai tra i diplomi universitari e di scuola superiore di Dwyer prima di scoprire una spessa busta blu in un sacchetto Ziploc. Dentro la busta c'erano diversi fascicoli che sembravano essere cimeli. Una graffetta teneva insieme una ventina di foto di Dwyer da neonato e da bambino. In ogni scatto era con sua madre. Il fascicolo successivo conteneva ritagli di giornale. Li aprii.

La foto di una donna, che doveva essere la madre di Dwyer, mi fissava da sotto un titolo che diceva: "Donna di Green Bay violentata, torturata e uccisa". Scorrendo l'articolo, eccola lì: Darlene Dwyer. La trentaquattrenne era la madre di Dwyer.

Altri due articoli nel mucchio raccontavano la storia della ricerca dell'assassino di Darlene Dwyer. Mi si formò un nodo in gola quando lessi un altro titolo: "Il figlio della donna torturata è ora sotto la tutela dello Stato".

Un ritaglio, piegato come un tovagliolo, si aprì rivelando la prima pagina del *Green Bay Press*. Il titolo diceva: "Assassino catturato a Madison". Scorsi la pagina con lo sguardo, puntai il dito verso l'articolo e dissi: «Vargas, dai un'occhiata.»

«Cosa c'è?»

«Hagan. Scommetto che questo è il padre di Bobby Hagan. Potrebbe essere una specie di omicidio per vendetta.»

«Ma ci sono altri quattro cadaveri.»

«Deve esserci un collegamento.»

C'era un altro articolo, che parlava di un incidente d'auto. C'era una minuscola foto di un elicottero sull'interstatale. Anche se non menzionava alcun nome, doveva essere quello che coinvolgeva un guidatore ubriaco e Dwyer.

«A Dwyer piace collezionare brutte notizie. Non so tu, Vargas, ma io non conserverei mai questa roba.»

«Ha avuto una bella sfortuna.»

«E anche noi. Pensavo davvero che avremmo trovato l'arma del delitto.»

«Anch'io. Dato che il mandato era limitato alla pistola, facciamo qualche foto di questi documenti.»

———

VARGAS NON ERA CONVINTA del collegamento con Hagan, credendo che fosse puramente casuale. Le sue argomentazioni più forti riguardavano il lungo tempo trascorso e il fatto che Hagan fosse la vittima numero cinque. Se era un bersaglio, perché non ucciderlo per primo? Erano domande eccellenti, ma non avevo nient'altro.

Temendo che il suo fare l'avvocato del diavolo potesse influenzare Chester, le dissi di riposare e salii le scale per andare dallo sceriffo. A ogni passo, i miei dubbi crescevano. Cominciavo a sentirmi come se stessi dando la caccia a un fantasma, non a un assassino.

Chester posò un documento e si alzò, offrendomi un sorriso e una mano.

«Lieto di vederla, detective.»

«Anche per me, signore.»

«Che novità ci sono?»

Non volevo rovinare il suo buonumore. «Deve esserci un collegamento con il padre di Hagan che ha ucciso la madre di Dwyer. Voglio interrogare di nuovo Dwyer, approfondire quella pista.»

«Tendo a essere d'accordo con lei, ma è successo trent'anni fa.»

«Era un ragazzino quando è successo. Sono passati dai quindici ai vent'anni prima che potesse fare qualcosa. L'agente Haines ha detto che non era insolito aspettare a lungo in un caso di vendetta.»

«Davvero?»

No, non l'aveva detto. «Sì, una cosa del tipo: ci sono due tipi di omicidi per vendetta: quelli che agiscono subito e quelli che pianificano, rimuginandoci sopra mentre lo fanno.»

«L'unica buona vendetta è quella che si è spinta troppo oltre.»

Cosa? Chester mi rubava le frasi? «Bella questa, signore.»

«E perché Dwyer avrebbe ucciso gli altri? E non Hagan per primo?»

«Stiamo indagando sul passato delle vittime e su qualsiasi punto in comune con Dwyer.»

«Non aveva già esplorato queste possibilità?»

«Sì. Ma stiamo esaminando più da vicino. Per vedere se ci sono collegamenti che non erano ovvi. Spero che un altro interrogatorio con Dwyer possa aiutare.»

«Le cose si sono calmate dopo l'omicidio di Hagan. Forse Dwyer ha smesso perché lei lo sta tenendo d'occhio o perché ha finito. In ogni caso, potrei abituarmi alla vita com'era prima che tutto questo iniziasse.»

«Anch'io.»

«Lo porti qui e veda cosa ne ricava. Non abbiamo niente da perdere.»

Mi alzai. «Grazie, signore.»

«Come sta la detective Vargas?»

«Sta bene, signore. È un bene riaverla con noi.»

«Bene. Sa, voi due formate una bella coppia.»

Cosa? «Uh, coppia?»

Chester sorrise. «Immagino intendessi dire partner.»

Cosa intendeva Chester con quella frase? Aveva scoperto di me e Mary Ann? Non avevo bisogno di altro a cui pensare. Dannazione, se lo sapevano, ci avrebbero costretti a lavorare su turni diversi. E allora chi mi avrebbe aiutato con questo caso?

––––––––

Osservammo Ethan Dwyer attraverso la finestra sulla porta della sala interrogatori. Vargas disse: «Questo tizio ne ha passate tante nella vita. Se è stato lui, ha un sacco di motivi per essere andato fuori di testa.»

«Non c'è motivo per uccidere qualcuno. Non mi interessa cosa hai passato.»

Dwyer slacciò un bottone della camicia e Vargas disse: «Pensavo avessi detto di non aver alzato l'aria condizionata.»

«I-infatti non l'ho fatto.»

Vargas scosse la testa. «Sono passati venti minuti. Vuoi iniziare adesso?»

«Dagli altri dieci minuti. Vado a fare pipì.»

«Che vuol dire venti. Vai pure, io prendo un caffè.»

Quando aprimmo la porta, Vargas scosse la testa. Nella stanza facevano almeno dieci gradi in più.

«Uh, mi faccia abbassare l'aria. Mi scusi, signor Dwyer.»

Chiamatemi pazzo, ma mi piaceva mettere a disagio i sospetti. Inclinava l'atmosfera a mio favore.

Vargas e Dwyer stavano ridendo quando rientrai. «Volete rendermi partecipe dello scherzo?»

Vargas disse: «Niente, Frank, uh, detective Luca.»

«Mi ha chiesto se volevo da bere. Mi ha ricordato di quando, in affidamento, mi assicuravo di avere sempre una quantità sufficiente di sciroppo di cioccolato per il latte.»

Tirando fuori una sedia, borbottai: «Sembra affascinante.» Vargas mi lanciò un'occhiataccia, anzi, un'occhiata truce, e recitò le formalità al microfono.

Dwyer indossava una camicia blu con una piccola macchia nella zona dell'ombelico. Dissi: «Volevamo farle alcune domande su ciò che abbiamo trovato nella cassetta di sicurezza che ha alla First Integrity su Anchor Rode.»

«Se aveste avuto la decenza di chiedere, vi avrei concesso l'accesso alla mia cassetta di sicurezza.»

«Non funziona così con un mandato, signor Dwyer.»

«Non ho nulla da nascondere, detective. Temo che stiate sprecando il vostro tempo con me.»

«Grazie per la sua preoccupazione. Ora, come sa, c'erano diversi articoli di giornale relativi all'omicidio di sua madre.»

Dwyer sbatté le palpebre alla parola madre, ma non aggiunse nulla.

Vargas disse: «Deve essere stato traumatico perdere sua madre a un'età così giovane.»

Dwyer annuì, stringendo le labbra. «Inimmaginabile, un incubo assoluto. Avevo solo otto anni. Mia madre era tutto. Il mio intero mondo, sparito.» Schioccò le dita. «Così, in un attimo.»

«Sono sicura che è stato difficile.»

«Difficile? Sa cosa vuol dire passare da una casa amorevole e sicura a una squallida baracca dove devi lottare per te stesso, altrimenti finisci a mangiare avanzi in mutande?»

«Non stavo cercando di sminuire la situazione in cui si

trovava, signor Dwyer. Sono certa che è stato indescrivibile per chiunque non l'abbia vissuta.»

Dwyer si accigliò e si tormentò un'unghia.

«Se potessimo concentrarci sull'assassino di sua madre, Paul Hagan. Suo figlio, Bobby, è stato trovato a galleggiare nel Golfo del Messico.»

«Ho sentito.»

«È una bella coincidenza, non trova?»

«Cosa?»

«Che il figlio dell'uomo che ha ucciso sua madre sia una persona che conosceva e che ora è morta.»

«Sta insinuando che io sia un giustiziere?»

«Giustiziere. È un buon modo per dirlo.»

Dwyer espirò. «Guardi, mia madre è morta molto tempo fa. L'uomo che l'ha torturata e uccisa è stato arrestato e incarcerato. Non potevo farci niente.»

«Aveva solo otto anni all'epoca.»

«Oh, quindi lei crede che io abbia covato questo desiderio di espiare l'omicidio di mia madre per trent'anni e che finalmente abbia agito?»

«Spiegherebbe certamente un sacco di cose, non è vero, detective Vargas?»

Vargas disse: «Si è trasferito qui circa quindici anni fa?»

«Sì, più o meno.»

Disse lei: «È stato per seguire Paul Hagan?»

«No, certo che no.»

Vargas proseguì: «Allora è solo un'altra coincidenza che Bobby Hagan si sia trasferito in Florida solo un anno prima di lei?»

«Guardi, mi sono trasferito dopo essermi ripreso dal mio incidente.» Dwyer si sporse in avanti. «Sa cosa ho passato? Lo sa? Ricoverato in ospedale per sei mesi, non potevo camminare. Ero un disastro, la schiena mi faceva costantemente male. Avevo bisogno di un clima caldo.» Si appoggiò di nuovo allo schienale. «Il mio dottore ha detto che avrebbe aiutato con i dolori articolari.»

Vargas disse: «Capisco, ha senso. Ma come ha conosciuto Bobby Hagan?»

«Lavorava in chiesa. L'ho conosciuto lì.»

«Come ha scelto la Chiesa dello Spirito di Fratellanza? Non è esattamente dietro l'angolo.»

Rise. «È un po' fuori mano, ma è un piccolo prezzo da pagare per Dio.»

Dissi: «Vuole dirci come ha trovato la chiesa?»

«Mi è stata consigliata da un amico che ha detto che il Ministro Booth faceva dei bei sermoni ed era un uomo di grande ispirazione.»

Dissi io: «Questa è un'altra bella coincidenza.»

«Questa è la differenza tra noi credenti. Ai non credenti piace classificare le cose come coincidenze, ma io credo che sia la mano di Dio. Mi ha messo lì per essere ispirato dal Ministro Booth.»

«È una figura davvero imponente, non è vero?»

«Il Ministro Booth è quello che io chiamo un risvegliatore. Ti scuote, arriva alla radice di ciò che Dio vuole che facciamo. Vorrei solo che fosse più proattivo.»

«In che senso?»

«Diciamo solo che predica bene e razzola male.»

«Non capisco.»

«Dio ci dice di non parlare male dei nostri fratelli. Timoteo 5:19: "Non accettare accuse contro un anziano".»

Cos'è, Dwyer? Il ministro le piace o no? Dissi: «Quanto tempo dopo essersi trasferito qui si è unito alla Chiesa dello Spirito di Fratellanza?»

«Non so, un paio di mesi o giù di lì.»

«Quanto bene conosceva Chapman, Tinder, Cornwall, Parker e Hagan?»

«Ve l'ho detto l'ultima volta che me l'avete chiesto.»

«Ce lo dica di nuovo.»

«Sto cercando di collaborare, davvero, ma questo sta diventando ridicolo.» Dwyer si alzò con cautela.

«Dove sta andando?»

«La schiena ha ricominciato a darmi problemi, e ho chiuso con questa storia. Se decidete di continuare con queste molestie, assumerò un avvocato.»

44

«Questo qui ha fegato. Andarsene nel bel mezzo di un interrogatorio.»

«Ha il diritto di essere rappresentato da un legale. Francamente, mi sorprende che con tutta l'attenzione che gli abbiamo dedicato non si sia mai procurato un avvocato.»

«Quest'uomo è un enigma. So che ti dispiace per come è andata la sua vita, ma non è una scusa. C'è qualcosa che non torna in lui.»

«Non prenderla male, ma pensi che sia lui solo perché non abbiamo nessun altro?»

«No. Certo che no, e poi non abbiamo mai scagionato del tutto Hannah Booth.»

Disse Vargas: «Mettiamo tutto nero su bianco.» Si alzò dalla sedia e si strinse un fianco.

«Stai bene?»

«Sì, mi sono solo alzata troppo in fretta.»

«Sei sicura?»

«Sì, ultimamente mi sono sentita bene.»

Afferrato un pennarello, Vargas scrisse Dwyer a lettere

maiuscole. Disse: «Che prove concrete abbiamo? Residui di polvere da sparo nella sua auto.» Scrisse *GSR* sotto Dwyer.

«E il modello della sua auto è stato visto da due testimoni.»

«Non è una prova concreta, Frank. Ci sono migliaia di Accord nella contea.»

Vargas tracciò una linea verticale accanto a *GSR* e scrisse *Accord* a destra della linea.

«Gli occhiali di Hagan trovati nell'auto di Dwyer sono una prova schiacciante.»

«Senza dubbio, a meno che non scopriamo che ne portava con sé un paio di riserva.»

«Perché avrebbe dovuto lasciarseli dietro? Probabilmente Dwyer gli ha puntato una pistola alla testa e Hagan si è fatto prendere dal panico. Nella fretta di scendere dall'auto, gli sono caduti.»

«È possibile. Dobbiamo scoprire chi era il suo oculista e se e quando ha cambiato occhiali.»

«La sua patologia... mi chiedo se peggiori col tempo. Se così fosse, un vecchio paio di occhiali non gli sarebbe più servito a nulla.»

«Giusta osservazione. Dobbiamo indagare.» Vargas scrisse *occhiali vittima* sotto *GSR*. «Ora, abbiamo un paio di telefonate e i contatti con le vittime tramite la chiesa.» Scrisse *conosceva tutte le vittime* a sinistra, sotto *occhiali vittima*.

Il mio stomaco brontolò. «Il padre di Hagan ha ucciso sua madre. Più concreto di così non si può.»

«È un legame difficile da spiegare, ma ci serve qualcosa che provi la vendetta e poi dovremmo scoprire il movente per gli altri omicidi.»

«Forse stava creando una copertura.»

«Uccidere altre quattro persone per una copertura?»

Sapevo che era ridicolo, ma i fatti dimostravano che non avevamo nulla di concreto su Dwyer.

«Si è trasferito qui pochi mesi dopo Hagan.»

«Hagan era in Wisconsin prima di allora?»

«Sì, proprio come Dwyer.»

«Perché avrebbe dovuto aspettare che Hagan si trasferisse per ucciderlo?»

«Amico, vorrei proprio saperlo. Potrebbe averci provato, non si sa mai.»

«Pensi che dovremmo dare un'altra occhiata a Hannah Booth?»

Feci spallucce.

«Abbiamo i suoi capelli su una vittima e la pistola usata in due omicidi è stata trovata nel suo ufficio. È molto più di quello che abbiamo su Dwyer.»

«Ma quando è avvenuto l'ultimo omicidio, lei era in una cella della contea di Lee.»

«A, con l'ora del decesso resa incerta dal fatto che Hagan galleggiava nel Golfo, potrebbe averlo ucciso e poi essersi ubriacata. Per annegare nell'alcol quello che aveva appena fatto. E B, forse abbiamo due assassini. Hannah Booth ha ucciso i primi quattro e Dwyer il quinto.»

Non ci avevo mai pensato. Vargas mi aveva battuto ancora una volta. «Forse Dwyer ha visto che i sospetti ricadevano su Hannah e ne ha approfittato per pareggiare i conti con Hagan. Vale la pena approfondire, ma non dimenticare che la seconda pistola è stata usata anche per uccidere Parker.»

«Me n'ero dimenticato.»

Un punto per Luca. «Forse Hannah ha usato due pistole. Dwyer bazzicava molto la chiesa e aveva accesso all'ufficio di Hannah.» Era un pensiero stupido. «Perché non cerchiamo qualche legame che potrebbe aver avuto con Parker? Magari Hannah ne ha uccisi tre e Dwyer due.»

«Sarebbe folle, Frank.»

«La follia è il mestiere che facciamo, tesoro.»

Il viso di Vargas si illuminò di un sorriso che le mancava da quando si era ammalata.

«Andiamo a mangiare qualcosa. Sto morendo di fame. Che ne dici se prendiamo dei panini da Dolce & Salato e ci sediamo su una panchina in spiaggia?»

———

DOPO PRANZO, Vargas si diresse dal coroner per discutere l'ora del decesso e io mi misi al telefono.

«Signora Hagan? Sono il detective Luca, si ricorda di me?»

Speravo che dicesse qualcosa tipo: «Certo, lei è quello che assomiglia a George Clooney», ma invece disse: «Salve. Immagino che chiami per Bobby?»

«Sì, vorrei farle un paio di domande.»

«Senti, tesoro: ti ho detto quando sei stato qui che non avevo molti contatti con lui.»

«Lo so, ma riguarda la sua vista. In quanto sua madre, lei è la persona che ne sa di più.»

«La sua vista? La storia del coloboma uveale?»

«Sì. Doveva andare regolarmente da un oculista?»

«Avrebbe dovuto andarci almeno una volta all'anno. Gli stavo sempre addosso per questo.»

«La sua prescrizione cambiava? Cambiava spesso occhiali?»

«A volte aveva bisogno di occhiali nuovi, ma non sempre.»

«Sa a quale oculista si rivolgeva?»

«Mi sa che non hai capito, caro: io non vedevo quasi più Bobby.»

«Capisco. Ultima domanda. Lo prometto. Da quale oculista lo portava di solito?»

«Dal dottor Brower, al centro commerciale Coastland. Avrà più di settant'anni, se è ancora vivo.»

Era un azzardo, ma anche se Hagan avesse cambiato

medico, avrebbero potuto avere una registrazione di dove avevano trasferito la sua cartella. Invece di telefonare, saltai in macchina, sperando di evitare che una receptionist diciottenne cercasse di liquidarmi.

45

MENTRE ATTRAVERSAVO MACY'S PER RAGGIUNGERE LA macchina, rimuginai su ciò che aveva detto l'oculista di Hagan durante la telefonata di Vargas. Affrettai il passo mentre parlava. «Frank, l'ora del decesso di Hagan non è certa.»

«Cos'è cambiato?»

«Il coroner non si era accorto del fatto che Hagan prendeva un farmaco per la pressione.»

«E questo cosa c'entra?»

«Prendeva un betabloccante, e quelli rallentano la digestione.»

Uscito al sole, dissi: «Non lo sapevo. Quindi, in sostanza?»

«Dato che Hagan era in acqua, il coroner aveva basato l'ora del decesso sullo stato della digestione dell'ultimo pasto di Hagan, un Whopper di Burger King. Ma ora ha spostato indietro l'ora del decesso di due o tre ore. Hannah Booth aveva avuto tempo più che sufficiente per uccidere Hagan, ubriacarsi fradicia e farsi arrestare per guida in stato di ebbrezza.»

«Dovremo ricalcolare la cronologia, assicurarci di quello che abbiamo. Stai tornando qui?»

«No, devo essere in tribunale tra un'ora.»

«Ci vediamo più tardi, allora.»

«Okay. Hai ottenuto qualcosa dall'oculista?»

«Sì. Hagan c'è stato un mese fa, si è fatto un nuovo paio di occhiali. Avevano una promozione "paghi uno, prendi due" per competere con Vision Works, e Hagan ne aveva presi due paia.»

«Quindi avrebbe potuto semplicemente lasciarli nell'auto di Dwyer.»

«Esatto.»

———

Lanciata la giacca su una sedia, mi strappai la cravatta e studiai la lavagna. Sfilai la puntina dalla foto di Hannah Booth e la fissai. Mi stavo sbagliando su di lei? Era davvero una persona in grado di pianificare cinque omicidi senza lasciare quasi nessuna prova? Appuntai la sua foto accanto a quella di Dwyer e mi sedetti.

E suo figlio? Era morto davvero di overdose o era stato soffocato? Forse sarebbe stato più facile chiarire la sua posizione facendo luce su quella morte. Se avessimo riesumato il corpo, incastrando Hannah per un omicidio, gli altri casi avrebbero potuto quadrare.

I serial killer erano in stragrande maggioranza uomini tra i trenta e i quarant'anni. Chi era stata l'ultima serial killer donna? Ricordai quella tale Wuornos, una prostituta della Florida che finì per uccidere sette dei suoi clienti negli anni Ottanta. Digitai sulla tastiera e apparve una lista di donne che avevano commesso omicidi multipli. Scorrendola, rimasi sorpreso dal loro numero, ma la maggior parte di queste assassine aveva commesso i propri crimini nel ventesimo secolo.

Chiuso il browser, mi voltai di nuovo verso la lavagna. Hannah non solo era nella rosa dei sospettati, ma ci sguazzava dentro fino al collo insieme a Dwyer. Era uno dei due, o entrambi? Ricordai di aver riso di Haines quando disse che l'assassino era intelligente. Quei due erano dei dannati Einstein a questo punto, e dovevo trovare un modo per bocciarli. Afferrato il telefono, sfoggiai la mia voce più allegra:

«Signor Ministro Booth, sono il detective... ehm, Frank Luca.»

«Salve, Frank. Come sta?»

«Bene. Ha un paio di minuti?»

«Beh, sono un po' impegnato.»

«Non si tratta di Hannah, ma di Ethan Dwyer.»

«Oh, certo.»

«Quando abbiamo parlato l'ultima volta, non credo di averle chiesto del suo rapporto con Shaun Parker.»

«Non credo me l'abbia chiesto. Cosa vorrebbe sapere?»

«Andavano d'accordo?»

«Sì, credo di sì. Perché me lo chiede?»

«Non posso discutere di un caso aperto, ma mi fido di Lei abbastanza da dirLe che ci sono prove concrete che una delle vittime è stata uccisa per vendetta.»

«Oh, mio Dio, è terribile covare una tale rabbia contro un altro individuo.»

«È sicuro che andassero d'accordo?»

«Sì. Siamo benedetti con un gruppo di persone molto unite qui.»

Doveva essersi dimenticato del lancio di libri da parte di sua moglie. «Così sembra, e Lei è da lodare, Signor Ministro, ma noi esseri umani siamo fatti in modo tale che non possiamo essere d'accordo su tutto. Perché non ci pensa un po' su e vede se riesce a ricordare qualcosa tra loro?»

«Le divergenze di opinione capitano, ma la chiave è essere rispettosamente in disaccordo. Non c'è assolutamente alcun motivo per essere sgarbati.»

«Temo che stiamo perdendo questa capacità.»

«Con l'aiuto di Dio, invertiremo la rotta.»

Mi sentii dire: «Amen.»

«Mi dispiace, detective, ma adesso devo andare.»

«Grazie per il Suo tempo.»

Ripensando alla nostra conversazione, mi chiesi se stesse nascondendo qualcosa. Se stesse coprendo qualcosa, non avrebbe aiutato sua moglie. Forse era preoccupato per come si sarebbe riflesso sulla sua chiesa. Gran parte della sua missione era rivolta a dare alle persone seconde e terze possibilità. La pubblicità di un assassino nel bel mezzo delle attività della chiesa avrebbe prosciugato i suoi finanziamenti. E allora, come avrebbero ripagato i soldi che avevano preso in prestito? Aveva una ragione da un milione di dollari per tacere, ma era davvero quello che stava succedendo?

———

PRESI una tazza di caffè e feci la mia telefonata successiva.

«Robert DeBlasi? Sono il detective Luca. Ci siamo parlati riguardo a Suo fratello Ethan.»

«Salve, a proposito, detective, Ethan tecnicamente è il mio fratellastro. Credo di averLe detto che i miei genitori lo hanno preso in affido.»

«Sì, ricordo. Ho una domanda o due per Lei.»

«Prego.»

«Il nome Shaun Parker Le dice qualcosa?»

«Mi suona vagamente familiare. Credo che quando eravamo piccoli ci fosse una famiglia di nome Parker che abitava a un paio di isolati di distanza.»

«Avevano dei figli maschi?»

«Credo di sì, se la memoria non m'inganna.»

«E Hagan, Paul e Robert?»

«È lo stronzo che ha ucciso la madre di Ethan. Non ricordo il nome di battesimo, ma non erano di queste parti.»

«Paul era l'uomo che ha assassinato sua madre. Suo figlio Robert si è trasferito qui poco prima di suo fratello.»

«Davvero? Che coincidenza.»

«Potrebbe essere, ma Robert è stato assassinato.»

Trascorsero dieci secondi di silenzio prima che DeBlasi dicesse: «Non mi dica che pensa che Ethan c'entri qualcosa.»

«Ho i miei sospetti, ma niente di più per ora. Tornando a Shaun Parker, Ethan lo conosceva?»

«Non so se ci fosse uno Shaun Parker.»

«Ethan ha avuto un brutto incidente. Conosce il nome del guidatore che lo ha investito?»

«Oh, cavolo, mi sta chiedendo di andare parecchio indietro nel tempo. È stato circa vent'anni fa. Non so, e francamente, non so nemmeno se ho mai saputo il nome di quel tipo. Sapevo solo che chiunque l'avesse investito era ubriaco ed era stato arrestato.»

«Dove è avvenuto l'incidente?»

«In una cittadina chiamata Greenville, fuori Appleton.»

«Si ricorda quando è accaduto?»

«Ottobre 2001, poco prima di Halloween.»

46

QUANDO VARGAS AGGIORNÒ LO SCERIFFO CHESTER SUL cambiamento dell'ora della morte di Hagan, lui ci ordinò di portare Hannah qui per un interrogatorio.

Mentre aspettavamo il suo arrivo, feci un'altra telefonata al dipartimento di polizia di Greenville.

«Sono il detective Luca dell'ufficio dello sceriffo della contea di Collier, in Florida. Ho bisogno di informazioni su un incidente causato da guida in stato di ebbrezza. Avete una pattuglia specifica per i DUI, sergente?»

«No, signore. Qui abbiamo solo una dozzina di agenti. Quando ha detto che è avvenuto l'incidente?»

«Nel lontano 2001. Fine ottobre, i giorni prima di Halloween, tra il ventisei e il trenta ottobre 2001.»

«È passato un bel po' di tempo. Io ho iniziato solo nel 2007. Attenda un minuto. Lasci che chieda al capo; lui è qui da una vita.»

Cercai, tra i vecchi numeri del giornale *The Post Crescent*, articoli sull'incidente in cui Ethan Dwyer sosteneva di essere stato coinvolto. Una voce gracchiò attraverso il ricevitore.

«Sono il capo Lasster. Chi parla?»

«Capo, sono il detective Luca, Omicidi, ufficio dello sceriffo della contea di Collier.»

«Omicidi?»

«Sì, signore. Sto indagando su un vecchio incidente stradale per guida in stato di ebbrezza dell'ottobre 2001 che coinvolge una persona di interesse, Ethan Dwyer. So che è roba vecchia, ma sto cercando di identificare il conducente che era ubriaco.»

«Ricordo vagamente. Ci furono vittime nell'incidente?»

«No, ma mi risulta che Ethan Dwyer rimase gravemente ferito e l'autista ubriaco fu arrestato.»

«Se c'è stato un arresto, posso controllare. Vuole aspettare o preferisce che La richiami?»

«Se per Lei va bene, aspetto in linea.»

«Ha detto fine ottobre 2001, giusto?»

«Sì. La ringrazio molto.»

Mandai un messaggio a Vargas. Era in tribunale, pronta per testimoniare. Le feci sapere che stavo aspettando di scoprire se il guidatore che si era schiantato contro Dwyer fosse per caso una delle vittime. Stavo leggendo un suo messaggio di risposta quando il capo tornò al telefono.

«Detective Luca?»

«Sì, sono qui.»

«Adesso me lo ricordo. Intervenni io sulla scena.»

«Chi era il conducente dell'altro veicolo? Quello ubriaco?»

«Jeremy Kelly.»

«Kelly? Ne è sicuro?»

«Sì.»

«Mi risulta che non fosse il primo reato di guida in stato di ebbrezza per questo tizio.»

«Già, un trasgressore abituale. Ho sempre pensato che avrebbe ucciso se stesso o qualcun altro in un incidente, ma gli spararono una decina di anni fa, su ad Appleton.»

«È stato assassinato?»

«Sì.»

«Avete scoperto chi è stato?»

«Kelly era di queste parti, ma l'omicidio avvenne ad Appleton. Da quel che so, non hanno mai preso il colpevole, ma con tutto quello che c'era da fare, ho perso di vista il caso.»

«So bene cosa significa essere sommersi dai casi. Vorrei controllare l'ortografia di Kelly. Si scrive con la Y finale o con EY?»

«K, E, L, L, Y. Nome, Jeremy.»

Dopo aver ringraziato il capo, mandai un messaggio a Vargas e tornai al telefono.

«Omicidi, detective Harris.»

«Sono il detective Luca, omicidi, dell'ufficio dello sceriffo della contea di Collier. Mi risulta che abbiate un caso irrisolto a nome di Jeremy Kelly. Un caso di circa dieci anni fa.»

«Dovrei controllare negli archivi dei casi irrisolti. Qual è il suo interesse?»

«È una lunga storia.»

«Non lo sono sempre?»

«Abbiamo un serial killer qui. Un sospettato che stiamo seguendo è stato gravemente ferito da questo Kelly in un incidente per guida in stato di ebbrezza.»

«Quindi pensa che si tratti di una vendetta?»

«Potrebbe essere, lo abbiamo collegato a un altro omicidio per vendetta, ma le prove sono deboli. Può controllare?»

«Un attimo, accedo all'archivio dei casi irrisolti.»

Lo sentii ticchettare su una tastiera, poi disse: «Okay, ci siamo. Kelly, Jeremy, caucasico trentacinquenne, trovato arenato su Little Chute Island.»

«Dove si trova?»

«Nel Fox River.»

«Qual era la causa della morte?»

«Sembra che sia morto annegato.»

«Annegato? Pensavo gli avessero sparato.»

«La causa della morte è indicata come annegamento.»

«Capisco, ma vorrei comunque dare un'occhiata al fascicolo del caso, se per Lei va bene.»

«Certo, faccia richiesta tramite il portale e glielo manderò via email.»

«Grazie. È un santo ad aiutarmi.»

«Sempre felice di aiutare un collega. Dobbiamo restare uniti se vogliamo sopravvivere nel mondo di oggi.»

———

VARGAS ENTRÒ dalla porta un'ora dopo. «Ciao, Frank.»

«Com'è andata?»

«Bene. Steinberg ha cercato di farmi innervosire durante il controinterrogatorio, ma è sembrato disperato. Trillo ha fatto un buon lavoro. Si andrà alla deliberazione tra un giorno, due al massimo.»

«Sarebbe un bene togliere quello stronzo dalla circolazione.»

«È pazzesco che il tizio che ha investito Dwyer sia stato ucciso. Pensi che sia stato Dwyer?»

«Già, be', a quanto pare il tizio è morto annegato.»

«Cosa? Nel messaggio hai scritto che gli avevano sparato.»

«Il capo di quella città di merda mi ha detto così, ma l'Omicidi di Appleton ha detto che è stato un annegamento.»

«Oh. Senti, mentre aspettavo di testimoniare, pensavo che dovremmo chiedere un secondo parere sull'ora della morte.»

«Non ti fidi di Beasley?»

«No, non è quello. È bravo, ma non infallibile. Non è una scienza esatta e, con le questioni politiche in gioco, penso che Chester sarà d'accordo.»

«Buona idea.»

«Pensi?»

«È la mossa giusta. Forse il procuratore distrettuale

potrebbe darci una mano. Spiegargli come la cosa potrebbe ritorcersi contro di noi in tribunale e così via.»

«Sì. Thume ha una certa influenza su Chester.»

«Niente ti fa cacciare dall'ufficio più in fretta che perdere un caso importante.»

Vargas si alzò. «Andiamo, andiamo a parlare con loro.»

Non avevo alcun interesse a sentirmi ricordare che branco-lavamo ancora nel buio. Dovermi presentare davanti a Chester per costruire un caso su un sospettato a cui mi ero opposto era difficile da digerire. Una piccola bugia bianca fu la via di fuga che scelsi.

«Sto aspettando una chiamata da un tizio che conosceva Dwyer e Hagan su in Wisconsin.»

47

VARGAS AVEVA UN CIPIGLIO CHE NON RIUSCIVA A SPEGNERE DEL tutto la radiosità della sua pelle. A conferma che era tornata alla normalità, disse: «Se non ti alzi subito, me ne vado senza di te.»

«Ho quasi finito. Me ne mancano un paio.»

«Allora ci vediamo. Dirò a Chester che eri troppo impegnato a leggere le email per vederlo.»

Lessi rapidamente un'altra email: un ultimo avvertimento riguardo a un corso di sensibilizzazione che avevo continuamente rimandato. Era una completa perdita del nostro tempo prezioso ad ascoltare gente che non aveva mai lavorato un solo giorno nel mondo reale.

Seguii Vargas fuori dalla porta, lasciando due email non lette: una dal Dipartimento di Polizia di Appleton e il referto dell'autopsia di un liceale che si era impiccato. Non c'era alcun dubbio che il povero ragazzo si fosse tolto la vita, stando alla scena del crimine e alle informazioni di base che avevamo raccolto. Era una follia sottoporre i genitori a un'autopsia, ma era la prassi.

Lo sceriffo Chester stava parlando con il procuratore

distrettuale Thume quando entrammo nel suo ufficio. Chester aveva bisogno di un taglio di capelli e aveva un accenno di barba incolta. Era di un paio d'anni più grande di me, ma sembrava molto più vecchio quando non era perfettamente curato, come lo era di solito.

Chester annuì, ma rimase seduto. «Detective.»

«Signore.»

Il procuratore distrettuale spostò la sedia mentre io e Vargas ci sedemmo.

Chester disse: «La Booth sta facendo la dura.»

«Dopo che l'aveva chiamata per un colloquio, il procuratore Thume è stato contattato da Marcus Knight.»

Thume disse: «Knight mi ha informato che Hannah Booth si rifiutava di presentarsi volontariamente.»

Disse Vargas: «Sa del cambiamento dell'ora del decesso di Hagan? Io non ne ho fatto menzione.»

Chester disse: «Se qualcuno ha fatto trapelare la notizia, metterò questo posto sottosopra per scoprire chi è stato. Vi prometto che non lavorerà mai più.»

Disse Thume: «Sta nascondendo qualcosa. Perché altro si rifiuterebbe di collaborare?»

Dissi: «Siamo riusciti a confermare la variazione dell'ora del decesso? Forse qualcuno dell'ufficio del coroner ha avvisato la Booth.»

Chester disse: «Conosco Woller. È un brav'uomo, ed è impossibile che sia stato lui. Woller ritiene che l'ora del decesso rientri in un intervallo più ristretto, ben all'interno del lasso di tempo in cui lei avrebbe potuto commettere l'omicidio.»

Vargas si rivolse a Thume. «Emetterà un mandato d'arresto per costringerla a venire?»

Thume disse: «Knight ha detto che organizzerà una protesta e la manderà in televisione. Ha promesso una partecipazione di centinaia di persone.»

Chester disse: «Dobbiamo stare attenti. Dal punto di vista

delle prove, siamo al limite. Se la arrestiamo e si affida a un avvocato, non scopriremo nulla.»

«A quel punto dovremmo sporgere denuncia sulla base di ciò che abbiamo, o lasciar perdere per il momento.»

Disse Chester: «Ho bisogno che voi due ricostruiate la cronologia nei minimi dettagli, supportandola con testimoni e filmati delle telecamere a circuito chiuso. Se portiamo il caso davanti a un gran giurì, dobbiamo avere basi solide.»

Dissi: «Faremo del nostro meglio, signore.»

«Deve essere fatto al più presto. Non c'è un cadavere da un paio di settimane, ma la sorveglianza che abbiamo su di lei potrebbe dover essere interrotta. Knight ha detto di essere in contatto con l'American Civil Liberties Union e che intende presentare una denuncia per violazione della privacy.»

Scossi la testa. «Forse possiamo tenerci più a distanza, osservarla da lontano.»

«Ho già dato istruzioni a Gilby di arretrare e di ridurre la loro visibilità.»

«Potrebbe considerare di interrompere la sorveglianza diurna, per poi riprenderla al tramonto.»

«Lo terrò in considerazione. Nel frattempo, è ora di mettersi al lavoro.»

———

Il sole splendeva attraverso la finestra. Inclinando le veneziane, dissi: «Dobbiamo mappare ogni possibile percorso dalla casa di Hannah a dove è stata prelevata a Lee. Non sappiamo nemmeno dove diavolo Hagan sia stato gettato in acqua, ma scommetto che è di nuovo Clam Pass o Wiggins.»

«Verificherò con l'Istituto Oceanografico Nazionale, per vedere se riescono a determinare dove potrebbe essere, dato che è finito a Pelican Bay.»

«Bene. Senti anche il dipartimento di scienze marine della

Gulf Coast U. Conoscono le maree e le correnti meglio dei federali.»

«Io riesaminerò tutta la faccenda della morte del figlio di Hannah e parlerò con il detective di Smyrna che la riteneva sospetta.»

Cercando il nome del detective nel fascicolo, dissi: «Ti va di andare in centro stasera? C'è un gruppo jazz al Cambier. Potremmo cenare fuori.»

«Sembra carino. Non dovrebbe piovere, vero?»

«No.»

Afferrai il telefono e chiamai Georgia. Messo in attesa, controllai le mie email. Il referto dell'autopsia dell'adolescente non aveva riscontrato droghe, alcol o alcunché di sospetto. Mi si strinse lo stomaco al pensiero che quel quindicenne avesse creduto che le cose andassero così male da togliersi la vita.

Aprii il fascicolo del caso di Appleton, Wisconsin, scorsi il rapporto della scientifica e sbattei giù il telefono. «Porca puttana! Hanno sparato a questo fottuto Kelly.»

Al telefono, Vargas mi fece segno di lasciar perdere.

«Riattacca, Vargas. Chiudi quella telefonata, questo cambia tutto.»

Continuai a leggere mentre lei finiva la sua chiamata.

«Perché sei così agitato?»

«Al conducente che ha investito Dwyer hanno sparato due volte e l'hanno gettato in acqua. Ti suona familiare?»

«Oh mio Dio. Quando è successo?»

«Circa dieci anni fa. È il modus operandi di Dwyer. Non è una coincidenza. Questa è la vendetta di Dwyer, deve essere così.»

Vargas aggirò la mia scrivania e guardò da sopra la mia spalla. «Quali prove hanno raccolto sulla scena del crimine?»

«Non molto. Porca puttana, hanno recuperato un bossolo!»

«Dwyer è sempre stato attento a raccogliere i bossoli.»

«Forse questa è stata la sua prima volta ed è andato nel panico.»

«Può essere. Mandamene una copia. Mi si spezzerà la schiena a leggere da sopra la tua spalla.»

Stampammo delle copie cartacee e le esaminammo attentamente.

Il detective capo era un tale di nome Gunther Hendersen, e il suo riassunto, per me, suonava come una resa.

Non erano stati effettuati arresti e non avevano mai identificato un sospettato forte. Dopo aver verificato l'alibi di un uomo con cui Kelly aveva una faida in corso e non aver cavato un ragno dal buco con la rete di informatori, la polizia di Appleton aveva smesso di cercare. Per quanto li riguardava, il caso era un vicolo cieco appena quattro mesi dopo che avevano sparato a Kelly.

L'autopsia concluse che la morte era avvenuta per annegamento, anche se il motivo per cui Kelly era annegato era che gli avevano sparato. Se non fosse stato in acqua, sarebbe morto dissanguato per le ferite d'arma da fuoco.

Su un bossolo c'erano due impronte digitali parziali, ma nessuna corrispondenza nel database del Wisconsin. Le impronte sembravano sgranate, il che mi fece dubitare della qualità della loro scientifica.

C'era un testimone, un certo Bill Dorough, che stava pescando al largo, vicino a dove era avvenuto l'omicidio. Non aveva visto l'uccisione, ma quando aveva sentito lo sparo, aveva puntato una luce in quella direzione e aveva visto un uomo scappare.

Doveva aver spaventato l'assassino, costringendolo ad andarsene prima di raccogliere entrambi i bossoli. Doveva essere andata così.

«Vargas, dobbiamo mettere le mani sui frammenti di proiettile e su quel bossolo, e in fretta.»

«Perché non chiami questo Hendersen? Forse collaborerà.»

«Probabilmente lo farà se non cerchiamo di fargli fare una brutta figura, ma non posso avere a che fare con quella stramaledetta burocrazia. Ci vorranno due mesi. Chiamo Haines, vediamo cosa può fare.»

«Haines?»

«Che c'è?»

«Beh, tanto per cominciare non ti piace, ed eri preoccupato che ti portasse via il caso.»

«No, Haines va bene. In realtà è un bravo ragazzo, quando lo conosci meglio.»

Vargas inarcò le sopracciglia e sorrise.

«Che c'è che non va, Vargas?»

«Niente. Forza, chiamalo.»

48

Nei due giorni successivi a quando avevo inviato a Haines una versione digitalizzata delle impronte digitali dalla borraccia di Dwyer ed entrambe le perizie balistiche, facemmo notevoli progressi su Hannah Booth.

Il Dipartimento Oceanografico Nazionale era riluttante ad affermare se il cadavere di Hagan fosse arrivato galleggiando da sud, da Wiggins, o da nord, da Clam Pass, ma la Gulf Coast University era stata categorica nel sostenere che il corpo provenisse da Wiggins. Questo significava che due corpi erano stati gettati a Wiggins. La cosa non quadrava con il modus operandi dell'assassino: usare luoghi diversi per ogni corpo. C'erano due assassini? O Hannah stava diventando pigra? O forse c'entrava il suo mal di schiena?

Vargas scoprì quelle che consideravo prove schiaccianti: un video del semaforo di Vanderbilt Drive che aveva ripreso l'auto di Hannah. Non le si vedeva il viso, ma i suoi capelli biondi erano visibili, e non c'era dubbio che fosse lei.

Hannah si trovava a poche centinaia di iarde da Wiggins Pass, e l'orario registrato erano le 19:09. C'era un enorme buco al centro, ma il puzzle si stava componendo.

Lo stimolo della pipì si fece sentire e, come un bambino di cinque anni, mi alzai e marciai verso il bagno. Ero seduto sul trono, premendomi l'addome nel tentativo di forzare la minzione, quando il telefono vibrò. Era Haines.

«Ehi, come va?»

«Bene, Frank. I ragazzi di Green Bay pensano che abbiamo una corrispondenza.»

«Impronte digitali o balistica?»

«Balistica. Credono non ci sia alcun dubbio che la pistola usata negli ultimi omicidi sia la stessa usata contro Kelly.»

«Wow. Incredibile. E le impronte?»

«Sul bossolo c'erano solo delle parziali, ma potrebbero essere di Dwyer.»

«In che senso?»

«Hanno trovato otto punti di corrispondenza. Essendo parziali, non c'erano abbastanza dati per avere una certezza.»

Espirando, dissi: «Otto. Il procuratore distrettuale non le ammetterà come prove a meno che non ne abbiamo più di una dozzina di punti di corrispondenza.»

«Lo so bene. Le linee guida dell'FBI prevedono un minimo da dodici a venti. Se ne otteniamo venti, non c'è testimone che la difesa possa chiamare per contestarle.»

«Lei cosa ne pensa di tutto questo?»

«È ancora presto, non si sa mai cos'altro si può scoprire.»

Era evasivo. Dissi: «Quindi abbiamo una buona mano ma non un full?»

Haines rise. «In un certo senso, ma in realtà, un procuratore esperto potrebbe costruirci sopra un buon caso.»

«Spero che abbia ragione.»

«Le manderò i rapporti.»

Bob Willis si era ritirato dopo una carriera di trentacinque anni nel dipartimento di polizia di Tampa. Nel tentativo di riempire le sue giornate e finanziare la passione per il vino, Willis incassava assegni dagli avvocati della difesa per dare la sua opinione sulle prove dattiloscopiche. Anche se era passato dall'altra parte della barricata, Willis mi piaceva; era un simpatico bastardo.

C'era un SUV Cadillac nuovo nel vialetto della sua casa di Sarasota. Suonai il campanello e, quando Willis rispose, indicai l'auto. «Dall'altra parte pagano bene, eh?»

«Quella è di mia moglie, per la sua agenzia immobiliare. A me? L'unica cosa che mi interessa di una macchina è che si accenda.»

«Sono d'accordo con te. È un piacere vederti.»

«Anche per me, amico mio. Entra.»

Una bottiglia di vino aperta stava sudando sull'isola bianca della cucina. Willis aprì una credenza, prese un bicchiere e vi versò un goccio di vino. «Vedi se ti piace. È un bianco portoghese, un Alvarinho.»

Portando il bicchiere alla bocca, mi ricordai di guardarne prima il colore e di annusarlo. Aveva un profumo floreale. Lo sorseggiai. «È buono, leggero.»

«Perfetto per un tardo pomeriggio nello Stato del Sole. Vediamo i rapporti.»

Willis aprì la busta di manila, sparse i fogli e tirò fuori una lente d'ingrandimento da un cassetto. Curvo, Willis spostava la lente tra le foto, consultando il rapporto dell'FBI mentre procedeva.

Mi versai un altro bicchiere per trattenermi dal chiedere cosa ne pensasse. Era un buon vino, e mentre mi avvicinavo alla finestra sul retro mi chiesi quanto costasse. Come in molti posti in Florida, c'era una bella vista: l'angolo di un lago con una riserva naturale in lontananza. Sapevo che Sarasota era costosa, un po' meno di Naples, e calcolai che quella casa a un piano valesse seicentomila dollari.

Il tintinnio della lente d'ingrandimento posata sul tavolo mi fece voltare. Willis stava versando il resto della bottiglia nel suo bicchiere. «Può andare in un modo o nell'altro.»

«Mi sono fatto tutta questa strada per sentirmi dire questo?»

«Vieni qui. Ti mostro cos'abbiamo.» Accostando due delle foto, disse: «Queste sono le impronte del pollice.» Indicò con una matita l'impronta intera che avevo prelevato dalla borraccia di Dwyer. «Qui abbiamo un buon indizio, una bifor-cazione nella linea papillare che punta in giù e qui una che punta in su. Sono due punti di corrispondenza solidi.»

Sembrava promettente; qual era il problema?

«E qui abbiamo due creste molto corte o punti. Di nuovo, una corrispondenza quasi esatta, che ci dà quattro corrispon-denze forti. Poi abbiamo queste due spirali che sono discrete. Da questa parte, le corrispondenze sono leggermente più deboli, ma si potrebbe sostenere che dipenda dalla pressione applicata, dalla sudorazione, dai grassi corporei, eccetera. Sono le cose che mi fanno guadagnare un sacco di soldi dagli impu-tati, ma possono ritorcersi contro di te. Se le includiamo, hai otto corrispondenze su circa mezza impronta.»

«Non è affatto male.»

«Sì, ma non raggiunge la soglia della maggior parte dei procuratori, e quelli come noi sono pagati per creare un polverone.»

«E l'altra impronta, quella dell'indice?»

«Tenevo le cattive notizie per ultime.»

«Stai scherzando?»

«Magari, Frankie boy. Non c'è molto che corrisponda. Potrei far passare un paio di punti, ma se fossi in te cercherei di escluderla.»

«Non è la stessa persona?»

«Io non vedo corrispondenze.»

«Ma quella del pollice sì?»

«Potrebbe non essere abbastanza per un'aula di tribunale, ma direi che al novanta, novantacinque per cento è la stessa persona.»

49

«Vuoi parlarne con Chester, Frank?»

«Chester? E cosa potrà mai fare per noi? Sono dieci anni che non lavora a un caso di omicidio.»

«Pensavo che magari potesse darci un suggerimento, vedere qualcosa che a noi sfugge perché ci siamo troppo dentro.»

Aveva ragione, ma andare dallo sceriffo mi avrebbe fatto sembrare una recluta. «Possiamo farcela senza di lui. Prendiamoci il nostro tempo e riesaminiamo tutto da capo.»

«Ma lo abbiamo già esaminato.»

«Assecondami, vuoi?»

«Okay, okay.»

«Su Hannah Booth, abbiamo la pistola nel suo ufficio, un suo capello su un cadavere e il suo alibi per l'omicidio di Hagan è a dir poco traballante.»

«Quella guida in stato di ebbrezza sembrava aver chiarito le cose, ma l'unica cosa che ha fatto è stata depistarci.»

«Forse. Ma grazie a quello, possiamo collocarla vicino a dove crediamo che Hagan sia stato scaricato.»

«Lavora in chiesa con ciascuna delle vittime e sappiamo che ha litigato con alcune di loro.»

«Non mi sta simpatica, ma proprio non ce la vedo a commettere questi omicidi.»

«Perché è una donna?»

Feci spallucce. «Credo di sì.»

«Stavolta lascio correre, Frank, visto che devi fare il corso di formazione sui pregiudizi.»

«No, non è per quello. Voglio dire, fisicamente è piuttosto grossa, ma se avesse dovuto spintonare uno di quei tizi o spostare un corpo...»

«A: aveva una pistola in pugno e B: non c'erano prove che i corpi fossero stati trascinati.»

«Va bene, è una forte sospettata, ma qual è il movente?»

«Magari è pazza.»

Il mio allarme "pipì" suonò e lo posticipai. «Per me è maledettamente sana di mente. Ora, Dwyer: il tizio che l'ha investito è morto, insieme al tizio che ha ucciso sua madre. Questa è una valanga di motivazioni.»

«Senza dubbio. Ma prima di tutto, Bobby Hagan era il figlio del verme che aveva ucciso sua madre, e la cronologia è tutta sballata. Dwyer aspetta anni per uccidere l'ubriaco che l'ha investito e poi decenni per uccidere il figlio del tizio che ha ucciso sua madre? Non ha senso.»

«Il modo in cui lo dici mi fa quasi dimenticare che abbiamo quella che sembra una sua impronta su un bossolo.»

«È parziale, Frank. E stai dimenticando l'altra impronta, che non corrisponde.»

«È parziale, Vargas.»

Vargas sospirò. «Cosa devo fare con te, Frank?»

Abbassai la voce. «Ho un paio di idee.»

Lei sorrise. «Se fai il bravo, forse più tardi.»

Le feci il gesto del pollice in su. «Promesso.»

«Torniamo al lavoro. L'ipotesi di Hannah Booth sembra molto più solida di quella di Dwyer. Tutta questa storia dell'omicidio dell'ubriaco alla guida... non voglio sparare a zero su nessuno, ma i ragazzi di Appleton potrebbero non avere né gli strumenti né il tempo per rintracciare chi l'abbia ucciso. Non fissarti su di lui, Frank.»

Poteva aver ragione, ma il mio istinto mi portava decisamente verso Dwyer. Il mio istinto mi stava tradendo di nuovo? La sera prima, Mary Ann aveva detto che ero fissato con il tipo di film che guardavamo. A me piaceva guardare programmi realistici. Come faceva la gente a guardare tutta quella roba fantasy? Era sciocca. Era una preferenza, non una fissazione. Aveva anche detto, e non per la prima volta, che ero fissato con i tipi di cibo che mangiavo. Odiavo il cibo indiano e cinese, tutto qui.

Fissazioni. Ero fissato con Dwyer? Suonò il mio promemoria per andare in bagno. Mi alzai. Seduto sul trono, facevo alcuni dei miei pensieri migliori. «Devo andare al bagno dei maschi.» Mi sedetti sulla tazza, pensando che erano passati quasi due anni da quando il cancro aveva cambiato il mio rituale per urinare. All'inizio, era strano sedermi come una ragazza, ma alla fine era stata un'altra lezione su quanto gli esseri umani potessero essere adattabili. I miei medici mi avevano insegnato come fare pressione usando i muscoli addominali e usai quella tattica. Circa dieci minuti dopo, la mia vescica improvvisata rilasciò lentamente ma inesorabilmente un rivolo che si trasformò in un getto.

Pressione. Se c'era qualcosa da far uscire, la pressione alla fine ce l'avrebbe fatta, pensai mentre mi tiravo su la cerniera.

Mentre mi lavavo le mani, la mia immagine mi colse di sorpresa. Feci un passo indietro, sperando che fosse la luce, ma sembravo comunque stanco e più vecchio dei miei quarantadue anni. Da un po' nessuno mi dava del sosia di George Clooney, e non c'era motivo di farlo. Mi passai una mano tra i capelli, forzando la mia attenzione a tornare sugli omicidi.

Spalancai la porta e annunciai: «Vargas, li convochiamo entrambi. Facciamo pressione e vediamo chi crolla.»

«Ma avranno gli avvocati con loro.»

«Probabilmente. Secondo me, gliele cantiamo e vediamo la loro reazione quando diciamo loro che li abbiamo in pugno.»

«Non so, Frank. Non credo possa funzionare.»

«La gente ci mente in continuazione. Non c'è nessuna legge che ci vieti di fare lo stesso.»

«Se si appellano al quinto emendamento, poi che facciamo?»

«Scopriamo di cosa hanno paura. Se uno non ha fatto qualcosa, non si nasconderà dietro al quinto emendamento.»

«Non è sempre vero, Frank.»

«Non mi interessano gli altri casi, solo questo, in questo momento. Abbiamo due informazioni schiaccianti...»

«Incriminanti, non schiaccianti.»

«Okay, okay. Cavolo, stiamo dalla stessa parte o no?»

Vargas scosse la testa. «Hai finito?»

Feci spallucce.

«Bene. Torniamo a sgobbare, come ti piace dire.»

«Okay, hai controllato se risulta che Dwyer abbia un SunPass o un E-ZPass?»

«Ho inoltrato le richieste, come mi hai chiesto, includendo le compagnie aeree che operavano tra Fort Myers e Green Bay nel periodo in cui è avvenuto l'omicidio. È un tiro alla luna.»

«Bene, bene. E per quanto riguarda i filmati video? Dieci anni fa non c'erano quasi telecamere in giro. Ma forse, setacciando l'area in cui è avvenuto l'omicidio, potrebbe esserci qualcosa come una scuola, una banca o magari un bancomat.»

«C'erano i bancomat dieci anni fa? Comunque, ho fatto richiesta ad Appleton e Green Bay per vedere se riescono a trovare qualcosa. Questo detective Donofrio... è stato molto disponibile, ha detto che normalmente avrebbe respinto la richiesta visto quanto tempo è passato, ma ha promesso di darci un'occhiata.»

«Se mi avessi chiamato tu, anch'io mi sarei dato da fare.»

«Cosa vorresti dire?»

«Voi ragazze avete un vantaggio, tutto qui.»

Lei si mise le mani sui fianchi. «Solo con uomini delle caverne come te, Frank.»

«Scherzavo. Davvero. Devi rilassarti, Vargas.»

«E tu devi chiudere il becco. Okay?»

Feci il segno della T con le mani. «Okay, time-out. Quanto ci vorrà prima che ti rispondano?»

«Sanno tutti che il caso scotta.»

50

Io e Vargas guardammo il video della sala interrogatori. Dwyer indossava un paio di occhiali con la montatura nera di metallo. Era la prima volta che lo vedevo con gli occhiali. Tra la riga nei capelli e le lenti, puntava a un look alla Johnny Depp. Dwyer sembrava calmo, giocava con il cellulare nonostante il cartello a lettere rosse che ne proibiva l'uso.

Vargas scosse la testa. «Ancora non credo che sia venuto qui senza un avvocato».

«Gioca a nostro favore, se è troppo sicuro di sé».

«Forse è solo innocente».

«Questo tizio si crede più furbo di tutti, e magari lo è anche, ma ho sbattuto dentro un bel po' di geni nel corso degli anni».

«Devo abbassare l'aria condizionata?»

Sorridendo, annuii.

«Sei così prevedibile, Frank».

Vargas si diresse al termostato mentre io dissi: «Ho i miei metodi».

Non era superstizione: far sentire a un sospettato di non avere alcun controllo era una cosa che avevo imparato al John Jay College.

Dwyer si spostò lentamente verso la porta quando entrammo.

Dissi: «Buongiorno, signor Dwyer».

Lui annuì.

«Gli occhiali sono nuovi?»

«Non proprio».

Vargas premette REC, recitò le formalità di rito e disse: «Signor Dwyer, Lei ha il diritto di essere rappresentato da un avvocato. Se non può permettersi un difensore, la corte Le assegnerà un avvocato d'ufficio senza alcun costo da parte Sua».

«Sono ben consapevole dei miei diritti».

«Lei rinuncia al diritto di avere un avvocato presente a questo interrogatorio?»

«Sì. Non ho nulla da nascondere».

Ah, la dichiarazione di innocenza. Arrivò subito, un buon segno.

Vargas disse: «Prima di iniziare, vorrei ringraziarLa per essere venuto spontaneamente».

Dwyer sollevò le sopracciglia. «Non lo definirei spontaneo. Il detective Luca ha detto che sarei stato arrestato se non mi fossi presentato».

«Non ho mai detto questo».

«Non esattamente, ma di certo lo ha lasciato intendere».

Vargas disse: «Ora è qui, quindi mettiamoci al lavoro. Vogliamo?»

Dwyer fece spallucce.

Dissi: «Si considera un uomo paziente?»

«Paziente? Sì, credo di esserlo. Ebrei 10:36 insegna: "Avete solo bisogno di perseveranza, perché, fatta la volontà di Dio, otteniate ciò che vi è stato promesso"».

«Quindi, dover aspettare dieci anni per vendicare l'omicidio di sua madre non è stato difficile?»

«Detective Luca, il serpente che ha ucciso mia madre è in prigione».

«E per arrivare a lui se l'è presa con suo figlio, Robert Hagan».

Dwyer scosse la testa. «State immaginando collegamenti che non esistono».

«È una coincidenza, allora, che il figlio dell'uomo che ha torturato e assassinato sua madre sia stato ucciso? Un uomo che Lei conosceva e che ha seguito fino in Florida».

Dwyer fece una smorfia mentre si stirava la schiena. «Ne abbiamo già parlato. Non ho altro da aggiungere».

Vargas disse: «Le dà fastidio la schiena?»

«Non passa mai».

Chiesi: «È un'altra coincidenza che Jeremy Kelly, l'ubriacone che Le è venuto addosso, provocandoLe ferite così gravi da dover imparare di nuovo a camminare, sia stato trovato morto ammazzato?»

«Ho saputo che è morto, ma è successo anni dopo l'incidente».

«Con i precedenti di Kelly, non lo chiamerei un incidente, direi che era una cosa inevitabile».

Vargas disse: «Doveva essere furioso con Kelly».

«Certo che ero arrabbiato, ma questo non significa che l'abbia ucciso io».

«Era in Wisconsin il giorno in cui Kelly è stato trovato morto?»

«No».

«Ne è certo?»

«Sì. Ero qui, vivevo in Florida».

«Possiede una Glock calibro .44?»

«No».

«Ne ha mai posseduta una?»

«No».

«Come spiega il fatto che i proiettili trovati nel corpo di

Kelly corrispondano a quelli trovati nel corpo di Bobby Hagan e di Shaun Parker?»

Dwyer sbatté le palpebre, si tolse gli occhiali e si strofinò l'occhio destro. C'era qualcosa, o era solo un ciglio vagante?

«Non ne avrei la più pallida idea».

«Forse può dirci come la sua impronta digitale sia finita sul bossolo calibro .44 trovato sulla scena».

«Le mie impronte? È evidente che sta pescando nel vuoto, detective».

«No, non è così. È vero. La sua impronta è stata trovata su un bossolo lasciato dalla Glock che ha ucciso Jeremy Kelly».

«È impossibile. Non ero lì. Ero in Florida».

«Mi dica se questo Le sembra possibile. Da uomo paziente, ha aspettato anni prima di agire, trasferendosi persino in Florida, prima di ottenere la sua vendetta. Devo riconoscerglielo. È stata una buona pianificazione, ma ora l'abbiamo in pugno».

Gli occhi di Dwyer saettarono tra me e Vargas prima che dicesse: «Se aveste delle prove, mi avreste già arrestato. Questo interrogatorio è finito».

Aveva ragione; se lo fosse solo per il momento o meno era la vera domanda. La risposta avrebbe dovuto aspettare, perché Hannah Booth sarebbe venuta per un interrogatorio entro un'ora.

———

CON LE LABBRA SERRATE, Hannah Booth torreggiava sul suo avvocato mentre si dirigevano verso la sala interrogatori che Dwyer aveva lasciato libera. La paura di non uscire più dall'edificio, quando la gente veniva "in centrale", mandava sempre tutti fuori di testa. La vulnerabilità che Hannah mostrava provava che non ne era immune.

Era il mio primo incontro con Marcus Knight, che era una

di quelle persone fastidiose che non sollevano mai del tutto i piedi quando camminano. Il suono irritante e strascicato piazzò Knight dritto nella mia lista nera. Hannah mormorò un flebile buongiorno, ma Knight si limitò ad annuire mentre varcavano la porta che tenni aperta.

Sentii di nuovo il profumo fruttato di Hannah mentre io e Vargas ci sedevamo sul lato opposto del tavolo di acciaio inossidabile. Mi piaceva, e mi chiesi che odore avrebbe avuto addosso a Mary Ann, mentre Vargas si occupava delle formalità.

«Vorrei che venisse messo a verbale che la mia cliente, Hannah Booth, è venuta spontaneamente, con notevole disagio e spesa».

I servizi più costosi di solito non menzionavano mai il prezzo, ma c'erano quelli ai vertici di ogni settore che sfoggiavano le loro tariffe esorbitanti come una medaglia. Ero sicuro che aiutasse a convincere molti che fossero i migliori. Dissi: «Debitamente annotato».

Vargas disse: «Signora Booth, grazie per essere venuta oggi. Abbiamo diverse domande che aiuteranno a chiarire quale ruolo, se presente, Lei abbia avuto in-»

«La mia cliente nega di aver avuto un ruolo in qualsiasi crimine».

Dato che non volevo inimicarmi lo spocchioso imbecille, non gli feci notare che Vargas non aveva nemmeno finito di parlare del ruolo. Invece, dissi: «Signora Booth, dov'era tra le quattro e le otto di sera del venti agosto?»

I capelli biondi di Hannah scivolarono via dal suo orecchio mentre inclinava la testa. «Il venti agosto? Davvero non ricordo».

«Le sarebbe d'aiuto se Le ricordassi che il venti agosto è la notte in cui è stata arrestata per guida in stato di ebbrezza?»

Una sfumatura rosata le colorò le guance. «Oh. Stavo lavorando in chiesa fino a circa le sei e mezza o giù di lì».

«Ne è sicura? I registri degli arresti della contea di Lee affermano che è stata fermata alle sette e quaranta di sera».

«No, sono abbastanza certa di essere stata lì almeno fino alle sei e mezza».

«C'era qualcuno con Lei in chiesa?»

«Uhm, forse c'era qualcuno, ma io ero nel mio ufficio».

«Stava bevendo alcolici in chiesa?»

«No, certo che no. Il ministro Booth non permette alcolici nei locali della chiesa».

«Quando se n'è andata, dov'è andata?»

Si portò una mano sulla parte bassa della schiena. «È stata una giornata molto stressante e mio marito era a Immokalee. Non sarebbe tornato a casa prima delle dieci circa, quindi sono andata a fare un giro per schiarirmi le idee».

«Stava bevendo mentre guidava?»

Knight posò una mano sul braccio di Hannah e disse: «La signora Booth è stata accusata e si è assunta la responsabilità delle sue azioni quella notte».

Dissi: «Sto semplicemente chiedendo se stesse bevendo mentre guidava».

«No, non lo farei mai».

«Se non stava bevendo al lavoro o al volante, come spiega il suo tasso alcolemico di zero virgola ventisette al momento dell'arresto?»

Knight si chinò e le sussurrò qualcosa all'orecchio. Hannah disse: «Su raccomandazione del mio avvocato, mi avvalgo del Quinto Emendamento».

Sbattei un palmo sul tavolo. «Il Quinto Emendamento? Stava bevendo o no?»

«La signora Booth si è già avvalsa del suo diritto legale. Prossima domanda».

Vargas mi diede un colpetto sotto il tavolo e disse: «Ha avuto una brutta giornata e ha lasciato il suo ufficio per fare un giro e schiarirsi le idee. Lo capisco. Molte volte faccio la stessa cosa. Dov'è andata?»

«In giro, sa com'è. Ricordo di aver guidato su Livingston per un po', e poi ero a Bonita».

«Si trovava nella zona di Wiggins Pass quella notte?»

Rispose troppo in fretta. «No».

Vargas aprì il suo fascicolo e fece scivolare la foto con data e ora che la ritraeva su Vanderbilt Drive e Wiggins. «Come spiega questo?»

Non toccò la foto, ma gli occhi azzurri di Hannah si inumidirono. «Io-io, uhm, non lo so. Forse mi sono sbagliata».

Knight disse: «La memoria della signora Booth era compromessa quella sera».

Dissi: «Era sopra il limite legale, ma lontana dalla zona di amnesia totale».

Knight disse: «È noto che gli effetti dell'alcol varino notevolmente da persona a persona».

«C'è un periodo di tempo significativo e ci sono degli eventi che necessitano di una spiegazione».

«La mia cliente ha già detto che non ricorda».

«Vedremo cosa ne penserà una giuria».

«Se state minacciando un arresto, questo interrogatorio e la nostra collaborazione sono finiti. È chiaro?»

Vargas disse: «Stiamo cercando di ricostruire una cronologia degli spostamenti della signora Booth il venti agosto».

«E noi stiamo tentando di collaborare».

Dissi: «Okay, andiamo avanti. Come sa, abbiamo trovato un capello della signora Booth sul corpo di Shaun Parker e la pistola usata in tre omicidi nel suo ufficio. Abbiamo sentito le smentite su questo, ma la scientifica ha scoperto il suo DNA sul corpo di Dick Cornwall».

Il colore defluì dal volto di Knight così in fretta che sembrava un disegno da colorare. Hannah arricciò il viso e disse: «Cosa?»

Knight disse: «Si avvalga del Quinto Emendamento, signora Booth».

Hannah disse: «Non capisco. Come hanno potuto trovare una cosa del genere?»

«Scopriremo cos'hanno in fase di istruttoria».

«Ma non è dopo un arresto?»

«Sì, ma non si preoccupi di questo».

«Ma non posso essere arrestata. No, non ho fatto niente. Lo giuro».

Knight si alzò. «Temo che questo interrogatorio sia finito, detective. Avete turbato la mia cliente e ce ne andiamo». Afferrò il gomito di Hannah e si diresse verso l'uscita.

Quando la porta si chiuse sbattendo, dissi: «Qui abbiamo qualcosa».

«Non so se sia stato così intelligente mentire sul DNA, Frank».

Sorridendo, dissi: «La sua smentita sembrava genuina, ma non c'è dubbio che sia colpevole di qualcosa».

Accesi il cellulare mentre Vargas diceva: «È stato bizzarro».

«Già, e quella stronzata sul fatto che non ricorda. Dov'era? Ha mentito sul trovarsi vicino a dove è stato scaricato il corpo di Hagan».

«Sai cosa significa se stava dicendo la verità su Cornwall?»

Annuii. «Abbiamo a che fare con due assassini».

«Ne dubito, però. È stata evasiva fin dal primo giorno».

«Merda, un messaggio vocale dal ministro Booth. Probabilmente vuole farmi una ramanzina per aver fatto venire di nuovo sua moglie. Visto che ci sei dentro anche tu, dovresti beccartela anche tu». Misi il vivavoce e premetti play:

«Detective Luca. Sono il ministro Booth, per favore venga qui il prima possibile. Ho trovato qualcosa di inquietante e, la prego, non dica niente a Hannah, okay? Venga qui più in fretta che può».

51

Con le mani ficcate in tasca, il ministro Booth si avvicinò mentre entravo nel parcheggio.

«La ringrazio di essere venuto così in fretta, detective.»

Gli strinsi la mano umidiccia. «Nessun problema, ministro. Cosa succede?»

«Mi segua, ma La prego, non faccia rumore.»

Booth attraversò il portone della chiesa e percorse la navata centrale. Le chiese vuote erano luoghi in cui molti trovavano conforto, ma a me mettevano a disagio. Era il pensiero di essere solo con Dio o la possibilità di dover fare un esame di coscienza?

Seguii Booth su per un gradino fino alla zona dell'altare. Premette un interruttore e le luci di una zona dietro un paravento si accesero. «È nel presbiterio.» Salimmo un altro gradino e aggirammo il paravento. Lo spazio era dominato da una credenza in legno sormontata da una guida di pizzo bianco. A fare da fulcro al mobile c'era una grande Bibbia, poggiata aperta su un leggio d'ottone.

«Mi stavo preparando per le funzioni di domenica e ho notato che la guida era sporca.» Indicò una macchiolina grigia.

«Sono andato a prenderne una pulita qui dentro.» Booth afferrò un pomello e aprì un'anta, rivelando una pila di biancheria alta una quindicina di centimetri.

«È dietro la biancheria.»

Infilai i guanti e mi chinai. Cosa c'era lì dentro? Un pezzo di cadavere? Soldi?

«Quando l'ho vista non ho fatto niente. Non l'ho mai toccata. Mi ha dato il voltastomaco averla così vicino all'altare.»

Allungai la mano dietro la biancheria. Era una pistola, una Glock calibro .44 nera.

Recuperato l'equilibrio, scattai tre fotografie della pistola prima di prenderla e metterla in un sacchetto per le prove.

«Ha idea di chi possa averla nascosta qui?»

«No. È sconvolgente. Non riesco a immaginarlo.»

«Chi ha accesso a quest'area?»

«È riservata al clero, ma come può vedere, è accessibile a chiunque.»

«Era preoccupato di parlare con Hannah della sua telefonata. Perché?»

Booth deglutì. «Beh, non credo che lei c'entri qualcosa, ma se così fosse, beh, dovrà risponderne.»

«Apprezzo la sua neutralità, ministro. Lei è un uomo d'onore. Le chiederò di mantenere il riserbo finché non capiremo se questo fatto è collegato agli omicidi.»

Booth annuì. «Capisco. Spero che la verità venga fuori in fretta. Date le circostanze, sono molto a disagio e pregherò che mia moglie non c'entri nulla con tutto questo. Se così fosse...» Allargò le braccia. «Tutto questo andrà perso. Dovremo chiudere, ne sono certo.»

«Possiamo fare i test e le analisi nel giro di qualche ora. Non dovrà aspettare a lungo.»

«Non riesco a sopportare il pensiero che lei... che lei sia

coinvolta in una cosa del genere e che io non me ne sia accorto.»

Gli diedi una pacca sulla spalla. «Non mi fraintenda, ma sono arrivato alla conclusione che non conosciamo mai veramente qualcuno.»

«Dio ci conosce. Conosce ogni capello sulla nostra testa.»

Infilai la Glock imbustata nella giacca e Booth mi accompagnò fuori. Salutandolo, non riuscivo a immaginare che cosa stesse passando. La sua più stretta confidente, sua moglie, aveva forse tradito tutto ciò in cui lui credeva. Avrei voluto sgommare fuori dal parcheggio, ma non potevo allarmare ulteriormente Booth, così uscii lentamente e chiamai Vargas.

———

«Sai, Vargas, in vent'anni di servizio, ho assistito solo a cinque test balistici, eppure eccoci qui, di nuovo in questo seminterrato nel giro di un paio di mesi.»

«Per me è la terza volta e, con questo odore di muffa, spero sia l'ultima.»

Mi chinai verso di lei, mettendole una mano sul sedere. «Hai un buon profumo, sai di saponetta Dove.»

Vargas mi diede una gomitata, sussurrando: «Smettila, Frank». Il tecnico di balistica rientrò annunciando di essere pronto.

Porsi un paio di cuffie antirumore a Vargas e ne indossai un paio anch'io. Il tecnico inserì la Glock nell'imbuto, ci guardò e premette il grilletto. Il proiettile sfrecciò nell'acqua, ricordandomi il siluro di un sottomarino in un film sulla seconda guerra mondiale. Ci togliemmo le cuffie mentre il tecnico recuperava il proiettile dalla vasca.

«Mi faccia vedere.»

Il tecnico imbustò il proiettile e me lo porse. Non sembrava avere nulla di particolare, ma i test a venire avrebbero potuto elevare la reputazione di quella pallottola a straordinaria. Restituii il sacchetto e seguimmo il tecnico al piano di sopra, nel laboratorio della scientifica.

Mi sedetti su uno degli sgabelli d'acciaio inossidabile del laboratorio, fissando la schiena di un tecnico curvo su un microscopio. Vargas era uscita a prenderci un caffè. Mi alzai e cominciai a camminare avanti e indietro per la stanza, dove faceva almeno dieci gradi di troppo per i miei gusti.

«Ti stai mangiando le unghie?»

Presi un caffè da Vargas e dissi: «Uh, avevo una pellicina».

«Calmati. Avremo i risultati quando saranno pronti.»

52

UNA STRISCIA ARANCIONE IRRUPPE ALL'ORIZZONTE. IL MIO orologio segnava le 6:39. Otto agenti erano posizionati strategicamente e osservavano la casa. Il piano finale prevedeva di arrestare il sospettato mentre usciva di casa prima delle sette. Il piano di riserva, che sembrava probabile, prevedeva che un agente in borghese bussasse alla porta.

Nella casa c'era solo una luce accesa quando diedi l'ordine di ritirarsi dalla visuale della porta d'ingresso. Negli otto minuti che ci vollero per arrivare alle 7:00, la luce del giorno si era riversata ovunque. Feci il segnale. Il membro più giovane della nostra squadra si avvicinò alla porta d'ingresso e suonò il campanello.

Una luce si accese nell'atrio un secondo prima che la porta si aprisse. Come da istruzioni, l'agente disse al sospettato che la sua auto era in fiamme. Quando il sospettato uscì di casa, tre agenti, a pistole spianate, si precipitarono dal lato dell'edificio.

Mi avvicinai al trotto. «È in arresto per l'omicidio di Robert Hagan». Mentre recitavo l'informativa Miranda, sentii un paio di occhi gelidi che mi trafiggevano mentre le manette scattavano.

Un agente mise l'accusato sul sedile posteriore di un'auto di pattuglia e, in meno di cinque minuti dal mio ordine, il sospettato era in viaggio verso la stazione.

―――――

IL PROCURATORE distrettuale aveva qualche perplessità riguardo agli aspetti indiziari del caso. Era convinto che una giuria avrebbe compreso i fili di prova e votato per la condanna, ma c'era incertezza. Nel tentativo di mitigare il rischio, il sospettato fu accusato di altri tre capi d'imputazione per omicidio e avrebbe rischiato la pena di morte. La speranza era di forzare una dichiarazione di colpevolezza in cambio della rinuncia alla pena capitale.

Vargas e io guidammo lungo la recinzione alta quasi quattro metri della prigione e accostammo nel parcheggio. Mentre salivamo lungo l'ingresso, Vargas indicò un'auto in attesa di uscire. «Quello è il Ministro Booth che se ne va».

«È una brava persona. È un peccato che sia finito in mezzo a tutto questo».

Facemmo scivolare i nostri tesserini sotto il vetro e la guardia ci aprì. Dopo aver firmato e depositato le armi, un altro cancello ci venne aperto e ci dirigemmo verso la sala interrogatori della prigione.

«Preferisco giocare in casa mia, Vargas».

«Forse, ma non puoi negare la disperazione che prova chi sta dietro le sbarre».

In attesa di superare un'altra porta, dissi: «Hai ragione. Ma quella stanza mi fa sentire claustrofobico».

«Sopravviverai, Frank».

«Ah, ah. Allora, che probabilità pensi che abbiamo di ottenere un patteggiamento?»

«Cinquanta e cinquanta».

La porta si richiuse con un clangore dietro di noi. Una

guardia ci scortò lungo un corridoio buio, fiancheggiato da porte d'acciaio le cui finestrelle quadrate da dieci centimetri proiettavano colonne di luce nel corridoio. Il suono soffocato di qualcuno che cantava era intervallato dal rumore di un detenuto che sbatteva un vassoio contro una porta. Non ci sarebbe passato un foglio di carta tra la mia spalla e quella di Vargas.

La guardia digitò un codice su una tastiera, aprendo una porta su un quadrato di blocchi di cemento le cui dimensioni mi ricordarono di fare respiri profondi. Quattro sedie, la cui plastica bianca era diventata grigio carbone, erano disposte attorno a un tavolo di metallo imbullonato al pavimento.

La porta sbatté chiudendosi. Presi la sedia più vicina alla porta, concentrandomi sulla respirazione mentre Vargas blaterava del fine settimana imminente. Il meccanismo di chiusura della porta ronzò e la porta si aprì.

Una tuta a strisce zebrate pendeva come una tenda dalle spalle di Dwyer. Dwyer offrì le mani ammanettate alla guardia. Dissi: «Va tutto bene. Gliele tolga».

Dwyer si sistemò gli occhiali prima di strofinarsi i polsi. Mi guardò negli occhi, si calò delicatamente sulla sedia di fronte a Vargas e disse: «Sapevo che sareste venuti prima di quanto avesse detto il mio avvocato, per chiedermi di patteggiare».

Vargas disse: «È nel suo migliore interesse, Ethan».

«Oh, andiamo, detective, si aspetta che ci creda? Perché mai i procuratori dovrebbero offrire un accordo?»

«Un processo è un procedimento lungo e costoso».

Dwyer fece un sorrisetto beffardo. «Sì, certo. La verità è che hanno paura di affrontarmi in tribunale. Non hanno niente di concreto, solo una serie di fili scollegati».

Vargas disse: «Non dimentichi che questo è un caso da pena capitale. Se perde, rischia la pena di morte».

Dissi: «Rivediamo...», mimai le virgolette con le dita e continuai: «...i fili, che ne dice?»

«Questa sedia è dura come una pietra. Non c'è niente di più

comodo? Ho delle ferite e queste mi danno dei diritti, anche in prigione».

«Sulle sedie sono d'accordo con lei, ma temo che non possiamo farci niente».

Vargas disse: «Se può aiutarla, si senta libero di alzarsi, di muoversi un po'».

«Grazie. Rimanere in movimento allevia parte del mio dolore».

Dissi: «Veniamo al punto. Ha ragione sul fatto che siamo stati autorizzati a esplorare un accordo, ma si sbaglia se pensa che non abbiamo prove più che sufficienti per ottenere una condanna. Tanto per cominciare, abbiamo i tabulati del suo cellulare che la collocano nelle vicinanze di ciascuno degli omicidi della Contea di Collier, vicino agli orari dei decessi...».

«Quale possibile movente avrei avuto per uccidere quei poveri uomini?»

«Questa è una buona osservazione».

Il sorriso di Dwyer si spense quando dissi: «Il procuratore distrettuale è davvero bravo in aula. Ho già detto che si occupa personalmente di ogni caso da pena capitale? A ogni modo, la dipingerà come un perdente, ossessionato dalla vendetta».

«Perdente? Sa che ho un quoziente intellettivo di centoquarantaquattro?» Dwyer fece una smorfia mentre si alzava. «Scommetto che quello del procuratore non supera i centocinque, centodieci al massimo».

Guardai Vargas prima di dire: «Il fatto è che Bobby Hagan, il figlio dell'uomo che ha ucciso sua madre, è stato trovato morto ammazzato. Un uomo che conosceva e con cui lavorava nella chiesa di Booth, un uomo che ha seguito dal Wisconsin fino in Florida».

«Pura coincidenza. Non potete provare che l'ho seguito fin qui».

«Forse, ma come ho detto, il procuratore distrettuale è

molto convincente in un'aula di tribunale. Non è vero, Vargas?»

«Senza dubbio, è uno dei migliori con cui abbia mai lavorato. Non ricordo l'ultimo caso che abbia perso, se mai ne ha perso uno».

«Dev'essere stato prima che arrivassi io, ma a ogni modo, so che non ha mai perso un caso da pena capitale».

Dwyer appoggiò i palmi sul tavolo e si sporse in avanti. «Questo è un patetico tentativo di spaventarmi. Sono intelligente. Non permetto alle mie emozioni di dominarmi. Non avete niente su di me».

Dissi: «È questo che pensa? Che siamo venuti qui senza niente in mano?»

Vargas disse: «Magari dovrebbe sedersi, se si sente bene».

Dwyer si lasciò cadere su una sedia. «Tutta questa messinscena... è quasi comica».

«Non c'è niente di divertente nell'essere legato a un lettino e ricevere una dose di pentobarbital».

Vargas rabbrividì in modo convincente.

«Non accadrà mai».

«Se vuole correre il rischio, è una sua scelta. Ma le dico che il procuratore ha detto che se non otterranno la pena di morte, farà in modo che lei venga processato anche in Wisconsin».

«Wisconsin? E per cosa?»

«Per Kelly, il tizio a cui ha sparato perché le era venuto addosso».

«Davvero? E come pensate di provarlo?»

«Piuttosto facilmente, a dire il vero. Quello che stiamo per dirle non è stato condiviso nemmeno con la polizia di Green Bay».

Vargas disse: «I rapporti balistici confermano che la pistola usata per uccidere Kelly e Hagan era la stessa».

«Se avessi voluto uccidere quel bastardo ubriacone, non

avrei aspettato dieci anni. Inoltre, mi sono trasferito in Florida prima che accadesse e non sono mai tornato indietro».

«Io dico che c'è tornato. Dico che è andato fino a Green Bay, ha ucciso Kelly ed è tornato giù».

Dwyer incrociò le braccia sul petto. «Credo che queste si chiamino dicerie».

Misi la mano nella tasca interna del petto, tirai fuori un documento e lo posai sul tavolo. «È stato bravo, quasi invisibile, vero, Vargas? Solo che ha commesso un piccolo errore: ha preso una multa per essere passato col rosso».

Dwyer raccolse la fotocopia della multa. «E allora? Questo non significa niente».

«La colloca nella stessa città. Anzi, a un paio di strade da dove ha sparato a Kelly, lo stesso giorno. Questa sì che è una bella coincidenza per uno che vive in Florida».

«Ho degli amici in Wisconsin. Sono andato a trovarli, tutto qui».

«Perché mentire, allora?»

«Perché non ci si può fidare del sistema. Se dico la verità, le cose andranno come vuole il sistema. Non c'è niente da fare».

Vargas disse: «Sai che ha ragione, Frank. Guarda tutte le volte che ci facciamo in quattro per arrestare qualche verme, solo per vederlo rilasciato dal tribunale».

Dwyer batté un palmo sul tavolo. «Vede, ecco. Il sistema è incapace di funzionare. Il rifiuto umano che ha stuprato e torturato mia madre prima di ucciderla era appena stato rilasciato dal carcere. Non doveva morire. Sono rimasto solo, senza nessuno». Faticò ad alzarsi. «Si rende conto di cosa significhi essere sballottato nel sistema degli affidi? È un altro sistema disastroso che non funziona. A mio parere, è peggio che non avere alcun sistema. I ragazzi che ci finiscono dentro stanno meglio per strada».

Vargas disse: «Che cosa terribile da sopportare per un bambino. Quanti anni aveva quando è successo?».

«Avevo appena compiuto otto anni». Dwyer scosse la testa. «Il mio intero mondo mi è stato portato via da quel delinquente spregevole. Se il sistema funzionasse a dovere, lei oggi sarebbe viva». Scosse il dito e si risedette. «C'è una certa sottoclasse della popolazione che è irredimibile: non cambierà mai, ed è assolutamente inutile darle seconde, terze e quarte possibilità».

Volevo dirgli che ero d'accordo, ma Vargas era lanciata. Disse: «È stato scioccante vedere la fedina penale di Paul Hagan. Non avrebbero mai dovuto permettergli di tornare in circolazione». Allungò la mano sul tavolo e la posò su quella di Dwyer. «Mi dispiace tanto che abbia dovuto soffrire così tanto. Non riesco a immaginare come abbia affrontato un trauma simile».

Dwyer si strinse nelle spalle. «Il vuoto di perdere la propria madre, specialmente in un attacco così brutale, è un dolore così profondo da essere indescrivibile».

«Povero lei».

Gli occhi di Dwyer si fecero lucidi. «Mi ci sono voluti anni per riprendermi da quel vuoto. Non è mai scomparso, ma ho iniziato ad ascoltare Dio e a riuscire a funzionare».

«E poi è stato investito da un guidatore ubriaco. Che tragedia. Che ingiustizia, dopo quello che le è successo, rischiare di morire in un incidente e subire ferite così debilitanti».

Dwyer chinò la testa. «Deluso di nuovo dal sistema».

«Kelly aveva diverse denunce per guida in stato di ebbrezza...».

Spostai la mano per evitare lo sputo che volò dalla bocca di Dwyer mentre diceva: «Quel bastardo sarebbe dovuto essere dietro le sbarre, figuriamoci se gli si sarebbe dovuto permettere di guidare un veicolo a motore».

«Lo so, è pazzesco. Per quanto tempo è stato ricoverato?».

«Più di due mesi».

Dissi: «Non riesco a immaginarlo. Doveva stare davvero

male. Cercano sempre di sbatterti fuori dopo un paio di giorni».

«Mi hanno messo due maledette barre d'acciaio nella schiena. Il dolore era così intenso che sono stato sotto morfina per due settimane. Ho dovuto imparare di nuovo a camminare. La riabilitazione è stata un inferno. Kelly ha ricevuto ciò che meritava».

«È difficile darle torto».

Vargas disse: «Le è andata davvero male. È così ingiusto. Guardi, non sto giustificando quello che ha fatto, ma le prometto che le circostanze di ciò che le è accaduto da bambino saranno prese in considerazione in un accordo di patteggiamento».

Dwyer si irrigidì. «Non ho fatto niente. Per pura curiosità, come sarebbe, ipoteticamente, un accordo?».

«Se ci dice tutto, aiutandoci a chiudere tutti i casi, abbiamo una certa flessibilità».

«Definisca flessibilità».

«Si salverebbe la vita. Il procuratore distrettuale lascerà cadere la sua insistenza sulla condanna a morte».

«E la libertà condizionale?».

Vargas disse: «Anche se è improbabile, sosterremmo che il trauma che ha subito ha causato un'instabilità mentale, e un giudice potrebbe essere propenso a internarlo in un istituto dove il rilascio è possibile dopo le cure».

«Un istituto è un posto molto migliore di qualsiasi prigione, specialmente una in Wisconsin, dove gli inverni peggioreranno di molto i suoi problemi alla schiena».

Dwyer fece una pausa prima di dire: «Tutto questo è interessante, richiede una certa riflessione. Potete tornare domani?».

«Certo», disse Vargas. «C'è qualcosa che possiamo portarle?».

«Una Bibbia. Assicuratevi che sia la Nuova Versione Internazionale».

«D'accordo. Nessun problema. Altro?».

«Mi annoio molto. Potreste procurarmi un paio di libri da leggere?».

«Certo. Cosa le piace?».

«Le autobiografie sono le mie preferite, ma andranno bene anche biografie di quasi chiunque, tranne politici o celebrità».

«Sarà fatto. Ci vediamo domani».

53

Una dozzina di reporter ci seguirono fino all'ingresso della prigione. Qualcuno aveva fatto trapelare la notizia che a Dwyer era stata offerta la possibilità di patteggiare. Scostai un microfono e mostrai i nostri documenti alla guardia. Una volta dentro, consegnammo le armi e passammo attraverso il metal detector, che ronzò al mio passaggio. Avevo dimenticato che nella mia valigetta c'era un videoregistratore, nel caso in cui Dwyer fosse stato pronto a confessare.

Il corridoio era terrificante come il giorno prima, ma la sala interrogatori non mi fece battere il cuore. Avevamo del lavoro da fare, ed ero orgoglioso di essere stato all'altezza del compito.

Vargas posò sul tavolo una Bibbia e altri tre libri, la cui mole mi intimidì.

«Metti via quella roba, Frank. Lo spaventerà.»

«Sono solo ottimista.»

«Rimettila nella tua valigetta.»

Mentre la porta si apriva di scatto, riposi il videoregistratore.

Dwyer vide i libri, sorrise e tese le braccia ammanettate verso la guardia. Annuii in segno di approvazione. Con le mani libere, Dwyer prese la Bibbia, la aprì e lesse ad alta voce: «Signore, al mattino ascolta la mia voce; fin dal mattino ti espongo la mia preghiera e attendo. Poiché tu non sei un Dio che si compiace del male; presso di te il malvagio non trova dimora. Gli arroganti non possono stare davanti ai tuoi occhi; tu odi tutti i malfattori. Guidami, o Signore, nella tua giustizia». Chiuse la Bibbia. «Il libro dei Salmi è il mio preferito. Si legge come una poesia.»

Vargas disse: «Molto bello».

Dwyer prese un altro libro. «Carino. Ho letto *Nikola Tesla* di Cheney, ma mai la sua autobiografia. Sarà fantastico. Ah, Leonardo da Vinci, ottima scelta, e Toscanini. Che selezione interessante. Lei mi ha sorpreso, detective.»

«Sono contenta che le piacciano. Ho detto alla donna della Barnes and Noble di suggerirmi libri che una persona molto intelligente avrebbe apprezzato.»

L'immagine di Leonardo da Vinci sulla copertina attirò la mia attenzione. Aveva uno sguardo così misterioso che mi fece venire voglia di leggerlo. Dovevo procurarmene una copia: sarebbe stata la mia lettura per l'anno.

Dwyer si accomodò su una sedia. «Grazie. Lo apprezzo sinceramente.»

Vargas disse: «Ha avuto tempo di pensare alla nostra offerta?»

Dwyer annuì. «Credo ancora che, se trattato equamente, verrei scagionato. Tuttavia, se mi garantite un'opportunità di libertà condizionale o di rilascio da un istituto, accetterò.»

Vargas disse: «Abbiamo parlato con il procuratore distrettuale, e crede che un percorso sia possibile, ma se il giudice insiste per una pena detentiva, è probabile che si tratti di un ergastolo».

Dissi: «Ricordi, senza un patteggiamento, Lei rischia la pena di morte».

Vargas disse: «La prego, Ethan, non faccia la scelta sbagliata».

«La mia vita è nelle mani di Dio. Lui ha altro lavoro da farmi fare. Posso essere il suo difensore ovunque mi mandi.»

Vargas disse: «Quindi accetta l'accordo?»

«È ciò che Dio vuole che io faccia.»

Mentre estraevo il registratore, Vargas mi lanciò un'occhiataccia.

«È la scelta giusta, Ethan. Non se ne pentirà. Dobbiamo registrarlo. È una formalità. Le dispiace se registriamo?»

«Va bene.»

Accesi il registratore e Vargas disse: «In cambio dell'ammissione di colpevolezza di Ethan Dwyer, l'Ufficio del Procuratore della Contea di Collier ha accettato di ritirare la sua richiesta di pena capitale. Inoltre, prenderà in considerazione le informazioni offerte da Ethan Dwyer e si appellerà alla corte per ottenere clemenza».

«È tutto ciò che dirà?»

«Si fidi di me, Ethan, ho gestito un centinaio di patteggiamenti. È il linguaggio standard.»

«È troppo generico.»

«Non possiamo impegnarci oltre, poiché non sappiamo cosa ci dirà oggi. Ha senso, no?»

«Non lo so.»

«Si fida di me, Ethan?»

«Sì.»

«Non si preoccupi. È così che si fa. D'accordo?»

«Va bene.»

«Bene. Ora, ci racconti cosa è successo con Bobby Hagan.»

«Tenevo d'occhio gli Hagan; all'inizio lo facevo per paura. Da bambino ero così traumatizzato da ciò che Paul Hagan fece a mia madre che vissi nel terrore, credendo che suo figlio sarebbe venuto a cercarmi.»

Con la coda dell'occhio vidi Vargas scuotere la testa.

«Man mano che crescevo, la mia paura diminuì e si trasformò nel desiderio che fossero loro a vivere nella paura e a provare il dolore di perdere una persona cara. Volevo vendetta, ma del tipo che desideravo, del tipo per cui non ero pronto. Come consolazione, li tormentavo con telefonate minatorie, lanciando sassi contro le loro finestre.» Rise. «Ho persino messo un sacchetto di merda nella loro cassetta delle lettere. Era infantile, ma mi faceva sentire bene. Ad ogni modo, quando si trasferirono, fu come se mi avessero portato via il mio scopo, la mia identità. So che sembra irrazionale, ma è così che mi sentivo.»

«Non è pazzia, è il trauma che parla.»

«Comunque, chiedendo in giro, un vicino mi disse dove si erano trasferiti. A dire il vero, il mio medico mi aveva consigliato numerose volte, dati i miei problemi alla schiena, di trasferirmi al sud, e questo rese la cosa più facile. Probabilmente usai il clima come scusa, ma tutto iniziò a combaciare quando incontrai il Ministro Booth.»

«Lo ha incontrato seguendo Bobby Hagan?»

«Sì. È stato più facile di quanto pensassi. Ero così ossessionato da loro che davo per scontato che sapessero chi fossi, ma Bobby Hagan non ne aveva la minima idea. Non ho dovuto nemmeno usare un alias. Partecipava al programma di sostegno della chiesa e se ne faceva beffe, alimentando la mia rabbia. Non ha mai abbandonato la sua via malvagia. Più cose scoprivo su di lui, meno mi piaceva. A quanto pare, sua madre la pensava allo stesso modo: l'ha cacciato di casa.»

«Ha menzionato il Ministro Booth. Che ruolo ha avuto per Lei?»

«Il Ministro Booth mi ha aperto gli occhi sui limiti della pazienza di Dio nei nostri confronti. Il primo sermone che gli ho sentito pronunciare è stata una vera e propria rivelazione. Ricordo ancora come ha spiegato che Dio ci parla, che dobbiamo ascoltare e agire secondo la Sua parola. Ha chiarito che non potevamo restare a guardare; dovevamo guadagnarci la salvezza. Ciò era contrario a tutto ciò che mi era stato insegnato su un Dio onniamorevole e misericordioso.»

Mi fece pensare al messaggio che avevo ricevuto crescendo: come il timore di sbagliare si fosse dissolto in un lassismo generale dove tutto era permesso e nulla aveva un prezzo.

Dwyer continuò: «Per me aveva perfettamente senso. Chi faceva del male avrebbe pagato un prezzo. Nessuna conversione sul letto di morte avrebbe permesso a uno come Paul Hagan di entrare in paradiso accanto a mia madre. Nei mesi successivi, ciò che predicava il Ministro Booth mi ha dato una sorta di coraggio per fare ciò che sapevo che andava fatto».

«Stava dicendo ai parrocchiani di agire come vigilanti di Dio?»

«No, no. È questo il punto. Predicava sempre il perdono e l'aiuto ai propri fratelli e sorelle, il dare loro una seconda possibilità. Ma io volevo che formasse un esercito per Dio per ottenere giustizia. Una volta glielo ho chiesto, ma mi ha detto che solo Dio aveva il potere di dare istruzioni, che lui era solo un tramite per la parola scritta di Dio. Sono rimasto deluso, ma poi ha citato un passo della Bibbia che mi ha colpito, qualcosa in cui credo nel profondo del mio essere. Esodo 22: 'Se un ladro, colto in flagrante mentre ruba, viene colpito e muore, non vi sarà colpa di sangue per lui'.»

Vargas disse: «In altre parole, se qualcuno sta facendo del male, Lei può agire ed essere senza colpa?»

«Esattamente. L'unico giudizio di cui ci si dovrebbe preoccupare è quello di Dio.»

«Dopo il suo colloquio con il Ministro Booth, è stato allora che ha deciso di cercare vendetta?»

«No, non subito. Francamente, sapevo cosa significasse a livello intellettuale, ma nonostante ciò che queste persone mi avevano fatto, realizzarlo era una prospettiva terrificante.»

«Cosa è successo?»

«Ho studiato la Bibbia. C'erano numerosi esempi, come Romani 13:4: *'Ma se fai il male, temi, perché egli non porta la spada invano; poiché è ministro di Dio, un vendicatore per eseguire l'ira su colui che fa il male'.* Poi ho atteso che Dio mi parlasse. Quando lo ha fatto, ho cominciato a compiere la sua opera.»

«Il primo è stato Jeremy Kelly?»

«Sì. Mi rendo conto che fosse un'impresa egoistica, ma era la mia prima. La distanza geografica e il tempo trascorso mi hanno dato la certezza che non sarei stato notato e che avrei potuto continuare a epurare il male.»

Senza emozione, Dwyer ci raccontò di aver noleggiato un'auto, guidando senza sosta fino all'Indiana, dove pagò in contanti una stanza di motel. Arrivò a Green Bay il giorno dopo, uccise Kelly a colpi di pistola e tornò in Florida due giorni dopo.

Dissi: «Se non fosse stato per il bossolo lasciato indietro e la multa al semaforo, sarebbe stato quasi perfetto».

Dwyer scosse la testa. «C'era qualcuno che pescava là fuori. Ci crede? Non si poteva mangiare nulla preso da quel fiume. Quando ha puntato la luce nella mia direzione, mi sono innervosito e sono scappato via con solo uno dei bossoli.»

«Come si è sentito?»

«Non dico di non essere stato pietrificato, ma è stato esaltante. Finalmente c'era giustizia, e il mondo stava meglio senza uomini come Kelly. Era uno spreco di umanità.»

«Perché non ha dato subito la caccia a Hagan?»

«Fin dall'inizio, volevo dare la caccia a Hagan. Ma non potevo mostrare a Dio che si trattava solo di me. Sentivo di dover rimanere altruista, eseguire i suoi ordini. Mi stava inviando a purificare il male, e ce n'era in abbondanza sotto il suo tetto, alla Chiesa dello Spirito di Fratellanza.»

«La motivazione per l'omicidio di Kelly e Hagan è chiara, ma per quanto riguarda gli altri?»

«Erano il male personificato. In Giacomo 1:41 ci viene

detto: 'Perciò, liberatevi di ogni impurità morale e del male che è così prevalente'.»

«Come andava d'accordo con Hannah Booth?»

«In realtà, lei la pensava come me, che il Ministro Booth fosse troppo indulgente e sprecasse troppe risorse per persone che non sarebbero mai cambiate.»

«Le piaceva ma l'ha incastrata?»

«Personalmente non mi piaceva. Tradiva il ministro. Nascondere la pistola nel suo ufficio era un modo perfetto per darle una lezione.»

«Hannah Booth era infedele a suo marito?»

«Sì. Ronnie Sales era l'ultimo.»

Io e Vargas ci scambiammo un'occhiata. Sales viveva vicino a Conners Boulevard, abbastanza vicino a Wiggins Pass. Non c'era da stupirsi che non volesse dirci dove si trovava la notte del suo arresto per guida in stato di ebbrezza.

«Ha messo i capelli di lei sul corpo di Parker?»

Annuì. «Non stavo davvero cercando di incastrarla. Sapevo che avrebbe attirato l'attenzione su di lei. Ha funzionato, no?»

54

Passare a una nuova lametta risolse il problema. Era da molto tempo che non avevo il viso così liscio. Con venti minuti di ritardo, mi spruzzai una dose del profumo Chanel che Mary Ann mi aveva regalato e abbottonai la camicia che mi aveva dato per il mio compleanno. Prima di avviare l'auto, le mandai un messaggio per dirle che stavo arrivando.

Facendomi largo tra i tavoli pieni di turisti, vidi Mary Ann seduta a un tavolo affacciato sul Golfo. Sorseggiando da un calice a tulipano, mi vide e sorrise. Me l'ero cavata. Baciandola, le feci scorrere la mano sulla spalla nuda. Sembrava seta. Aveva la pelle più liscia del pianeta.

«Hai cominciato senza di me?»

«Non volevo menzionare il fatto che fossi in ritardo.» Indicò la spiaggia. «Considerati fortunato; potrei starmene seduta qui per ore.»

«È una serata perfetta con la donna perfetta.»

«Hai fatto qualcosa di sbagliato, Frank?»

«Io? Mai. Sto solo apprezzando quello che abbiamo.» Presi la lista dei vini. «Dopo l'udienza di oggi, dobbiamo festeggiare ogni volta che possiamo.»

La lista dei vini era corta e troppo cara. Ordinai un Ketel One con succo di mirtillo rosso e una porzione di patatine e salsa.

«Lo so, oggi è stato strano. Mi è dispiaciuto per Dwyer. Non ha mai avuto la possibilità di vivere una vita normale.»

«Non farmi la progressista adesso.»

«No, è vero, Frank. Gli hanno distrutto la vita quando era solo un bambino.»

«Lo so, scherzavo. Ma sta andando dove merita.»

«Ho la sensazione che in un certo senso l'abbiamo ingannato.»

«È matto ma non infermo di mente. Dwyer ha avuto l'ergastolo, che si è senz'altro meritato.»

«E in Florida, l'ergastolo è ergastolo. Non uscirà mai.»

«Amen.»

«Vorrei che ci fosse un modo, sai, tipo una riprogrammazione o qualcosa del genere, per dargli una seconda possibilità.»

«Guarda troppa fantascienza. Ma a proposito di seconde possibilità, hai sentito chi è entrato in quell'edificio in fiamme sulla Imperial?»

«L'uomo che ha salvato tutti quei bambini? Chi era?»

«Quel tizio con tutti i tatuaggi della chiesa di Booth.»

«Quello che ha scontato tutte quelle pene in prigione?»

«Esatto. Quel Corbin è una pubblicità pazzesca per il programma di seconde possibilità del Ministro Booth.»

«E tu che dicevi che era una perdita di tempo.»

«Mi sbagliavo, mi sbagliavo di grosso.»

«Di nuovo.»

«Non ho diritto a una seconda possibilità?»

Si chinò, mi sfiorò la guancia con le labbra e sussurrò: «Avrai molto più di questo quando torniamo a casa.»

Grazie per aver dedicato del tempo alla lettura di *Terza*

Opportunità. Se vi è piaciuto, prendete in considerazione l'idea di parlarne con un amico o di pubblicare una breve recensione. Il passaparola è il migliore amico di un autore.
Grazie. Dan

Dan ha una newsletter mensile che presenta i suoi scritti, articoli sull'autostima e sulla costruzione della fiducia in sé stessi, oltre a pezzi educativi sul vino. Mette in evidenza anche i libri scontati di altri autori. Iscrivetevi su: www. danpetrosini.com

Dan è un autore di bestseller per USA Today e Amazon che ha scritto la sua prima storia all'età di dieci anni e ama raccontare storie o barzellette.

Dan trae le idee per le sue storie esplorando la domanda: e se?

In quasi ogni situazione in cui si trova, Dan si chiede cosa succederebbe se accadesse questo o quello. E se questa persona morisse o facesse qualcosa di insolito o illegale?

Questo suo continuo lavorio mentale fornisce a Dan abbondante materiale da intrecciare in storie interessanti.

Amante di libri e film con colpi di scena e difficili da prevedere, Dan costruisce le sue storie in modo da impedire ai lettori di indovinarne lo svolgimento. Scrive ogni giorno, forzando le parole a uscire quando necessario, e a oggi ha scritto più di venticinque romanzi.

Non è una questione di voler scrivere, per Dan è semplicemente una necessità.

Dan crede fermamente che le persone possano realizzare i propri sogni se si concentrano e agiscono, ed è proprio ciò che incoraggia a fare.

Il suo detto preferito è: «Il prezzo della disciplina è sempre inferiore al costo del rimpianto»

Dan ricorda alle persone di eliminare la negatività dalle proprie vite. Crede che sia contagiosa e consiglia di stare alla larga dalle persone negative. Sa che avere una mentalità autentica e positiva dà la sensazione che la vita sia truccata a proprio favore. Quando si sente giù, si dice: «Non si può avere una bella giornata con un brutto atteggiamento».

Sposato, con due figlie e un Maltese bisognoso di attenzioni, Dan vive nel sud-ovest della Florida. Originario di New York, Dan ha insegnato nei college locali, scrive romanzi e suona il sassofono tenore in diverse jazz band. Beve anche decisamente troppo vino e non si prende mai, e poi mai, troppo sul serio.

Pubblica una newsletter bimensile con articoli, i suoi scritti e offerte speciali e occasioni imperdibili.

Iscriviti su www.danpetrosini.com